Eva Kittelmann

DIE AUFGABE

oder:

EROS wie im HIMMEL so auf ERDEN

Roman zwischen den Jahren

Eva Kittelmann

Die Aufgabe

oder:

Eros wie

im Himmel

so auf Erden

Ein Roman zwischen den Jahren

edition
spruchreif

Herausgegeben von Marlen KÜHNEL

A-3572 St. Leonhard am Hornerwald
Tel. +43/676 629 84 93
www.edition-spruchreif.com
ISBN 978-3-9502172-7-8
1. Auflage 2009
Gesetzt in der Times New Roman
Einbandgestaltung (Collage) nach einer Idee der Autorin
Layout und Grafik: Auer Grafikdienst, Wien
Gedruckt und gebunden bei Interpress, Ungarn

Das Werk erscheint in der Buchreihe „Die reife Frau“

FÜR IHN

DESSEN TODESVERACHTUNG

MIR DAS LEBEN NOCHMALS

GESCHENKT HAT

Stark wie der Tod ist die Liebe. Ihr Licht ist wie leuchtendes Feuer. Das können die Wasser nicht löschen und die Ströme nicht überfluten.

Hohelied VIII, 6

Einmal im Leben geschieht alles, was man tut, für einen anderen. Man sieht für ihn die Sonne scheinen. Er ist überall und selbst ist man nirgends. Und doch ist das kein Egoismus zu zweien, denn dem anderen muss es genau so gehen. Was übrig bleibt, ist eine Welt für zwei Menschen, die aus Anerkennung, Freundschaft, Hingabe und Selbstlosigkeit besteht.

Robert Musil, Der Mann ohne Eigenschaften

Die wichtigste Stunde ist immer die Gegenwart,
der wichtigste Mensch immer das Gegenüber.
Meister Eckhart

Nicht Wirklichkeiten, sondern Möglichkeiten
ziehen uns an.
Rosemarie Schulak

DER ANLASS

Abenddämmerung. Die Verführung des Tages zur Nacht. Vor uns ein grünes Labyrinth, vollendet zurechtgeschnitten, geheimnisvoll, abweisend. Die Verlockung es zu erforschen. Wir treten in die verschlungenen Gänge nicht ein. Wir umkreisen den Irrgarten, dieses Zauberwerk erlesener Gartenbaukunst in jener entfernten Ecke des Parks, dort, wo er allmählich in den angrenzenden Wald übergeht. Dunkel starrt der Buchs über den weißen Kies, die von Rosen umstandenen, noch hell grünenden Rasengebilde versinken ins Blaugrau der Stunde. Ort und Zeit scheinen ausgelöscht. Stille. Einverständliche Verschränkung von Natur und Künstlichkeit. Wir nähern uns einem nächsten Rondeau. Rondo, Rondelle, denke ich, *Rondo amabile.* Ein Umsichselberkreisen klingt an, ein Ineinanderschwingen von Körper, Seele, Geist. Ein Gang wie durch Partituren. Das Ein- und Vorgeschriebene, das Zugemessene: die Lieder des Lebens.

Schwer auf einen Stock gestützt, mit kleinen Altfrauenschritten kommt die Dame neben mir etwas mühsam nur voran, aber das fortgesetzte Umkreisen des Irrgartens scheint sie zu erfreuen. Dem entspricht auch die Konversation: „Ich gehe nicht mehr auf Ziele zu“, meint sie, „mit diesen Jahren … Hab mir das Kreuzbein ausgeritten, wusste nicht aufzuhören, nicht rechtzeitig jedenfalls.“ Ihre Stimme ist fest, kommt von tief innen oder wie von weit her, schwer zu entscheiden. Erst bevor sie innehält, ein wenig Zittern, wegbrechende Laute.

„Wollen Sie meine ganze lange Geschichte wirklich hören, meine Liebe?“ fügt sie mit einem schwer zu deutenden Seitenblick an. Wie hätte ich das nicht wollen, denn ich vertraute darauf, die Wahrheit, die ganze Wahrheit zu hören. Man kennt das ja: Die einsam leben, die gewissermaßen aufs Altenteil verbannt sind, neigen zwar zu Gesprächigkeit – aber sie brauchen sich nicht mehr darzustellen, sie haben es nicht mehr nötig, *bella figura* zu machen. Sie legen sich offen. Da erübrigt sich dann die Frage, was wirklich passiert und was erfunden sei.

Ich kannte diese Frau aus hingeworfenen Bemerkungen und Andeutungen schon über die Jahre. Vermutungen machten die Runde. Dass ich eines Tages hier ankommen, Gast sein würde in ihrem Haus, verdanke ich purem Zufall.

Von einem Reisegefährten (der Überlandbus hatte die Täler von Hron und Vagh mit den milchblauen Stauseen bereits hinter sich gelassen, befuhr eben das einst blutgetränkte, kolchosenverwüstete, jetzt aber reichlich schafbestückte wellige Spysska-Hochland, wir näherten uns hoffentlich bald Kaschau, ich auf den Spuren des Krieges vor 90 Jahren, als der Vater, von der Truppe abgeschnitten, umherirrte zwischen Dukla-Pass und Weißer Tatra) also, von diesem Menschen neben mir erfuhr ich, ebenso erstaunt wie beglückt, dass Schloss L. (nur auf sehr genauen Landkarten eingezeichnet am Kreuzungspunkt der Luftlinien Reims/Brest-Littowsk beziehungsweise Berlin/Triest), tatsächlich noch, und das heißt: wieder existiert. Eine alte Wunschvorstellung erschien von der Wirklichkeit eingeholt.

Ja, es besteht, sagt der Mitreisende, vielmehr, es sei sehr im Aufblühen begriffen, ein Teil Hotel, ein anderer Museum, vermutlich gefördert, ja, das ist anzunehmen. Ob die einstigen Besitzer, die L. sich um den Besitz *dort oben auf der Landkarte* tatsächlich kümmerten? Es hat nicht den Anschein, wie ich höre. Aber sie hatten ungeheures Glück, dass der Besitz an sich nicht verkam um die Mitte des vorigen Jahrhunderts: Der dicke Hermann (er meint Göring, das ist mir klar) bevorzugte die Jagd in dieser Gegend, es war eine willkommene Bleibe für ihn und seine Spießgesellen – man ging vorwiegend auf Wildschwein. Und als diese Ära vorbei war, als der Russe kam, frage ich dazwischen. Nun ja, wieder großes Glück! Der befehlshabende Oberst W., illegitimer Abkömmling russischer Grafen, im Zivilberuf Historiker, erinnerte sich des Namens der Domäne, aus der seine Großmutter, eine Prinzessin aus böhmischem Uradel, im 18. Jahrhundert eingeheiratet hatte. Dieser Offizier bekam es offenbar mit der Sentimentalität, nahm bei Landsleuten der Umgebung Quartier. Vielleicht hatte er die Vorstellung, irgendwann nach dem Kriege dorthin zurückzukehren. Auf diese Weise blieb L. verschont, blieb wie in einem Dornröschenschlaf.

Da erinnerte ich mich wieder eines Gesprächs mit der Fürstin G. Mitte der 1970er Jahre, die mir den Namen dieses Besitzes nicht ganz zusammenhanglos genannt hatte: „Wir haben dorthin ziemlich viel Wertvolles aus unseren Stadtpalästen ausgelagert gehabt; mein Gott, wir hören so wenig von da drüben – meine Base, die dort unterkam ...“ Ich mache meinen Reisegefährten auf die Kenntnis dieser Dinge nur beiläufig aufmerksam.

„Nein“, fährt mein Begleiter fort und verscheucht meine Erinnerung, „heute schläft dort nichts mehr. Es ist wunderbar wiederauferstanden; besteht, lebt. Schmucklos zwar, ohne den Zierat des Rokoko, aber alles gediegen und gut im Stil.“ Von der Kustodin der Sammlungen, die auch das Hotelpersonal dirigiert, habe er gehört, dass „die Familie jetzt bald irgendwann“ – und da habe sie tief geseufzt, wie er sich lächelnd erinnert – „oder jedenfalls der eine Enkel samt Frischangetrauter ... zurückkommen soll ...“

Da beschloss ich, von Kaschau und Umgebung auf einem anderen Weg nach Hause zurückzukehren. Ich fuhr Richtung Z. Ich musste L. sehen, den Ort, der alle Fährnisse der Zeit überdauert hat, musste sehen, was mit dieser Kustodin, der halbverschollenen (verbannten?) Base derer von L. geschehen ist.

Es war kinderleicht gewesen, mit ihr Kontakt zu nehmen. Meine früheren Bezüge zum Hause L. und meine Korrespondenz mit dem Erbprinzen überbrückten die Fremdheit, schufen raschest Vertraulichkeit. Ich berichtete von den aktuellen Verhältnissen in der alten Haupt- und Residenzstadt und konnte nicht vermeiden, meine persönliche Neugier zu gestehen, mit der ich jedenfalls seit langem auf den labyrinthischen Wegen der Einbildungskraft nach ihrer Person und Gestalt geforscht hätte.

Was bringt eine Frau in die Abgeschiedenheit dieser Wälder, dieser verfallenen Gärten zwischen feindlichen Grenzen, in dieses verborgene Haus? Jetzt hat sie ihre Funktion, ist Verwalterin der schönen Dinge hier, des eigenwilligen Ansitzes. Was aber tat sie früher? Wobei es natürlich niemals darauf ankommt, was einer tut, sondern wie.

Da kehrt auch schon der schöne Alt der Dame wieder zurück: „Ihnen, meine Liebe, und es ist mir eine wirkliche Freude, wie denn anders – Ihnen werde ich über die letzten 40 Jahre sprechen, nicht streng chronologisch, das geht gar nicht. Einiges hab ich auch aufgeschrieben. Es wäre wunderschön, Sie nähmen sich die Zeit.“

Ich bleibe. Ich bleibe tatsächlich für Tage dort. Ich bin angekommen an dem rätselvollen Ort, in einer Zeit, die nicht die meine ist. Ich habe mich rücktransportiert; transponiert aus G-Dur in e-Moll an die Schlüsselstelle einer fremden Geschichte. Ich erfahre ein Schicksal, das gleichermaßen Märchen und Psychodram genannt werden kann – die Geschichte einer Leidenschaft und eines übermenschlichen Leids zugleich. Ich höre im Grunde einen ganzen Roman, der den Vorzug hat, dem Sinn nach w a h r zu sein. Es gibt eine Wirklichkeit, die alle Phantastik aller Träume übertrifft.

Es gibt nur drei Dinge, die man mit einer Frau machen kann: Man kann sie lieben, man kann an ihr leiden oder – sie in Literatur verwandeln.

Lawrence Durrell, Alexandria Tetralogie

Der Schmerz verschenkt seine Heilkraft dort, wo wir sie nicht vermuten.

Martin Heidegger

JOANA

Wie oft in diesem Landstrich: hochgewölbt der Himmel, reinstes Seidenblau. Wie vor Jahrhunderten ziehen die Falken ihre stürzenden Kreise um den verkommenen Ansitz. Sein Ursprung ist unbestimmt, der Ausbau zum Sommerschloss der L. aus spätbarocker Zeit. Alles sieht jetzt Ende der achtziger Jahre von Ferne unbewohnt aus, verlassen. Ist ein verlorener Landstrich hier in der Mitte Europas, irgendwo zwischen Vogesen und Karpaten. Ist, wie einer so zutreffend schrieb, als geriete man in einen *„wald hinter einem wald, der vor einem wald liegt; wer geht in ihm herum, wer tritt in ihm auf pilze, beeren? obgleich man viele dinge über diesen wald erzählt, man weiß von ihnen nie, ob sie stimmen, ob sie erfunden sind … wenn der wald hier schweigt, hört man die glocken, aber der wald liegt sehr einsam. keine dörfer, keine kirchspiele … nur ein r e i c h … sehr dunkelhäutig, sehr unergründlich.“*

Der Anschein trügt: L. ist eine herrschaftliche Domäne. Seit langem lebt hier eine Frau von der Arbeit ihrer Hände, vom Fleiß der Bienen, von den Früchten und Blüten des Gartens und der Wälder ringsum. In diesem fast vergessenen Refugium lebt sie, das die Bewohner der Umgebung, der nahen Stadt – die Landflucht hat so überhand genommen, dass es Dörfer praktisch nicht mehr gibt – eher als Zielpunkt interessierter Ausflüge in eine museale Vergangenheit kennen. Lange blieb der Landsitz so gut wie unentdeckt. Die Autobahnen kreuzen in gebührender Entfernung, und vieles verbirgt der unausgeholzte Wald. Selten, dass ein Wanderer, von denen es auch immer weniger gibt, sich hierher verirrte.

Aber da ist Joana, eine schöne, starke Person unbestimmbaren Alters, vital, tapfer. Sie weiß viel mit sich selbst anzufangen. Nach

Studienjahren und Reisen durch viele Länder, zeitweilig als Auslandskorrespondentin verschiedener Journale, als Tutorin einer universitären Stiftung, sollte sie nach dem Willen der Familie hier herkommen, dieses Gut interimistisch zu betreuen und inzwischen davon leben. Zum nächsten Ort hat sie so gut wie keine Kontakte – gerade nur soviel, um das Leben auf dem Schloss in allem Nötigen aufrechtzuerhalten. Man sagte ihr: „Tu ganz nach Belieben." Da musste sie in völlig neuer, für sie außerordentlicher Weise tätig werden, der Bedürfnisse des Tages willen. Aus großer Schönheitsliebe verfiel sie auf Blumenzüchten, Batiken, Töpfern. Gelegentlich ergaben sich Verkäufe. Aber sie las immer mehr, immer intensiver; und sie schrieb: politische Essays, Lageberichte. Es gelang sogar, diese nach draußen, nach *drüben* zu schmuggeln. Wie, blieb ihr Geheimnis. Aber sie träumt davon, dass vielleicht noch einmal eine andere Zeit in ihr Leben kommen wird, eine aufregendere, tätigere, bewegtere Phase, eigenschöpferisch, ereignisreich.

Joana L. ist nicht immer Single gewesen, sie ist so etwas wie eine *Braut im Witwenstande*. Ihr Lebensmensch – Geliebter, wenn man so will – ein Kunsthistoriker, lebt nicht mehr. Sie hatten niemals heiraten können, denn dieser Santin, der ihr eines Tages nachgereist kam, war gebunden. So ergab sich eine Beziehung in großer Freiheit – eine freibleibende Bindung in mehrfacher Hinsicht. Sie hatte darum gekämpft, den geliebten Menschen in der nahen Erbgruft der L. bestatten zu lassen. Es gelang ihr nicht, er wurde in seiner Heimat beerdigt. Trotz der Wirren der Zeit aber konnte sie mit Hilfe guter Beziehungen in- und außerhalb der Familie wenigstens seine Verlassenschaft regeln.

Seitdem sind Jahre vergangen. Trauer kennt Joana eigentlich nicht. Denn sie spürt, dass er lebe – *auf der anderen Seite des Zimmers,* wie man so tröstlich sagt. Freilich, die Sehnsucht blieb ihre Gefährtin, Tag um Tag, Nacht für Nacht.

Und Tag für Tag reitet Joana nun durch den Wald, lässt ihr Pferd, Blondel, einen Trakehner, dann und wann in den Trab fallen. Noch nach diesen vielen Jahren versenkt sie sich ins Betrachten des Waldes, dieses verzweigten Naturgebildes, das dem Menschen so sehr gleicht: den Wirrnissen des Herzens, der unendlichen Verästelung seiner Gedanken.

Joana reitet, Joana gleitet dahin wie durch eine ungewisse Wartezeit, vertieft in die Erwartung eines, der gestorben ist, eines, der noch nicht wieder auferstand. Wie gedoppelt glüht in ihren Augen der Wald auf, aus dem Hintergrund steigen der große Aufgang und der lange Untergang, wie sie nur dieser schon vom Norden her bestimmte Osten kennt, wo die goldene Erdenherrlichkeit Kette um Kette aufleuchtet. Gerade aus dem rotgoldenden Boden dieser Region erwächst das viele Gute: der Honig vom Buchweizen, der Klee auf den mittagsbeschienenen Lichtungsaugen des waldigen Riesen …

Täglich durchreitet Joana diesen Wald, sie reitet zur Grabkapelle. Wie eine Märchengestalt, wie mit verbundenen Augen dirigiert sie ihren Blondel. Sie ist in Stiefeln, Breeches; die polnische Bluse, weiß und bestickt, offen und lose um die geraden Schultern. Lässig lässt sie sich abgleiten von dem Pferd, tätschelt ihm die Flanke, reibt ihm die Brust notdürftig trocken. Dann einen Kuss auf seine dicke Nase. Und schon verschwindet sie in dem kleinen Gotteshaus. Dem gebrechlichen Schrank der Sakristei entnimmt sie eine Albe, die nur mehr isabellfarben beschrieben werden kann, der Saum ist zerschlissen. Sie setzt Lichter auf den Altar, stellt ein Buch auf, bringt ein Brot, dunkel, selbstgebacken sieht es aus; füllt ein wenig Wein aus einer grünlichen Flasche in einen Becher.

Und dann sagt sie halblaut die alten Texte einer kirchlichen Feier, wie man sie über Jahrhunderte tradiert hat. Wie sie da so steht und vor sich hinredet, fällt einem unwillkürlich das französische Idiom *dire la messe*, die Messe sagen, ein. Joana spricht alle Texte so gut wie frei, ihr Blick geht weit hinweg über *das Buch,* geht charismatisch darüber hinaus. Vieles bezieht sie mit ein in ihr Beten und Loben, dieses besondere Reden von Gott. Sie selbst wird ganz Sammlung, ganz Gebet – aber auch ganz Welt, ganz Leben. Sie betet für die Kinder, die sie nicht haben konnte. Sie betet auch für die Bienen und die Blumen. Immer kühner erhebt sie sich, drückt sie sich aus; wirft sich mit Leib und Seele dem Abenteuer Gott entgegen. Es ist wie ein Rausch, eine Ekstase; ist Übergang und Verwandlung, als dränge sie mit ihrer ganzen Körperlichkeit triumphierend ein in das Anziehungsfeld Dessen, *der alles an sich zieht*. Hier geht etwas vor sich, dem ein heutiger

Mensch kaum mehr folgen kann, wenn er nicht um Herkunft und Begründung solcher Rituale weiß.

Joana selbst, nach ihrem Tun befragt, würde antworten: „Ich kenne das Wort: ‚*Gott lässt seiner nicht spotten*'. Ich weiß auch, dass solches Feiern für einen Menschen allein völlig sinnlos erscheint. *Mahl halten* nennen es die Exegeten. Hier entbehrt es der ursprünglichen Bedeutung, als Stärkung einer Gemeinschaft von Brüdern und Schwestern. Aber, wenn ich hier stehe, dann fühle ich das ganz a n d e r e … Ich sehe mich umstanden von allen den Seelen, die ich je geliebt habe, von allen, mit denen ich eins gewesen bin – im Gedächtnis an den erhabenen, unerklärbaren, göttlichen Auferstehungstod Dessen, der vorausgegangen ist: *Ich bin der Weg*."

Nach traditioneller Auffassung, der Joana zuneigt, ist die Messe das erhabenste Drama, das die Welt kennt. Durch das Wort der alten Schriften hindurch erscheint die Gestalt des Erlösers, und nach vollzogenem Opfer wird jener, der Mensch war, zum Erhabensten selbst erhöht. Immer wieder ergeht dieser Ruf: *Tuet desgleichen!* Joana ist sich bewusst, dass die Frau in diesem Drama eher nicht vorkommt, vielleicht nur als Zitat. Aber sie vertraut darauf, dass es eines Tages vielleicht grundlegend umgeschrieben werden wird.

Joana geht es darum, eine glückhafte Einung hereinzuholen mit allem, das war und das ist und das sein wird, *sub specie aeternitatis*. Dieses DANKE-Sagen zu begehen, so wie wir es bei jedem Essen auch tun, indem wir damit das Mahl überhöhen. Diese Auffassung hat sie von Santin übernommen; und in dieser Art Nachfolge stehend meint sie, die nun Verwaiste – und wenn es auch nur eine Floskel erscheint – ihm konkret verbunden zu bleiben. Wer denn sollte solche ureigensten Memorials verhindern? Wer etwas dagegen haben? Weit über den Kult der Christen geht die einsame Frau hinaus, sucht sich Himmel und Erde zu verbinden, bringt die Gaben so, als lägen sie wieder in Seiner Hand, ganz und gar wie am Ursprung des verlockendsten aller Paradiese. Joana fühlt sich hier nicht nur Frau; sie will den Menschen an sich darstellen: als Geschöpf, das von Gott kommt; Geschöpf, das gleichzeitig den aus Gott Mensch Gewordenen, den *Gott-mit-uns* an seiner Seite weiß, ganz konkret. Jetzt hier neben sich, wenngleich vorausgegangen …

zum Vater, wie es heißt, *uns eine Wohnung zu bereiten.* Aber hinwiederum sagte Er: *Ich bin bei euch alle Tage bis ans Ende.*

Täglich legt sie sich Sein Wort aus, und es wird ihr Wort. Und es ist, als badete sie darin. Es ist ein selbstisches Tun, aber ist es darum Sakrileg? Die Sünde wider den Geist, die von soundso vielen Theologen völlig unterschiedlich interpretiert wird? Wenn schon *Sünde*, wenn schon schuldig geworden, dann doch in der Sünde jenes uns überwältigenden Geistes, der uns gegeben ist und dem wir verfallen sind. Wir, das heißt bei Joana: wir, die lieben. Ich handle regellos, gesteht sie sich ein, ja, ich tue es aus mir heraus, in der freiesten Wahl meiner Möglichkeiten. Ich riskiere selbst das totale Scheitern, die Verwerfung; aber ich bin und bleibe überzeugt, dass vor Gott alle irdischen Maße und Meinungen aufgehoben sind.

Im Moment ist sie schon wieder im Gleichmaß, im Einklang, und das heißt: eins mit ihm, der ein Gleiches gefordert und getan hat für sie beide – Marco Santin. Jetzt gibt es niemanden mehr, dem sie diese inneren Erklärungen hätte abgeben, geschweige denn verständlich machen können. Aber eine Joana L. muss auch keine Rechtfertigung haben; in diesem Sinne ist sie ganz und gar eine Evangelische: *sola fides* – der Glaube genügt. Sie tut das Werk, die Liturgie auf ihre Weise. Ob sie mit sich nach Wissen und Gewissen auf dem Grunde der Seele für immer im Einklang stehen und nichts und nie mehr hinterfragen wird?

Feier und Mahl sind beendet. Sie schlägt das Buch zu, aber sie schlägt die Augen nicht nieder. Sie kniet auch nicht. Sie steht hier gleichsam an jeder denkbaren Art Kirchlichkeit vorbei im freiem Raum: Menschenfrau, ausgespannt zwischen Himmel und Erde. Völlig abgehoben, abgelöst, unabhängig von welcher Dogmatik immer. Sie ist personifizierte, rein affektive Hingabe ohne Scheu, ohne Scham. Ihr Tun ist maßlos, bleibt außerhalb der Rubriken. Es sind ihre Formen, Formeln; ihre personale Liturgie; sie preiszugeben ist unmöglich. Denn Joana hat immer schon ein Stück weiter gedacht als gelebt und geliebt.

Sie küsst das Buch, denn sie kennt die Forderung: *Nimm und iss* … die Rolle, das Buch, das hier eingegossene Wort – den *Ich-bin-da*. Darum unbedingt auch der Kuss: Geste der Demut dessen, der sich zurücknimmt, der glaubend vertraut, damit sich Wirkung zeige ...

Sie nimmt die Kerze hoch jetzt, führt ihre Lippen langsam zu dem Licht, steht ruhig ... sinnt. Mit hocherhobenem Kopf steht sie da, ein Leuchten steigt aus ihr, ein Ausdruck tiefer innerer Befriedung. Sie bläst die Kerze aus. Da wird es noch dunkler; das westliche Rosettenfenster liegt im Schatten des Waldes; vom Osten her schiebt sich rötlicher Schein in den Raum. Mit tänzerischer, fast tierisch anmutender Bewegung gleitet sie die Stufen von der Apsis herab. Alles an ihr mutet fremd an, archaisch. Sie hat ihr geheimes Tun abgebrochen, eingesargt. Wie würde sie den Augen Außenstehender, vor allem konfessioneller Beter erscheinen? Anmaßend und verkommen sowieso ... Als die Reinkarnation einer Druidin, die Gottfrau der Sage? Als eine rätselhaft bleibende, heilende und zugleich böse Kundry? Die schwarze Königin des Tarot? Die alte Evasgestalt jedenfalls, die von Anbeginn den Hass aller Männer auf sich zieht ... bis auf jenen, der auf Entdeckungsfahrt geht, bis auf ihn, den reinen Toren, der *die Frage weiß* ...

Plötzlich an diesem Morgen schrickt Joana zusammen; aus ihrem Mund ein Wehlaut, der ihr eben noch lächelndes Gesicht verzerrt, den schönen Mund verformt, herabzieht: Da ist wieder diese Empfindung einer durchbohrt werdenden Hand, beginnend am linken Handgelenk, der wiederkehrende Anfall, den sie heimlich ihren *Windrosenschmerz* nennt ... Es ist dieser selbe Schmerz zerstörerischer Verzweiflung, wie ihn jüngst einer als seine persönliche *Gottesvergiftung* beschrieben hat. Joana widerstrebt es zu vergleichen: Denn dieser Mensch hat aus der Enge reformatorischen Gebundenseins berichtet; und dass er die Freiheit der Kinder Gottes auf die katholische Weise niemals spüren lernen konnte.

So plötzlich der durchbohrende Schmerz kam, so schnell löst er sich auf. Heraus aus der alten ungepflegten, dumpf-feuchten Kirche! Auf Blondel zu, aufgesessen. Und im scharfen Ritt unter der aufsteigenden Sonne geht es zurück wie tagtäglich ...

... und doch in wechselnder Weise: Durch die gotischen Wölbungen der Lauballeen des blühenden Frühlings oder später über feuchte Wiesengründe im Novembernebel oder im knirschenden Schnee des Februar – je nach der Jahreszeit.

Gehe, wohin dein Herz dich trägt! Dort aber, um Gottes willen, bleib!

Man darf einen Menschen nicht danach beurteilen, was er gefunden, sondern nur danach, was er gesucht hat.

Raoul Schrott, Tristan da Cuñha

LAURENT

Möglicherweise zur gleichen Stunde sitzt in einer Hunderte Kilometer entfernten Stadt in einem smart eingerichteten Mehrzimmerappartement eines Hochhauses ein junger Mann seinem Bischof gegenüber. Der Episkopus trägt ein loses Jackett, Slippers ... der Junge Jeans und Hemd, er ist barfuß. Es ist sehr heiß. Der futuristisch angelegte, vielgeschoßig errichtete neue Stadtteil ermöglicht den Bewohnern sich derart salopp zu bewegen: Eine ausgeklügelte Klimatisierung zerteilt die Hitze, künstlicher Windhauch entsteht.

Die Unterredung der beiden Männer ist kameradschaftlich, doch zuweilen wird die Diskussion heftiger. Stoff dafür gibt es reichlich.

Seit kurzem ist in diesem Teil der Welt eine Vereinigung aller christlichen Kirchen in dem Sinne angedacht, dass jede von ihnen die spezifische Eigenart der anderen anerkennt, und dass es jedem glaubenden Christen dem Gewissen nach freigestellt werden soll, die ihm gemäße Form der Liturgie und des praktischen Glaubensvollzugs zu wählen. Es besteht Hoffnung, die meisten dogmatischen Klippen über kurz oder lang elegant umsegeln zu können – wie es der höheren römischen Diplomatie eigentlich schon immer zuzutrauen war. Von der Basis her hat die Verschwisterung der Christen eigentlich schon stattgefunden. Offiziell gibt es noch keine Ökumene auf voller Linie, weder Interkommunion noch gegenseitige Anerkennung – aber es gibt bereits viel mehr Liebe als seinerzeit Achtung und Wertschätzung. Freilich sind alle diese Revirements, angefangen vom *aggiornamento*, das der selige Johannes XXIII. vor Jahrzehnten ebenso töricht wie voraussehend in die Wege leitete, um Jahre zu spät gekommen. Es gibt nur mehr ganz wenig Glaubende, Bekennende im Verhältnis zur Anzahl der Menschen überhaupt, und gerade dort, wo die Brennpunkte christlichen

Lebens lagen, haben vielfach sinnlose Kriege und ökonomisch-politische Umwälzungen eine totale Veränderung herbeigeführt. Die Städte sind überzogen mit immer mehr verfeinerter Lebenskultur, die keinen Luxus auslässt. Stoizismus hat sich breitgemacht, die Bindung an Heimat und Natur – von alters her Nährboden jeder tiefer wurzelnden Frömmigkeit – ist durch allgemeine Mobilität, ja Globalisierung zugunsten unverbindlicher Weitschweifigkeiten, Beliebigkeiten nahezu verschwunden. Und natürlich: Eine total vernetzte Informationsgesellschaft bedarf keiner von oben her belehrenden Predigten mehr …

Diese Veränderungen diskutieren nun auch die beiden – der Bischof, trotz relativ geringen Alters in gewisser Weise gezeichnet von Pessimismus und Sorge um die wenigen, die ihm noch anvertraut geblieben sind; belastet mit Insiderwissen um eine ganze Reihe unter den Teppich gekehrter Skandale in eben dieser Kirche, wobei er leider zu wenig Wagemut und nicht die fanatische Wahrheitsliebe besitzt, um diese Dinge nicht nur auszusprechen, sondern an geeigneter Stelle aufs Tapet zu bringen. Er beschränkt sich auf Seufzen und verlegenes Augenklappern.

Der junge Mann hat seine eigene bittere Geschichte. Immer noch und immer wieder herrscht in seinem Kopf, in seinen Träumen Krieg. Zuweilen, sagt er, möchte er lieber tot sein als immer wieder diese Albträume zu haben von jenen Regionen Afrikas, die nicht und nicht zur Ruhe kommen; von den Menschen, die einander umbringen; von Kindern, die nicht lesen lernen, sondern schießen; von Ländern gewaltigen Ausmaßes, wo Chaos und Milizen regieren, die führungslos dahintaumeln über Jahre und Jahrzehnte, die zu feindlichen Zonen verkommen. *Ich wohne in einer langen Nacht, in einer tiefen Wunde*, ist einer der Sprüche des Schwarzen Menschen in *Senghors* Gedichten. Aber Laurent, ein elternloses Findelkind, hatte im Grunde großes Glück im Unglück: Er weiß seit kurzem, und das nach mühevollen Recherchen, dass seine Mutter aus einem afrikanischen Binnenstaat Richtung Westküste flüchten konnte; dass sie, auf unendlichen Umwegen dorthin gelangt, sich in einem Hafenlokal als Abwäscherin verdingte. Nein, sie hätte nie und nimmer sich prostituiert – sie war immerhin Christin! Aber es kam ein Kind, ein Junge, aus der

Beziehung zu einem Seemann, dessen Herkunft ungeklärt blieb. Eine ältere Mulattin nahm sich der Verzweifelten an. Das Kindchen wurde geboren, getauft, die Mutter starb. So kam der Kleine in die Hände von mildtätigen Schwestern, in ein Heim. Dieses Asyl wurde eines Tages angegriffen, man warf Sprengsätze. Laurent, damals fast vier, überlebte mit ein paar anderen Kleinen. Wieder verbrachte man ihn in die Zone des Grauens in der fälschlichen Annahme, es gäbe Verwandtschaft, die sich um ihn kümmern könnte. Zuguterletzt ergab sich für einige Vollwaisen ein Transport an die Côte d'Ivoire.

Laurent kam zu den Weißen Vätern in die Schule, zeigte sich aufgeweckt, begabt, fleißig; das bedeutete, dass er konsequenterweise ins nächstbeste Alumnat gesteckt und zum Priesterberuf bestimmt wurde. Ein ziemlich geradliniger Weg, könnte man meinen. Nun, Laurent spricht jetzt neben Französisch und Englisch sein Deutsch so gut wie irgendeiner in Europa, und er hat auch gelernt – wenn er nicht gerade in traumatisiertes Schweigen verfällt – sich ebenso wohlerzogen wie treffend und bildhaft auszudrücken. Sein Geist arbeitet logisch, ohne jede Mentalreservation, klar, einfach. Er liebt es, Dinge zu artikulieren. Drumherumreden ist ihm verhasst. Mit ein Grund, warum er seine Doktorarbeit hat sausen lassen; die praktische Arbeit sollte Vorrang haben. Allerdings – er hätte beides zusammen mit links geschafft.

Irgend etwas in dem unverbrauchten Blut seiner Rasse sagt ihm, dass die Resignation des Bischofs fehl am Platz ist; er will dessen Überängstlichkeit und Zweifeln Paroli bieten. Er will – ja, was denn eigentlich? Am liebsten weg aus der Stadt, aus dieser Stadt, so rasch wie möglich. Er will sehen, ob er nicht, wie es auch früher in Zeiten großer geistiger Not und Bedrückung geschah, etwas bewegen kann, eine Art neuer Mission. Eine Art Umkehr, Rückgewinnung der vielen, vielen Desinteressierten, Desillusionierten. Irgendwo in einem geeigneten Winkel dieses Alten Europa zwischen Bretagne und Krim. Das will er vorantreiben, wenn es sein muss, erzwingen. Er traut es sich zu. Er ist jung, stark, gut drauf. Das hat er seinem Vorgesetzten soeben vermittelt.

Der Oberhirte bleibt skeptisch: „Du willst da hinausgehen in eine Welt voll Leuten, die alles wissen und nichts glauben? Ihre ganze Weisheit haben sie aus dem Internet, und ihr Glaube ist abgesoffen in *Coke* und *Red Bull.* Nein, Junge … Warum gehst du nicht lieber zurück? Ich meine, runter an die Elfenbeinküste? Ihr habt dort seit kurzem die allergrößte Kathedrale der Welt, da passt du Zwei-Meter-Mann prima hinein, was für ein Bild! Na ja, du weißt es ja selbst, dass du für einen Kleriker dieser verkorksten Kirche viel zu schön bist, Laurent Kekumá." Aber der Junge, kaum noch dreißig Jahre alt, ist talentiert; er hat die Sturheit der Jugend für sich, er ist unbelastet. Vielleicht wird er sogar dringend erwartet von irgendwelchen Menschen da draußen, die in der satten Bequemlichkeit der neuen, ach so herrlichen Zeit verkommen.

Mit einem Mal ist der Bischof sehr freundlich. Er stellt zwei Gläser auf den Tisch, dazu eine Flasche Ingelheimer Burgund. Laurent lächelt breit, ein wenig hinterlistig: „Wein, so privat, wie außer Dienst? Schön is' es hier bei dir, muss ich schon sagen!" Vom Angelsächsischen her beeinflusst, duzen sich natürlich auch die Kleriker untereinander. Da holt der Bischof, angetan von soviel Feuer und Begeisterung des jungen Menschen, eine Landkarte hervor; sie ist sehr genau, verzeichnet fein säuberlich alle Dekanate, Pfarreien, Sprengel des Bistums. Exzellenz fährt mit dem beringten Finger quer über den Plan, fährt ostwärts: „Da, d a s wäre was für dich …" – tritt diese schnelle Reaktion jetzt ein, weil sich der Bischof vielleicht erinnert, dass man im Churhaus schon seit längerem Laurent den „Lästigen" nennt? „Du bist kühn, mein Sohn", sagt er eher gedämpft, „vielleicht war ich auch mal so, vor hundert Jahren. Aber St. Sebald, das ist doch eine ruhige Kugel … da wären viel froh gewesen, gerade an deiner Stelle!" Das hieß wohl übersetzt: Wo du doch mehr oder weniger als schwarz angemaltes Findelkind dahin gekommen bist, zunächst *ad experimentum* und so … „Nun ja, wie gesagt … da wüsst' ich jetzt erst mal nur das alte Hochstift des Ritterordens in Z. Es ist uns irgendwann im Laufe der Jahrhunderte zugefallen. Frag mich nicht wie. Es ist exempt. Von dort aus betrachtet Enklave, verwaist, verlassen, profaniert. Das kann ich sehr wohl nach weiter oben erklären, dass wir mit einer Rückbesetzung im Grunde den besten aller Zwecke verfolgen. Also, wenn du willst, betrau ich dich damit. Hast du schon über die Verhältnisse da drüben gelesen? Nach meiner Überzeugung wächst da nichts mehr nach für uns. Ein ausgelaugter, saurer Boden, was Kirche angeht … und sonst wohl auch.“

Laurent, erst ein wenig nachdenklich geworden, ist sofort wieder bei der Sache: „Tja, wenn das ginge … Ich will hier nix wie raus.“ Und mit Elan wiederholt er: „Ich will dahin, wo es am schwersten ist, am leersten. Wo sind die vielleicht ganz wenigen, die uns noch hören, und die vielen neben ihnen, die uns nicht mal kennen? Dorthin will ich.“ Der Bischof nimmt die Landkarte wieder auf: „Das ist natürlich wie ein weißer Fleck, bezogen auf unsere katholischen Lande – Z. und Umgebung. In der Gegenreformation wieder katholisch gemacht, mit einem nicht uninteressanten Rest evangelischer Bevölkerung; ein waldreiches Gebiet, wie ich hörte, hügelig; in einiger Nähe zum Autobahnkreuz von … Hörst du mir überhaupt zu? Eine TH, ein Krankenhaus, Mittlere Schule, eine chemische Fabrik, Spinnereien, ein größerer Mühlenbetrieb, eine Sägemühle natürlich … Ein ausbaufähiger Teil des alten Hochstifts als Studentenheim eingerichtet; ein paar Kilometer westwärts ein Landschloss mit einer ehemals katholischen Kapelle, dem Erbbegräbnis derer von L.“ Er hat die dem Plan angeheftete Mappe durchblättert: „Aber nach meinen Unterlagen alles in allem zugezogene Leute, der Durchschnitt eher jung. Ziemlich viele Aufgaben für einen wie dich, möchte ich meinen.“ Der Bischof räuspert sich, verschnauft eine Weile, Laurent sieht ihn herausfordernd an. Ihm wäre alles recht, und die Aussicht auf ziemlich viele Aufgaben ist verlockend. Er hat die geregelte Tätigkeit innerhalb der Großstadt über, dieses wohlausgewogene Maß von ein paar Prozent Christen, die sowieso wissen, wo ihre Kirche steht, und jenen übrigen, die ihre säkularen Sonntage begehen, im übrigen brav und bieder nach den Allgemeinen Geboten des Staates leben, die ihnen auch nichts anderes bedeuten als die vernunftgemäße Vervielfältigung des Dekalogs. Er, Laurent, will zu den Ursprünglichen, wie er meint, zu den Unwissenden, zu Menschen der Rückzugsgebiete gehen; will blutvoll das wirkliche Leben, das eigentliche Sein im und für das Reich des Herrn verkündigen; will ihnen geistiges Leben vermitteln, sie einladen zur Teilnahme am Leib des Herrn; will – ach, er will so vieles, so viel mehr, als jemals in den theologischen Lehrbüchern überhaupt vorgesehen gewesen sein kann.

In seiner vorweggenommenen Begeisterung hat Laurent nicht gemerkt, wie die wachen Augen des Bischofs beobachtend über ihn hinweggehen. Und dann führt Exzellenz mehr ein Selbstgespräch, das den jungen Kleriker in seiner Direktheit zwar nicht schockiert, aber verwundert:

„Kann durchaus sein, mein Lieber, dass es dort recht eng werden wird für dich – so jung wie du bist, und so überrascht wie die sein werden, wenn du aufkreuzt. Ich wünschte nur, es möge dich niemals zerstören, was auch käme. Ich sage das als Mensch zu dir, Kekumá. Und denke immer dran: Das e i n e ist das mönchische Gelübde, der totale Verzicht; ein Lebensprogramm auf die Welt als Ganzes bezogen. Was wir versprochen haben hingegen, gehört in die Kategorie der regulativen Ordnung: dass eben der Priester nicht heiratet. Was immer man darunter versteht. Es ist eine Absichtserklärung, eine Formel, hörst du – und meine Absolution hast du sowieso von vorneherein …"

Da reißt Laurent schon ein bisschen die Augen auf, und diese großen afrikanischen Augen glänzen mit dem Wein auf dem Tisch um die Wette.

„Warum trinkst du nicht weiter, mein Sohn? Das tut gut." Der Bischof kann seine Herkunft aus der Rheinpfalz nicht verleugnen. Der Wein ist tatsächlich vorzüglich – oder lädt der schöne alte Name zum Trinken ein? Das ist doch sicherlich nimmer derselbe Trank wie jenes mittelalterliche kostbare Getränk, für welches er ersonnen wurde. *Bio* und *Öko* sind jetzt die Schlagworte, ja, und das Darben und Sparen und der gute Tropfen allein für den Sonntag oder das Feiern sind überholte Begriffe. Ebenso wie der gute dunkle Anzug für die besondere Gelegenheit. Laurent, der dunkelhäutige Sohn eines anderen Erdteils, kann noch so gutem Wein nichts abgewinnen. Seine Jugend verrann in einer gewissen Coca-Cola-Herrlichkeit; auch bleibt er gerne nüchtern, unberauscht, seinen Verstand gebrauchend. Er trinkt jetzt zwar aus purer Höflichkeit, aber es schmeckt ihm nicht. Er will zu einem Ergebnis der Unterredung kommen. So springt er auf, locker in den Schultern, die Augen voll auf den anderen gerichtet, leuchtend und ernst zugleich: „Egal, soll so sein! Ich werde denen schon die Augen aufmachen und so, dass ihnen auch der Mund offen bleibt über allem, was zu sagen ist – die ganze Wahrheit und der Weg dahin! Exzellenz, wann kann ich fahren?“

„Also gut, es wird aber ein bisschen anders sein. Man wird dich f l i e g e n … mit dem Helikopter. Weißt du, wir werden dich in geschickter Weise einschleusen müssen; bis jetzt warst du ohne gültige Papiere. Hier hat das keine Rolle gespielt … Wir wollten das nicht, den ganzen Papierkram, womöglich Interventionen, Verwicklungen … Davon steht ja auch nix in der Bibel, nich’ wahr? Aber du wirst deine Identität haben. Vertrau mir! Ein Pass, mein Gott, kein Problem …“

Auch das muss Laurent recht sein; er macht sich darüber kein bisschen Gedanken. In der Diözese war nicht verborgen geblieben, dass Seine bischöflichen Gnaden höchstselbst des öfteren einmal mit solchen Geräten herumgeflogen wurde. Das hing höchstwahrscheinlich mit der seltsamen Kameraderie zwischen ihm und General McMarwick von der Royal Airforce zusammen. Sie wurden immer wieder miteinander gesehen – sei es beim Reitturnier in Aachen oder bei sonst einem eleganten Event.

Der Mann in Schwarz floh durch die Wüste und der Revolvermann folgte ihm …

Stephan King, Schwarz

Es ist nichts so furchtbar, dass es nicht geschehen könnte.

Claude Simon, Das Seil

DIE ANKUNFT

Er bekam den erwähnten Hubschrauber, Destination Z. Der Pilot, ein seltsamer Bursche, der aussah, als würde er nicht bis drei zählen können, schlug zunächst vor, ihn am nahegelegenen Autobahnkreuz an der Raststätte soundso abzusetzen; er maulte herum, wie unbequem und zeitaufwendig das sei, hinter dem dichten Waldgürtel dieser jenseitigen deutschen Landschaft, die eigentlich schon polnisches Hinterland und quasi nichts anderes als ein Urwald sei, zu landen. Über den Zweck der Reise war der Pilot, jedenfalls schien es so, im Unklaren gelassen worden. Im klerikalen Reglement ist solche Arkandisziplin seit jeher einzementiert; man hält sich daran – auf so wenig handgreiflichem Gebiet sind Revisionen auch kaum zu erwarten.

Der Pilot, er ist grundhässlich, denkt Laurent; diese Fledermausohren, die breiten Kiefer, ein Gorillaverschnitt, unerträglich – ja, der Pilot ist von insistenter Neugier. Schon kurz nach dem Start beginnt er, den Kleriker auszuquetschen: „Mensch, nich' zu fassen … jehste wech aus Köln (er sagt Ggölln) … Is doch e' prima Sach, bei dem ollen Exschejenz da, und nu jehste wech? Wie dat denn? Wat tusdu da, wo du hinjehst?"

Laurent müht sich, dieses Quengeln zu überhören, beschließt, jetzt nichts, jedenfalls nichts Bestimmtes zu sagen. Diesem nicht. Genau diesem nicht, nein! Der Mann quatscht unverdrossen weiter; eine Teddybärstimme wie aufgezogen, ein aufs Einschläfern trainierter Märchenonkel, das Sandmännchen aus dem Radio. Stur blickt Laurent geradeaus. Unterm Geknatter des Rotors stiebt die Luft weg über der glasklaren Ebene; die hochgeschossenen Halme wiegen sich einwärts in hilfloser Brechung. Zeitweilig fliegt der Heli fast zu niedrig. Die Bodennähe ist Laurent eher angenehm, er leidet an Höhenangst. Seitwärts tauchen die feinen Linien der Überlandleitungen auf. Hinflitzende Autos tief unten wie kleine Spinnen. Aufragende Windräder mit messerschmalen Käferflügeln. Bläulich-weißes Glitzern in der schrägen Sonne.

Der Pilot redet und redet, quasselt auch ohne Erwiderung vor sich hin. Schon hört Laurent gar nicht mehr zu, versinkt in Gedanken. Versucht krampfhaft, sich seine neue Aufgabe, den unbekannten Wirkungskreis, die dortige *Gemeinde* vorzustellen. Wie sagte der Bischof? Ein ganz durchschnittlicher Ort, eine ganz banale Landschaft, eine ziemlich verlassene Gegend. Gott-verlassen? Menschen-leer? Laurent bekommt kein rechtes Bild vor seine geistige Kamera. Er erinnert sich etwas degoutiert, dass Exzellenz auch noch dies zu erwähnen beliebte: „Und sieh zu, dass dir ja keine Fadesse aufkommt zwischen den Pflichtzeiten …!“ Haha. Sollte wohl ein Scherz sein. Geschmackvoll war es nicht.

Wieder dringt die Leierstimme von nebenher in Laurents Nachdenklichkeit: „So saach doch schon“, drängelt der Pilot, „biste taub?“ Laurent wendet ihm den schönen Kopf zu, vermeidet aber, ihn anzusehen. Denn im nächsten Augenblick ist er ganz weit weg … Jahre weit weg … Jahre zurück … in einer anderen, grelleren Welt. Sieht tief unter sich zerschlagene, ausgedörrte, die Augen blendende Wüsteneien. Barmherzige Helfer hatten ihn von dort herausgeflogen in die sichere Freiheit, in die Möglichkeit weiterzuleben. Damals. Und in wie vielen Sprachen ist er dann gefragt worden: „Wie heißt du? *Comment tu t'appelles? Como ti chiami? What's your name*?“ Und da er nicht verstand, da er t a u b war vor Erschöpfung und Unsicherheit, hatte er geschwiegen. Bis der Anruf, der Schrei eines der Retter kam: „Du, so sag doch schon!“ Das lösende, das erlösende Wort – die Anrede, ein Du an mich. *Je m'appelle Laurent.* Und in diesem Moment, in der erinnernden Urangst an die Flucht aus der verbrannten Savanne schreit er wieder: „Laurent“, und schluchzt auf und greift unversehens nach dem Handgelenk des Piloten. Der Mann scheint entsetzt. Hat er einen Irren neben sich? Es lässt ihn nicht unberührt, denn er ist schwul. Und der junge Mensch da mit der Andeutung eines Priesterkragens zieht ihn ziemlich erbarmungslos an – das ja. Aber der Klassepilot Seiner Exzellenz hält sich im Moment für bedeutend schlauer als aufgegeilt. Er schüttelt sich wie ein nasser Hund. Was immer das bedeutete, diese feuchte zitternde Hand an seinem Arm, auch er hat seine Aufgabe, hat einen Auftrag durchzuführen. Auch er will auf Nummer sicher gehen.

Er fragt nun nichts mehr, geht auf Touren, fliegt höher und, was Laurent nicht erkennen kann, fliegt weit über Z. hinaus, missachtet den Funkspruch des Towers von W., kümmert sich keinen Deut um die Signale, die hinter dem Autobahnkreuz auftauchen, zieht eine Schleife, unternimmt einen mutwilligen Kurswechsel auf den Wald zu, fliegt weiter ohne Beirrung. Die Sicht ist soweit o.k., Bodenerhebungen klar erkennbar. Wolkenfreier Horizont. Keine zu frühe Dämmerung.

Laurent bleibt verkrampft. Die Bilder der Erinnerung lösen sich nicht ganz auf. Er ist wie niedergehalten von den tief eingeprägten Erfahrungen der grausamen Kindheit, kann nichts daneben und nichts darüber hinaus wahrnehmen. Der Mensch am Steuer da ist ihm vorgekommen wie eine kleine bergende Bucht inmitten eines Meeres voll Angst, wie eine greifbare Ufernähe: ein Menschenbruder. So arglos ist Laurent, so unbedingt vertrauend.

Der Helikopter gerät in den Windschatten eines riesenhaft aufsteigenden Bohrturms. Leitern, Kräne, hochgezogenes Konstruktionsmaterial. Glänzend zieht der Pilot daran vorbei. Plötzlich aber, plötzlich trudeln sie ab. Wie mit gebrochenen Rotoren, wie bei versagendem Triebwerk. Der Pilot checkt die Schalthebel, Anzeigetafeln, Uhren. Nimmt sich die Zeit, die Benzinzufuhr abzustellen, das Gerät zu sichern. Dann stürzen sie …

*

Der Hubschrauber bohrt sich tief ein in den kaum befestigten moorigen Rand eines ausgedehnten Fischwassers. Ein Landvermesser hätte es gewusst: dieses Gebiet gehört bereits zur Domäne der L. Eine Kufe sinkt etwas tiefer ein, die andere rutscht nach der Seite hin weg, spaltet sich ab von dem zerberstenden Rumpf.

Dann steckt die Maschine fest in gefährlicher Schräglage. Es wird still, und es beginnt dunkel zu werden.

Der Pilot zieht Laurent, der kein Lebenszeichen gibt, aus dem Wrack. Er ist bullig, aber zu klein geraten, zu kurzbeinig, um Laurents unter Bruchstücken hingestreckten, ohnehin wuchtigen überlangen Körper von der Stelle zu bekommen. Er müht sich tatsächlich ab. Ein Zuseher hätte sogar eine gewisse Zärtlichkeit im Tun dieses hässlichen, schnaufenden, von Schweiß, Blut und Öl triefenden Mannes gesehen. Er arbeitet den Körper des Jungen Stück um Stück heraus mit der Verbissenheit eines, der in allem perfekt sein will. Er blutet. Vom Hals abwärts läuft er aus. Seine Hände bohren sich mit letzter Kraft in die schwarzen Glieder des Priesters. Endlich hat er ihn in einer Position, die geeignet erscheint, den Ausgang des tödlichen Flugs für immer zu verbergen. Er schleift Laurent über den rutschigen, mit feinem Laub überstreuten Boden hart an die Uferung. Er hält den Bewusstlosen längst für tot. Da soll er nun liegen, sumpfweich soll er ruhen, und soll irgendwann abgleiten in dieses dunkle, dicke Gewässer – damit es für immer getan sei. Der Pilot wirft das zerfetzte Vorderteil seines Lederoveralls über Laurents selbst in der Ohnmacht noch blühendes Gesicht, er will nicht einmal dessen geschlossene Augen mehr sehen müssen. Den Priesterkragen hat er ihm heruntergerissen, das schwarze Hemd aufgeschlitzt bis zur Mitte. Er ist so besessen von seiner Aufgabe, Laurent verschwinden zu machen, dass er seine eigene Verletzung nicht beachtet. Er ist tatsächlich so primitiv, wie es solche sein müssen, die höheren Orts immer nur eines tun: kuschen. Da liegt nun Laurent, wo man ihn haben wollte: ungefährlich geworden, weich gebettet, fast schon im Schlamm, hilflos, mundtot.

Dann beginnt eine lange, lange Nacht, eine schlechthin unbeschreibliche Nacht für den schlafenden Bewusstlosen und den blutenden Mörder, der am Ende seiner Kräfte zuletzt neben dem schon halbverdeckten Körper des Priesters niedergestürzt ist …

*

Irgendwann gegen Morgen erwacht Laurent. Er ist klitschnass, starrt vor Dreck, aber er l e b t. Einmal im Pool und zurück! Das kann sein tiefster Fall nicht gewesen sein, wenn einer einen solchen *crash* überlebt. Sollten sein Weg, seine Aufgabe hier vorzeitig beendet sein, zunichte gemacht werden?

Laurent sieht den toten Menschen neben sich. Allmählich kehren Denkvermögen und Erinnerung wieder. Was ist passiert? Hatte dieser Pilot vielleicht den Auftrag, im Zuge dieses, na ja, Ausflugs ins – staatspolitisch betrachtet noch – feindliche Ausland, irgendeinen strategischen Treffer zu landen, vielleicht auf Betreiben von, ja, von wem eigentlich? Will heißen, irgendein genau auf dieser Route befindliches, irgendwem seit irgendwann unliebsames Objekt durch diesen Absturz zu vernichten? Bestand möglicherweise von bestimmter Seite, Stelle, Organisation, wie auch immer, die Verfügung, diesen lästigen Laurent K. niemals ankommen zu lassen? Ein satanischer Plan! Obwohl es lächerlich ist anzunehmen, dass ausgerechnet der Transfer eines völlig unkompetenten katholischen Kaplans mit solchem Aufwand, solchem Kalkül und in dieser ausgeklügelten Raffinesse inszeniert werden sollte - undenkbar!

Es hätte natürlich auch sein können, und das wäre eine viel zahmere Variante, dass der Heli sozusagen in geheimer Mission weit über das Ziel hinausfliegen sollte, um irgendwelche Spendengelder oder Valuten zur Unterstützung der im Osten wirkenden Priester ohne Berührung mit den total totalitären Grenzmauern, also ungesehen und unbehelligt, an deren Bestimmungsort zu bringen ---

Laurent ist in diesen Augenblicken nicht imstande, eine Erklärung zutreffender Art zu finden. *Was ist Wahrheit*? Immer sind Alternativen denkmöglich, aber mit Laurents Denkvermögen ist es um diese Stunde nicht weit her. Es fällt ihm nichts anderes ein als: Du lieber Gott, dieser Mensch da ist tot, und der Bischof so weit fort. Ich hier runtergeflogen, *am Boden zerstört.* Wie soll das gehen? Was will man von mir? Darf ich überhaupt noch da sein?

Er findet keine Antwort. Er flüchtet in den Glauben an Geheimnisse, lässt sich abermals fallen, physisch und mit der ganzen Seele. Vielleicht ist es gut, dass es dunkle Dinge gibt, die wir nicht durchschauen. Aus ihnen werden Legenden geflochten, Geschichten geschrieben von Engeln und Heiligen, vom Töten und vom Auferwecken, von den schlimmsten Fratzen und von allen guten Geistern. Gottes Atem durchweht sie alle, diese Stiefgeschwister der rätselnden Vernunft. In Laurents Kopf streiten Heerscharen gegen Heerscharen in hunderterlei Verkleidungen und Masken. Das Unbewusste, das pochende Ahnen des Menschengeistes ist gewiss eindrucksvoller und tieferreichend als der detailreichste Polizeibericht.

Laurent rappelt sich hoch. Er hat Tausende Tote gesehen von Kindheit an. Damals hatte er noch nicht beten gelernt gehabt. Er betet auch jetzt nicht, sondern sieht an sich herab. Da sind noch die Hose und die Stiefel, durchnässt alles, von außen, von innen, und fetziges braunes Lederzeug klebt an seiner Brust. Sein Hemd durchblutet, zerrissen. Schlammspuren überall, sein Haar mit fauligen Blättern verklebt. Er schüttelt sich, reißt den Rest des Gewandes, das ihm nicht gehören kann, von sich. Versucht zu klarerem Wasser vorzudringen, um sich notdürftig zu reinigen, hat aber weder genügend Kraft noch Mut, in den Teich hineinzuwaten. Da beginnt er zu laufen, weg von der Stätte der Verwüstung. Ohne zurückzublicken versucht er den Wald zu queren, rennt mit irrem Blick einfach weiter, weiter … in einem wilden Amok … wie in das Sonnenlicht hinein, das zwischen Ost und Süden hochsteigt. Wohin gehöre ich denn nun? Wohin? Im Osten, diktiert ihm sein Unterbewusstsein, dort müsste vermutlich Z. liegen …

Objektiv betrachtet, war der Pilot schlecht gewählt. Er war nicht nur schwul, womit die ganze Verwirrung schon begann, er war ein Rädchen, eine Memme, keine Killernatur. Es wäre ihm ein Leichtes gewesen, Laurent auszuklinken, ihn hinunter zu befördern in die Versenkung des Niemandslandes. Nur haben Besessene meistens kein Organ für die Minimierung des eigenen Schadens. Jetzt sind sie beide unten, mit einem wesentlichen Unterschied: Laurent ist n i c h t tot.

Er wird leben. Er wird weitermachen, irgendwie! Er wird sehr bequem leben. Noch weiß er nicht, dass in dem Wrack zwei Alukoffer gefüllt mit geschätzten einhunderttausend Dollars unbeschädigt zurückgeblieben sind, ein reichlich überhöhter, fetter Judaslohn für das kleine Pfaffenleben des Laurent Kekumá, oder was meinen Sie, Exzellenz?

*

Das Fischwasser, an dem das Wrack niedergegangen ist, gehört bereits zum Besitz der L. Auf ihrem üblichen Morgenritt kommt die Frau vorbei, zufällig, denn Blondel, dem sie soviel Freiheit lässt wie nur möglich, hat an diesem Morgen von sich aus einen anderen Weg eingeschlagen. Er ist ein Hengst von der neugierigen Sorte, der sich dann und wann seine Gänge nach den Nüstern sucht. Die Unfallstelle reißt sie sofort vom Pferd. Sie sieht die Trümmer, findet den Toten. Sie findet auch Ladegut: einen Seesack, eine Kiste mit Büchern, Verschnürtes. Zwei Alukoffer, extra, eingewickelt in ein schottisches Plaid. Den gefundenen Stücken nach zu schließen, denkt sie, dass ein Pilot für sich allein nicht dieses Ensemble an Gepäck mitführen würde. Demnach wäre nach einem Mitreisenden zu suchen. Mutig wie Joana ist, lädt sie dem Pferd – Blondel versteht sich darauf, wenn es sein muss, auch niederzuknien, so lammfromm ist er – schlussendlich den Toten auf. Es kostet sie viel Mühe, den erst halberstarrten Körper festzuzurren. Sie schafft es. Sie birgt, verbirgt die Gepäckstücke im Untergrund des schrägstehenden Cockpits, nimmt das Pferd am Zügel. Wendet sich nun doch ein wenig erschöpft und fröstelnd Richtung Kapelle, Richtung Familiengruft der L., reißt das Tor auf. Nach und nach gelingt es ihr, den Unbekannten in eine Seitennische zu zerren in der Absicht, den Leichnam erst einmal einzuschließen. Ha, lächerlich! Seit Jahr und Tag steht dieses ungenutzte Gotteshaus offen, hier gibt es nicht Schloss noch Riegel, hier ist alles verlassen, verrottet, verloren.

*

Laurent ist über und über verdreckt, glitschig, von dem streng riechenden Fischwasser durchweicht. Er hat die Schuhe ausgezogen, sie sich über die Schultern gehängt. Er versucht rasch weiterzukommen, ist aber noch immer zu verkrampft, um orientiert zu laufen. Hinter dem dunklen Waldstück erblickt er einen Strich Horizont. Er fühlt sich ein bisschen ausgesetzt, wie auf einem unbekannten Meer; setzt die Schritte so, als finge er ein Beben hochsteigend aus den Bodenwellen gerade noch ab. Mit sturem Blick geht er voran, sieht weder rechts noch links. Der Wald. Davon ist sein Kopf voll, ausgeliefert dem Krachen von Ästen und Bäumen, dem Sausen in der stehenden Luft. Der Wald ist natürlich ganz anders, als Laurent ihn in diesen wenigen geschenkten Augenblicken empfindet. Denn würde er nur genauer hinsehen, er erkennte den Wiesengrund, von Weiden umstanden, als Rendezvousplatz der Kreuzottern; den Birkenhain, wo das Waldhuhn balzt – Tod und Leben schlafen eng beisammen in diesem wildschönen stillen

Paradies. *Hier krönen noch Geheimnisse den Tag, die stillen Hochzeiten und der laute knackende Tod.*

Aber Laurent ist zu benommen, Leben und Dinge außerhalb seiner selbst wahrzunehmen. Nicht einmal den Radarschirm riesigen Ausmaßes erkennt er, der von einer entfernten Betonburg her seine Drehungen vollführt, die Zeichen angrenzender, ganz naher Zivilisation. Laurent ist noch immer nur beherrscht von dem Geräusch dieses *crash*; es hämmert in seinem Bewusstsein, oben hinter der Stirn, zwischen den Augen, hinten im Nacken – mechanisch laufen seine Schritte weiter.

Vater unser, der du bist – tapptapptapp – wo bin ich? Ich bin ja gar nicht. Vater unser, was wird sein? Ich bin so fertig, so feig, ich bin so allein. Vater unser – das Gebet will sich nicht wirklich formen. Ein Kreuz: der Stamm, die Äste quer ab, rechts, links. Ein Kreuz. So nehme ich dieses Kreuz, Vater ... oder besser: Jesus. *Ihm nachfolgen.* Ja, also sei es. Der Mensch betet, wenn er zweifelt überhaupt zu leben. Und doch: Laurent muss weiter. Ich geh ja schon, murmelt er und hasst es gleichzeitig, so beiläufig in ein Gespräch zu fallen mit Dem dort ... in kein persönliches jedenfalls mit *Dem ganz anderen*, wie er Gott bei sich zu nennen pflegt. Alles viel zu schwach in solchen Stunden: er als Mensch, und schon gar sein Glaube. Nur gehen. Es hinter sich bringen. Das Vernünftige tun. Geht das Gott überhaupt noch an? Gehe ich ihn an? Weiß Er? Wo ist Er?

Wie hieß das noch? „Gott ist so groß; Er hat es nicht einmal nötig zu existieren!" Gott also wäre gar nicht, wäre nichts? Also ich allein, ich auf mich gestellt? Das zählt jetzt doch wohl? Da erst begreift er, dass er wirklich l e b t .

Er erblickt den Uferrand aufs neue. Den leeren, seltsam aufgewellten Platz um das Wasser. Das Wrack. Er ist im Kreis gegangen. Jetzt erst hat er die Kraft, die Zertrümmerung genauer zu betrachten. Aus dem klaffenden Inneren des zerrissenen Hubschraubers stinken Öl und Benzin, aber es ist nichts ausgelaufen. Kein Anzeichen von Brand. Es riecht hässlich, staubig; riecht nach Grauen und Chaos. Aufgeworfener Schlamm deckt Teile des Wracks. Laurent ist aus der Erstarrung erwacht. Sieht sich gründlicher um. Den Toten findet er nicht. Das leere, zerstörte Cockpit,

Hängegurte, zerfetzt baumelnd. Keine menschliche Spur. Sich vorsichtig um die Unfallstelle herum bewegend, schließlich unter das Wrack tauchend, findet er sein Gepäck: Der Seesack ist halboffen, die Kiste mit den Büchern angeschlagen, teils aufbrechend; obenauf steckt sein Missale. Er wühlt aus dem Sack ein kariertes Polohemd heraus, zieht es unbesehen über als Notbekleidung nach Absturz, Teich und Dreck. Steht still da, auf einmal sehr nachdenklich. Ich zivilisiere mich. Es geht weiter. Und doch ist es totenstill um ihn – wo ist der andere Mensch? Hier ist keiner. Hat sich dieser Pilot in Luft aufgelöst, war er etwa nicht tot? Wieso stehen meine Sachen nebeneinandergereiht, wie gesichtet unter dem schräg festliegenden Cockpit? Nochmals fällt sein Blick auf die Kiste. Er nimmt das Missale, birgt es wie automatisch unter seiner Achsel. Wer hat die Sachen gesehen, geborgen, gestapelt? Da muss jemand gewesen sein, der die Unfallstelle entdeckte. Jemand hat das getan – aber w e r ? Wer bist du? Wo bist du? Laurent spricht laut hinein in die Ruhe dieses Waldes am Rand des Teichs. Die Ruhe eines Kirchhofs antwortet ihm.

Wieder treibt es ihn von hier weg, nochmals in das Waldstück hinein, erst weglos, dann von Lichtung zu Lichtung. Zeitloses Umwandern ist in ihm; aber jetzt hat er das Beten eingestellt und das Zählen – er l e b t !

Der wichtigste Mensch: der dich im Augenblick braucht. Das wichtigste Werk: das du jetzt tun musst. Die wichtigste Zeit: dieser Augenblick.

Nach Aurelius Augustinus

Namenlos bin ich zu dir entschlossen, von weit her.

Rilke, 9. Duineser Elegie

DIE BEGEGNUNG

Er will endlich wegkommen von diesem Platz, Schauplatz des Unfalls. Er kann dieses schillernde Gewässer nicht mehr sehen, riechen. Das Quaken der unsichtbaren Frösche nicht mehr hören. Es wird immer dunstiger am Uferrand, die Mücken werden lästig. Laurent beschließt, jetzt einmal nicht auf den Sonnenstand zu achten, nicht eine bestimmte Richtung zu wählen, sondern einfach aus der Tieflage des Teiches, die er als gegeben annimmt, in ein höher gelegenes Waldstück zu gelangen. Seine Überlegung ist richtig: Endlich, nach Stunden des Umherirrens, der weglosen Suche ein richtiger Pfad, regenfeucht. Spuren von Pferdehufen. Ein Pferd? Er hat jahrelang keines mehr gesehen. Plötzlich neben dem Geruch nach Tier solcher von Nadelgehölz, das den Laubwald begrenzt. Zwei Gerüche in einem, scharf und fein. Zwischen den höheren Stämmen breiter ausladender Bäume kommt er auf einen von Zypressen gesäumten Hohlweg in eine unbeschnittene Allee, angekraust von Wetter und Alter, und er sieht vor sich ein Gemäuer: die Kapelle. Er hätte eher ein Jagdhaus erwartet oder den Unterstand eines Waldhegers. Aber nein, eine Kapelle. Eine Kapelle gotischen Zuschnitts im Tudorstil des vorvergangenen Jahrhunderts, ungekonnt erneuert.

Ebenso erschöpft wie ein bisschen erleichtert geht Laurent auf das Bauwerk zu. Die Tür steht offen. Er tritt ein und schlägt unabsichtlich nieder auf die Knie – er kann nicht wissen, dass hier ein paar Stufen hinunterführen, um gegenüber unmittelbar vor dem Altar wieder aufzusteigen. Laurent rappelt sich hoch, sieht eine einsame Kerze flackern. Seitlich rechts vom Altar liegt etwas Verhülltes, gestaltförmig, flach auf dem Boden: der Tote! Laurent stürzt nach vorn, zieht die Pferdedecke hoch, sieht den verfärbten Leichnam, die Blutverkrustungen da und dort. Jetzt wäre Weinen gut, aber er findet keine Träne, fühlt sich mit einem Mal abgeklärt, alt, ausgelaugt, kaputt, nutzlos, dies alles zusammen. Wie hätte denn nun sein offizieller Auftrag gelautet? Du musst ihn begraben. Du musst einen Bericht schreiben, mit allen Einzelheiten, wenn möglich. Ja, wem denn? Und wozu?

Aber das Totengedenken, denkt er, die Messe, das übliche Totenamt, die Feier von Tod und Auferstehung – das sollte vielleicht doch sein. Bin ich nicht Priester? Tausende Fragen, verwirrende Momente. Aber, erschöpft wie er ist, bleibt Laurent lieber da unten hocken, wo er hingesunken ist an der Seite des Toten – ein verstummter, erstarrter Totenwächter.

Die Kerze blakt, scheint in sich zusammenzustürzen. Hat sie die Nacht über gebrannt? Da fällt ein Schatten von der Tür her in den Mittelgang der Kapelle. Eine Frau steht im Raum, eigentlich erhaben zu nennen. Sie trägt eine polnische Bluse, bestickt, und die Brüste fast frei vor sich her, zwei große, strahlende Sonnen. Ein schweres Kreuz, dunkel wie Lavagestein, von einem silbernen Anker umwunden, hängt von ihrem Hals. Sie tritt nahe an den Leichnam, an den kauernden Jungen. Sie schlägt die Augen nieder, und es ist Laurent, als erlebte er die Erscheinung einer archaischen Göttin. Er erschrickt zutiefst, rührt sich nicht von der Stelle. Auch die Frau spricht nicht. Aber sie beugt sich nieder und nimmt sein Missale, das er noch immer achtlos unterm Arm geklemmt an sich presst, mit zartem Griff und Anmut an sich in einer Gebärde, die ihrem überwältigend groß und wild erscheinenden Leib widerspricht. Da sie sich niederbeugt, sieht er ihr Gesicht: So schön, dass es schmerzt, so abgeblüht, dass es wehtut – wache strahlende Augen über zuckendem Mund in einem Meer von Fältchen. Die Frau geht die Stufen hinauf, verschwindet. Kommt nach kurzem wieder zum Vorschein, eingehüllt in die Relikte dessen, was einmal ein Priestergewand war – noch ernster, noch fremder.

Dann hört Laurent zum ersten Mal ihre Stimme: „Man muss eine Messe halten. *Il faut dire la messe, n'est-ce pas*?" Laurent starrt sie an, es ist seine Kindersprache, die sie verwendet. Sie muss also seine Bücher gesehen haben. Er antwortet ihr heiser wie ein Automat: „*Ne pas la messe, des oraisons suffiront!*“ Keine Messe, nein. Laurent hört sich sprechen, aber er glaubt sich in einem Albtraum. Soll das ein Spiel sein? Eine Fechtübung? „Ich mache das auf meine Weise“, sagt sich Joana. Sie sagt es unwillkürlich halblaut. Auch wenn der Junge da verstände – sie nimmt sich die Freiheit, ihren Mut ganz auszuleben, wenngleich ihre Stimme unsicher geworden ist. Sie wird das alles deuten, erklären müssen d e m da. Ihre Welt, ihr Leben, ihr Geheimnis.

Laurents Gedanken schweifen ab. Eine Dichtung fällt ihm ein. Ein befreundeter Professor hatte sie ihm einmal in die Hand, vielmehr ans Herz gelegt. Etwas von einem Reiter, von einem jungen Menschen, der in eine ihm fremde Welt gerät, in Dunkelheit und Gefahr. Dann eine Frau, dann ein Brand … Wo ist Rettung? Was ist wirklich? Was Traum? Was Wachsein, Leben? Wer unterscheidet, war das Wein oder Blut? „*Und der Mut ist so müde geworden und die Sehnsucht so groß …*“ Es beschreibt genau diese Minuten, dunkel, verzerrt, irreal. Laurent ist schwach zumute. Eigentlich will er ja hinauf zu diesem Menschenweib da oben in der Apsis. Man müsste ihr das Gewand herunterreißen. Wie hätten Auftrag und Vorschrift gelautet? Tu was! Steh nicht so lethargisch herum! Ja, sollte ich, ja. Aber er steht da und schaut und hört: „*In nomine patris et filii et spiritui sancti.*“ Sie hat die Liturgie begonnen. Irgend etwas fehlt, weiß Laurent aus Routine. Natürlich, die zweite Kerze, die liturgischen Vorschriften sind strikt kodiziert. Er tastet nach Streichhölzern, tut den Schritt nach vor, brennt eine zweite, abgestumpfte Kerze mühsam an. Steht, schaut, sieht. Sie hat das Missale genommen, sie hat das Formular vor sich – aber sie blickt gar nicht hin. Spricht einfach. Sagt in einem seltsamen Singsang die uralten Texte, sagt sie mit kühnem, gleichsam herausforderndem Blick ins Weite, der doch auch wieder näher kommt und suchend hingeht über den jungen Mann da, den ganz Fremden.

Laurent bleibt ruhig, still beobachtend. Seine halbgeschlossenen Augen verraten Unmut, ein gewisses Maß an Scham, da er doch allererst die Frau betrachtet. Davon ist er derart abgelenkt, dass er, was sie spricht, nur mit halbem Ohr wahrnimmt. Sie befindet sich in einem überlangen Hochgebet. Es folgt ein minimaler Kanon, keine Gebete für Bischof oder gar Papst, aber ausführlichstes Totengedenken mit Namen, Namen, Namen … Genealogien von Namen. Was soll's, weit weg von hier ist die römische Zentrale, hier liegt Kiew schon viel näher. Eine kleine Überraschung: Sie singt das *Mysterium fidei.* Die Doxologie sowieso. Da Laurent gerecht ist und immer geneigt, aus allem das Beste herauszuhören, kann er ihren freien Formulierungen einiges abgewinnen. Es ist auch seine Auffassung, dass die althergebrachte liturgische Form geändert gehörte, dass Intensivierung, Verkürzung nottäten, Einschränkung aufs Wesentliche. Was ist das Wesentliche? Das Brot, dessen wir täglich bedürfen! Hatte nicht schon Abaelard die ihm anvertrauten Nonnen einschließlich seiner Heloïse dazu angehalten, so zu bitten: „Gib uns unser überwesenhaftes Brot … heute und alle Tage"- die entscheidende Bitte jedes Transzendenz suchenden Menschengeistes!

Ohne Hast vollzieht Joana den Ritus. Unter Frauenhänden geschieht das Mysterium der Gegenwart des Herrn in einer Weise, die Laurent bis jetzt für unmöglich gehalten hätte. Aber er sieht keinen Grund, es n i c h t zu akzeptieren. Diese Erkenntnis wirft ihn nieder, er schluchzt auf. Was ist's? Beschämung? Weil hier ein Tabu gebrochen wird? Weil hier Stufen überwunden erscheinen, die auf ewig Schranken sein sollten? Ist der Mann, der Priester hier nicht ausgeliefert dem anderen Menschenwesen, der F r a u ? Ihr *Paternoster* hört er fast schon nicht mehr.

Joana selbst berührt ihr Handeln insofern, als da einer ist, der es teilen muss – ob er wolle oder nicht. Sie erfährt die skurrile Konstellation einer Begegnung an diesem abgeschiedensten aller denkbaren Orte. Sie ist berührt, aber nicht verwundert. Sie hatte es ja gewusst: E i n e r fehlt noch. Weil Piloten keine Missale mit sich zu führen pflegen. Leiser wird ihre Stimme, irgendwie demütig. Das „*Pax domini sit semper vobiscum* …" kommt wie ein Ruf, wie ein kleiner Aufschrei von innen. Laurent richtet sich ein wenig auf. Wieder fällt ihr Schatten auf ihn. Näher kommt der Geruch der Weiblichkeit, als sie die paar Stufen herabsteigt und mit einiger Ironie hinwirft: „Gebt einander ein Zeichen des Friedens", und anfügt: „Das gute alte Väterkonzil, erinnern Sie sich? Aber nein, Sie sind viel zu jung. Ich liebe spontane Gesten, umso mehr als … Deine Hand, Mönchlein, und deinen Kuss …". Sie hat jetzt deutsch gesprochen und hat noch überhaupt keine Ahnung, wie gut Laurent es beherrscht. Nicht ganz diese regionale Färbung vielleicht. Er ist noch immer halb im Knien, und ihr schönes offenes Gesicht senkt sich auf seinen Scheitel herab in flüchtigster Berührung. Ihre Hand hebt die seine an die durchatmende Brust. Zum ersten Mal taucht ihr diamantischer Blick, der Blick einer sehr Einsamen, in sein so dunkles Augenpaar unter der kaffeebraun glänzenden hohen Stirn.

Also hat sie es tatsächlich gewusst, hat das Missale entdeckt unter seinen Büchern. „Mönchlein", sagt sie spöttisch und ein wenig liebevoll zugleich. Eine Herausforderung für Laurent: abenteuerlich, denkt er. Die Spannung des Augenblicks lässt ihn nun aufspringen. Er stürmt die Stufen zum Altärchen hinauf, seine vorgestreckten Hände treiben die Frau zurück bis an die Schlussmauer der Apsis. Mit dem hochmütigen Blick des Ausersehenen zwingt er sie, dort zu verharren, und schreit, ja, brüllt unvermittelt los: „*Arrêtez*! Bleiben Sie, wo Sie sind!" Man weiß ja, wie leicht einer ohne Vorwarnung zu schreien beginnt, wo eigentlich versteinerndes Entsetzen, Furcht, Angst, Scham Platz greifen sollten. Schreien befreit aus dem ungeheuren Druck. Jeder Schrei ist ein Ventil: „*Arrêtez-donc*! Halten Sie ein! Das nicht, *non, non* …". Dann tritt er an den Tisch, setzt wie mechanisch die Mahlfeier fort. Da begreift Joana: Meine Alleinherrschaft h i e r ist gebrochen. Ich kann so nicht weiter, ich soll wohl endlich dienen, Knechtin sein eines Größeren? *Ecce corpus Christi*. Nach Jahrzehnten tönt wieder durch den längst entweihten Raum die Stimme eines Priesters. *Sanguis Christi custodiat animam meam in vitam aeternam* … Er isst das Opferbrot, nimmt den Kelch. Da löst sich die Frau aus dem Hintergrund. Wie eine dunkelgoldene Ikone tritt sie näher. Wie ein Wesen, das ins Leben zurückkehrt. Unbeherrscht und erregt stößt sie hervor: „Ja, das Blut des Geopferten, der Sohn, Menschensohn, Gottessohn, an den wir glauben … gib mir auch das Blut!" Er reicht ihr Brot und Wein, die Zeichen der Übernatur. Er tut es langsam, hinzögernd, konzentriert, ja er geht gleichzeitig konzentrisch alles durch, was man ihn über die eucharistischen Symbole gelehrt hat, über Messe und Amt, diese aus vielen Quellen gespeiste Tradition, in Jahrhunderten zusammengeflossen aus so vielen Ritualen. Denn wer könnte zelebrieren, was er nicht kennt? Die glaubende, sich ins Unendliche fortsetzende Kontinuität des erlösten Todes. Die Aufhebung der profanen Zeit, um die Geschichte ertragen zu können – ein unausrottbar archetypisches Verlangen. „*La messa è finita, andate in pace*!“ Laurent hat keinen Schimmer, warum er die Schlussformel auf italienisch sagt. Und da ist die große, furchtbare Frau wieder. Erst hatte sie gekniet, jetzt steht sie neben ihm, die schöne Brust unter dem Schwanenhals frei und leuchtend, und zögerlich sagt sie, indem sie seine Hand ergreift: „*Andiamo, grazie a Dio*!“. Gott sei's gedankt! Die alte abgedroschene Formel. Aus ihrem Mund ein Ausruf. Ihre aufrichtige Freude bleibt ihm nicht verborgen. Joana ist tatsächlich von Dank erfüllt. Hier ist etwas geschehen in unmittelbarer Nähe, in ihrer kleinen Welt, was ihr ganzes Leben, den Fortgang der Dinge ändern kann. Da ist ein Mensch hergekommen, rein aus Zufall i h r zugefallen. Jetzt, da sie die Funktion dieses Menschen kennt, ist sie entschlossen, sich die erzwungene Veränderung, dieses Dienen auch dienstbar zu machen.

Sie denkt über die Situation in der Kapelle hinaus an das aufgeschlagene Buch in Santins Arbeitszimmer, dort belassen auch nach dessen Tod: der Erstdruck ihrer Gedichte; aufgeschlagen seine, wie er sagte, liebsten Verse:

Die ganze Fülle des Lebens will ich genießen
noch einmal den römischen Frühling erleben
und dich, mein dunkler Bruder und Freund, mein Geliebter…
um ausruhend Auge in Auge zu tauchen
wie die Sonne ins Meer.

Nicht viel später wird sie wissen, dass sie es um die Zeit schrieb, als Laurent geboren wurde … Laurents Schritt reißt sie in die Realität zurück. Knapp neben ihr fragt er: „Wie lange macht Ihr das hier schon so?“ In Unkenntnis ihrer Person wählt er die antiquierte Anredeform, übersetzt die übliche französische Anrede kurzerhand ins Deutsche. Aus den Studienjahren kennt er die Sitten und Formen der Gesellschaft besser als irgendeiner, wiewohl sie ihn wenig beeindruckten bis jetzt. Er ist ganz und gar aufs Gegenwärtige zugeschnitten, völlig uneitel – ein Träumer freilich, immer noch ein Schwärmer, einer, der seine Ideen entwickelt aus der Bewusstmachung, welche Schätze die Menschheit im Grunde verfügbar hat; einer, der sich von den Jungen seiner Generation schon darum abhebt, weil er denkt – weil er so denkt – weil er daran zu denken nicht verlernt hat.

„Wie lange geht das …“, wiederholt er, dem suchenden Blick Joanas voll und ganz ausgesetzt. Er ist so groß, so aufragend. Aufschauen muss sie. Dennoch: ihr Blick paralysiert ihn. Er verschweigt sich. Denkt: Vielleicht, dass sie … dass sie es später sagen wird.

Da liegt er nicht ganz falsch! Denn Joana weiß im voraus, was sie diesem schwarzen Engel etwa würde sagen müssen: Dass sie sich nichts anmaße, dass sie nicht als Priesterin hierher komme, die sie nicht sein kann. Hier und jetzt nicht. Sie würde sagen, es ist das Allgemeine Priestertum, die Gotteskindschaft, die uns verkündet und versprochen wurde. Es ist das Mahl, das wir nun einmal brauchen. Gib uns unser tägliches Brot! Und wissen Sie, wird sie sagen, dazu tritt ja auch noch der gar nicht so satanische Verspruch: *Eritis sicut Deus*, Gott werdet ihr sein, ihr werdet die Unterscheidung haben, *scientes bonum atque malum.* Atem holen würde sie, ihre Rede unterbrechen, ja. Denn es fällt nicht leicht, innerstes Wissen oder besser: Vermuten aufzublättern vor einem Fremden. Und sie würde wieder den großen sinnenden Blick bekommen: „Ich denke, mir ist dieser Vollzug so etwas wie die letzte Möglichkeit einer V e r k l ä r u n g der Welt, in diesem Sinne vielleicht wirklich W a n d l u n g. Diese Erde zur besten aller Welten zu machen – forderte das nicht auch die hohe vernunftgemäße Philosophie des Aufgeklärten Zeitalters? In dieser Feier, in diesem Sich-Auftun sehe ich den Ausgangspunkt der Reise. So wie beispielsweise ein einziges Gedicht – jedes Gedicht! – die Möglichkeit in sich birgt, die allgemeine Ästhetik der Anschauungen zu begründen, zu erweitern, für immer zu bergen und zu behausen.“ Und sie würde hinzufügen: „Verzeihen Sie die Abschweifung und mein laienhaftes Geschwätz …“

Das alles sagt Joana natürlich nicht. Sie bewahrt es, behält es sich vor. Noch hält sie Laurent mit Blicken in Schach, eine unbewusste Musterung. Und sie muss zugeben, an diesem da nichts von jener läppischen Seminaristenempfindlichkeit zu entdecken, über welche die *Colette* zu ihrer Zeit so reizend zu spötteln vermochte.

Allerdings, wenn sie diesen gescheiten, schönen, geheimnisvollen dunklen Menschen ansieht, ein wenig besser hinsieht – dieses anmutige Kind der Ferne: Genauso einen hätte sich Santin als Kind ihrer beider Liebe gewünscht. Den Sohn. Es ist vor allem Laurents eigenartige Haltung, die sehr an den Geliebten erinnert: wenn sein rechter Arm flügelleicht auf der linken Schulter ruht.

*

An einem Hag zwischen Schloss und Kapelle, in einem lichteren wiesenartigen Halbrund von Birken umstanden begraben sie den Toten. Genügend Gerätschaft hat sich gefunden im verrotteten Anbau der Kapelle, einem ehemaligen Unterstand von Wegeräumern. Gerochen hat es dort mehr nach Wegelagerern, findet Laurent. Er hebt die Grube aus. Sogar Stiefel waren für ihn vorhanden. Schon ist er zu abgekämpft, um zu spüren, wie die drücken. Nackt ist er bis zur Mitte. Schweiß geht nieder an seinem bronzenen Körper, glänzt in die Sonne hinein, die schon ziemlich hoch steht. Er fühlt sich stark trotz der Anstrengung. Er fühlt den großen wunderlichen Blick der Frau auf sich, die nun Schieferplatten herbeischleppt. Kraftvoll und gleichmäßig in ihrem Tun. Er stellt keine Fragen, woher und wieso. Er arbeitet und begreift nichts.

Ihre Blicke zieht er auf sich wieder und wieder, wie sie so Stein für Stein zur Bezeichnung der Stätte aufschichtet, was er für übertrieben hält. Aber egal. Alles an ihm brennt: die Haut, die Hände, die Schultern. Doch verwendet er seine ganze unverbrauchte Kraft an dieses notwendige Werk notwendiger Barmherzigkeit. Beide sind mit je eigenen Gedanken befasst, beide befangen. So sprechen sie nicht. Ob sie hier, gerade hier nochmals beten sollten? Joana konzentriert ihre erregte Mühung, das ganze seltsame Tun viel mehr auf den Menschen neben ihr als auf den Toten. Laurent, der Priester, jung und hochgebildet, der alles an Theorie in sich trägt, aber wenig Erfahrung, weiß jedenfalls eines: Er darf dem Toten nichts nachtragen. Widerstrebend aber denkt er an die letzten Sekunden vor dem Absturz. Der da in dem leinernen Sack liegt, könnte noch leben. Was wäre dann? Wie a n d e r s wäre alles gekommen? Es geht ihm auch in dieser Stunde nicht auf, dass zwischen Möglichkeit und Wirklichkeit Welten liegen – nicht nur, dass er dann diesen Wald, diesen Zauberwald rund um den Besitz derer von L. vermutlich niemals betreten hätte.

Wie könnte einer wie Laurent auf die Idee kommen, dass er gar nicht dort hätte eintreffen sollen? Dass der Pilot Auftrag hatte, so riskant zu manövrieren, dass dieser Knabe da einfach zugrunde gehen m u s s t e ? Laurent wird neben dem Bargeld in den Koffern zusätzlich noch Geld auf einem wohldotierten Konto vorfinden – Bumerang, der zurückkehrt. Gleichung, die nicht aufgeht. Freilich: Die unsichtbaren Gegner, denen er die *Gute Nachricht*, die froheste aller frohen Botschaften zu bringen gewillt war, sind mächtig, und sie haben ihre Macht auch zementiert. Bis in alle Ewigkeit.

Die Vorsehung hat es anders gewollt, und witzigerweise diesen Trottel von Handlanger dazu verleitet, den Code für erwähntes Konto in seine Westentasche einzunähen. Der Augenblick scheint gekommen, Laurent ins Bild zu setzen: „Ich musste ihn ja umdrehen, um ihn aufs Pferd zu hieven. Da fiel die Weste auseinander. Ich zog sie ihm aus. Hier, nehmen Sie – ach ja, wohin denn? Sie haben ja nichts drunter!" So geriet der Unfalltote ins Sackleinen, und so begraben sie ihn – begraben die nackte Schuld. Joana, hellsichtig und mit großer Kombinationsgabe gesegnet, hat das Rätsel so gut wie gelöst.

Irgendwann später, leise, wie für sich selbst, so dass Laurent eigentlich nichts mitbekommt, sagt Joana: „Ich will mit den Behörden nichts zu tun haben, nicht einmal anstreifen an d i e d o r t ! Ich habe keine Berührungsängste, aber in diesem Falle …", dann verstummt sie lieber. Es ist unmöglich, Laurent die Komplexität aller Umstände klarzumachen, die sie veranlassen, den Toten hier und jetzt zu begraben. Es musste einfach sein. Sie ist froh, dass Laurent vor lauter Arbeit gar nicht zum Fragen kommt. Er wird sich auch nicht den Kopf darüber zerbrechen, dass sehr bald von dem Wrack nichts mehr zu sehen sein wird. Er wird aber rasch begreifen und schätzen lernen, dass diese Ankunft in eine zwar gefährliche, doch verborgene Gegend geführt hat …

Der Tote ist unter der Erde. Die Steine notdürftig zusammengebaut. Zu Häupten fast zwei Fuß hoch, das muss genügen. Eine Decke aus Kies über die Länge des Grabes zu tun, verbietet sich von selbst. Das niedergestochene Buschwerk wird sich irgendwann wieder aufrichten und den Rand der Grube überwuchern. Fällt ausreichend Regen, wird auch der Tote bald für immer im Erdreich aufgelöst sein.

Laurent ist erleichtert, klarerweise auch hundemüde. Er reißt sich die Stiefel von den Beinen, schlägt den Hangover um die Schultern. Er ist ausgepumpt, ausgetrocknet. Dass auch ein so schwarzer Körper von der Sonne versengt werden kann? Joana lässt sich an einem Baumstamm nieder, ein guter Schattenplatz. Ihr Haar ist zigeunerhaft gekraust vom Dunst des späten Mittags, ihr Gesicht glänzt. Beide Hände streckt sie hinauf zu ihm, und die Geste sagt: Kommen Sie, hier ist es still und kühl.

Beide sind erschöpft. Stumm lehnen sie nebeneinander – in Gedanken, Gebeten? Es fehlt wenig, und sie sänken gegeneinander über den kleinen Abstand ihrer Schultern hinweg. Seltsame Gedankensprünge: Joana erinnert sich eines Besuchs im Tiergarten von Springe vor Hannover Ende der Sechzigerjahre. Mittags war es im Radio gekommen: Robert Kennedy ermordet, als zwei sehr müde Menschen nach längeren Wegen, komplizierten Wegen zueinander, ebenfalls todmüde an einem Baum zusammenlehnten – vor sich eine riesengroße Voliere, wo zwei mächtige Ohreneulen augenklappernd, aneinandergeschmiegt, Öhrchen spitzend, ab und zu halsverdrehend ihre Flügel ineinanderhefteten, Auge in Auge mit den in ihren Anblick versunkenen Besuchern. War ein Dämmermittag, falls es so etwas gibt. Alles ruhte, döste wie jetzt auch hier.

Joana hat ein Problem mit seiner Jugend. Sie sitzt ihm ganz nah, und es sind Barrieren zwischen ihnen. Sollen ja auch sein. Aber Joana *spürt* sie nicht, im Gegenteil: In ihr wühlt es, brennt. Das ist nicht der Schmetterlingshauch über und unter der Bauchdecke, das ist Bergflankenfieber, vulkanische Erschütterung. Ist sich dieser Mensch seiner Wirkung eigentlich bewusst? Weiß er, wie er strahlt, lockt, anzieht? Diese eigenartige Aura um ihn: ein Gemisch aus Simplizität, einer gewissen Gewöhnlichkeit, ein animalisches Etwas, könnte man sagen, das in Joanas Klausur einbricht – Katastrophe und Verklärung zu gleichen Teilen. Laurent eben.

Reden, denkt sie, locker bleiben. Und es fällt ihr nichts Besseres ein als: „Haben Sie auch einen Namen?“ Sie müht sich, es ganz natürlich wie zwischendurch zu fragen, ohne besondere Betonung.

Sie müht sich, es mit einiger *contenance* zu sagen. Man ist schließlich mit dem halben Hochadel Europas irgendwie verwandt! In Zeiten wie diesen! Sie kann nicht wissen, dass diese Seite an ihr Laurent überhaupt nicht interessiert. Was ihn aber berührt, ist das Geheimnis hinter dieser abgehoben erscheinenden Selbstbewusstheit, die zu ergründenden rätselhaften Gedankenvorgänge hinter ihrer Stirn. Sie ist aus einer anderen Welt, denkt er, und erkennt nicht, wen er wirklich neben sich hat: eine in sich selbst verlorene, stets ein wenig unsichere Witwe, ein hinirrendes Mädchenschaf, gerade noch so anziehend, um als die *Schlafende Schöne* des Waldes hinzugehen ... Und wie aus einem langen Schlaf kommt Joanas Stimme wieder: „Verzeihung, wollte Sie nicht in die Irre führen ... Laurent, nicht wahr? Da war die Kiste mit den Büchern, ich habe einige aufgeschlagen – das ist doch Ihr Exlibris ...?" Laurent schluckt, nickt. Okay, was soll's. Er schließt die Augen. Joana hat Mühe im Gespräch zu bleiben: „Hören Sie", sie sagt es mit einer vagen Geste nach oben hin über die Baumkronen weg: „An Den habe ich den Glauben nicht verlieren können, eher an die Menschen! Ich will ihnen nichts. Ich bin in meine Einsamkeit vernarrt, mir selbst genug. Es ist gut, wenn niemand da ist, Fragen zu stellen. Bis heute nicht, außer Ihnen – da – vorhin ... Sie haben es gesehen. Ich habe mich eingegrenzt, besser: ausgegrenzt. Mein Wunsch war und ist immer nur eines: die Transzendenz herabzuzwingen ... Sie finden das unbegreiflich von einer Frau? Santin hat es für mich gewollt, schon lange – aber er ist nicht mehr da." Joana erschrickt, soviel gesagt zu haben. Ist das die Stunde, sich zu überwinden und dem Fremden zu erzählen, warum das so ist, wie und wann es endete? Vielleicht, dass Laurent ein wenig hellhörig wird. Er m a g Rätsel – jedenfalls sie vorgesetzt bekommen. Sie lösen zu müssen, nein, danke, das liegt ihm eher nicht ... Hat Joana zuviel gesagt? Braucht es eine Verdeutlichung? Sie entschließt sich, mehr preiszugeben:

„Ich denke immer, dass unsere ganze Tradition etwas recht Heidnisches in sich hat – dieser unausgesetzte Totenkult im Christlichen. Ich persönlich fühle mich nicht schlecht in dieser magischen Atmosphäre. Sie kommt mir eigentlich entgegen. Sie hilft mir, die Gewesenen, das ganze Totenreich, den All-Einen Gott hereinzuholen in diese Gegenwart, obwohl ich gar nicht weiß, wo sie sein dürfen! Ein Wissenwollen, das mich niemals verlässt. Was bist du, Seele, Mensch, Gott? Was ist's mit dir? Gib Zeichen! Sprich, du Allwesen über uns, unter uns – konkretisiere dich! Hinreichen zu dir will ich, und nicht nur in meinen Gedanken. *Es muss mehr geben als alles*. Verstehen Sie? Aufrechterhalten will ich diese Bezüge, *religio* haben, spüren, dieses eine L e b e n ! Ein Unlebendiges kann nicht gedacht werden, alles pulsiert, hinüber, herüber. Die Steine reden sogar, nicht wahr? Das Gewesene fließt ins Jetzt, das Künftige aus dem Heute …"

Da kommt Laurent um seine Stellungnahme nicht herum: „Man muss kein Schamane und kein Woodoo-Zauberer sein. Auch ohne Gedanken an bestimmte Tote ist es zu begreifen, nämlich jedem, der g l a u b t : Alle leben sie. Auf ihre Weise. In ihrer neuen Dimension. Es gibt ein gutes Wort: *Kehre du dich zu den Toten und sie kehren sich zu dir*. Es ist ganz simpel – man muss nichts anderes als an das L e b e n glauben. Leben stirbt niemals."

Ihre Zurückhaltung schützt Joana davor, etwas Böses dazwischenzuwerfen: Auch der da drin? Aber sie schweift ab:

„Seit mein Mann tot ist, das heißt, er war nicht mein Mann, ist der Tod an sich nichts Besonderes mehr für mich. Es ist mir sogar eine gewisse Genugtuung, dass auch andere sterben … dass auch andere ihre Toten bekommen. Grausam, nicht? Aber – warum erzähle ich Ihnen das eigentlich?"

Laurent wirkt mit einem Mal erleichtert, erheitert, denn er hat zunächst gar nicht bemerkt, dass hier Unmögliches vor ihm ausgebreitet wird. Leichthin kommt seine Antwort: „Damit ich mich auskenne hier bei Ihnen … deswegen, nicht?" Eigentlich müsste ihm vor ihr grauen. Sie nimmt den Einwurf gelassen.

„Ich bin übrigens Joana!" Ihre Augen gehen noch bewusster über ihn hin, gehen seine Umrisse ab. „Also bitte, Joana! Und weil ich so alt bin, darf ich vielleicht du sagen? Wie jung bist du? Woher, brauch' ich nicht zu fragen …" Aber natürlich, die Augen, Joanas leuchtende Augen fragen eine ganze Menge mehr.

„Komm jetzt!", sagt sie zum zweiten Mal, und es klingt, als hätten sie beide ein Jahrhundert an Qualen hinter sich gebracht, „da, wo ich wohne, ist es noch viel stiller und viel kühler."

Sie gehen quer durch den Wald. Joana führt Blondel, der lammfromm die lange bedrückende Stunde der Zeremonien mit stolperndem Äsen verbracht hat. Der Wald. Buche wechselt mit Eiche. Da und dort verlorener Zypressenbestand, obeliskenhaft und doch keinen Weg weisend. Niederholz aus Haselstrauch, Myrthe, Immergrün. Wie aus dem Nichts aufwachsende fremdartige Magnolien. Viele verwunschene Akazien, die Stämme verflochten, gekrümmt, verdreht wie zu vorgefertigten Alraunen.

Endlich erreichen sie das Haus. Golden schimmert die Mauer, ein Tor unter schlichten Voluten, halb aus Bohlen, halb aus Kupfer zu Mustern quer verlegt. Aufragend und dominant das Dach des Anwesens, zwei Trakte leicht überschneidend, nach beiden Seiten schön gewalmt. Verschiedentlich verblassendes rotes Geziegel.

Hinter der Mauer beginnt der Park. Wo die Mauer nicht hinreicht, dicker Thujenbestand. Wiesen mit Trittsteinen, kein Kies, alles naturbelassen. Schmale Wege von Baum zu Baum. Ein paar weiße Bänke, da und dort. Trompetensträucher in Menge in dem sommerüber erregenden Orange der Tropen. Ein verloren wirkender Freiplatz tut sich auf. Wildwuchernde Taxushecken umstehen ihn, vielleicht Reste einst kunstvollen Bewuchses.

„Hier war einmal ein Irrgarten. Mit Zwergengängen. Ein Labyrinth", sagt Joana, während sie den Garten überqueren. Laurent hört es und hört es nicht. Aber: Theseus … der Faden … das Untier schießt ihm kurz durch den Kopf. Dem Faden gefolgt, oder war es umgekehrt, dass er sich noch mehr verirre? Laurent hat für eine Weile genug von grünen Verwachsungen oder weißen Flecken auf irgendeiner Landkarte oder Verirrung oder Tod. Er sieht das Haus.

„Willkommen auf L.", sagt Joana, „*bienvenu*!" Sie lässt Laurent vor sich eintreten. Ein kleines Glück schwingt in ihr mit, als sie merkt, dass der Junge mit viel Anstand und sichtlicher Erleichterung die wenigen Stufen so rasch und so sicher überwindet. Er zögert keinen Augenblick. So wie einer bereit ist, ein Geschenk zu empfangen, ohne auch nur eine Sekunde daran zu verschwenden, was die Gegengabe sein könnte. Wie sollte ein ganz Nackter auch jemals Dankbarkeit zeigen für ein Kleid? Es gibt Selbstverständlichkeiten. So ist Joana kaum überrascht von der Leichtigkeit, mit der er das Haus in Anspruch nimmt. Sie gerät sogar in Versuchung, sich wieder allen möglichen Assoziationen zu überlassen. Nichts bei ihr kommt und geht. Es windet sich um sie herum, bis es sie gänzlich bedeckt und einhüllt: endlose Ketten, Gespinste von Vorstellungen, nie endende Gedankenreihen. Jetzt betrachtet sie sich und diesen da, der Tag und die Stunde legen es nahe, zwar nicht konkret aber doch imaginär als Paar. Zwei Menschen, durch eine Fügung aneinandergeraten, zusammengetroffen auf Gedeih und Verderb.

Es ist schon wahr, Laurent ist jung, aber sie, Joana, verfügt über die Erfahrung höchst lebendig verlebter Jahre. Er könnte ein Sohn sein, auch das ist wahr. Aber ist er nicht durch das, was ihnen zufiel, diesen Zufall dazu bestimmt, ihr Fall zu sein – ihr Sturz und ihre Auferstehung? Sie wird es ihm nur sagen müssen, eines Tages, wenn es so weit ist – *fortuna regente.*

Joana ist in dieser Stunde sehr befasst, ja völlig eingefasst von ziemlich alten Geschichten. Sie steht ein wenig außerhalb ihrer selbst. Alte Bilder springen sie an, die sie in sich trägt mitsamt aller Tradition aus Familie, Bildung, Erziehung. Auch wo das sogenannte Standesgemäße obsolet wird, kann man in Würde überleben. Nur vielleicht mit vermehrten Implikationen, sofern wie jetzt ein Kind Schwarzafrikas namens Laurent zugekehrt ist. In einem ist Joana sich gewiss: In dem Maß sie sich diesem Menschen aufschließt, wird er nicht umhin können, auch den Kern seiner selbst preiszugeben. Dann wird ihre Welt, ihr vergangenes Leben und Tun ein offenes Buch vor ihm sein; dann wird er es ihr und sich zu deuten haben.

Für eine Weile bleiben sie nicht beisammen. Joana bringt Laurent in Santins Räume. Auch dessen Badezimmer soll das seine sein. Alles geschieht ganz fraglos. Sie nimmt seine verwüsteten Kleider weg, bringt ihm ein paar leichte Sachen: leinerne Hose, seidenes Hemd. Es ist noch wie Sommer, die letzten schönen Tage. Dann ziehen sie sich zurück, Zeit sich zu pflegen, zu erfrischen. Sie wird ihn holen kommen, sagt sie. Auch könne er die Glocke bemühen, links neben dem Vorsaal – das sei eigentlich immer üblich gewesen.

Laurent fühlt sich unwahrscheinlich leicht, aber auch seltsam genug. Hier ist alles so anders, so individuell, möchte er fast sagen, aber auch dieses Wort stimmt nicht. Was es hier jedenfalls nicht gibt, sind Mode und Zeitgeist, Übereinstimmung mit dem Gängigen. Hier scheint alles gewachsen, eines nach dem anderen, aus sich selbst heraus gestaltet. Hier wohnen Ideen, die Dinge geworden sind, je nach dem besonderen Geschmack und Bedürfnis der Menschen, die sie erwünschten …

Das Bad entspannt ihn. Der Körperkontakt mit dem Leinenkrepp ist aufregend neu. Als hätte er reine Natur umgeworfen, an sich gezogen, seinen Leib ausgeliefert an Gras, Binse, Heu, wilden Hafer. Dass Moder, Moos, Staub hier regierten, hätte man denken können, dem schwer überwucherten Eingang nach zu schließen. Aber alles ist frisch und duftend und sehr, sehr gut …

Jeder Geist baut sich ein Haus.
Ralph Waldo Emerson

Bereitet fanden im Haus die Hungernden Brot und Wein.
Georg Trakl, Elis

DAS HAUS

Vorhang auf: Verwandlung! Eine unglaubliche Veränderung ist geschehen, meint Joana. Ein Mensch hatte an diesem Morgen das Haus verlassen, zwei kehren zurück: die Frau, der Mann. Ein klein wenig ist sie noch auf dem Heimweg, sieht, wie sie das allerletzte Stück Wald durchmaßen, den kleinen Kastanienbestand, der Jahr für Jahr die hellgrünen Kugeln ansetzt und dann doch keine Maronen hat – kommt es daher, weil dieser Weg in dieses Haus führt: das kinderlose, unfruchtbare Haus, in dem die Zeit stillsteht? Aber: Wo die Zeit so unheimlich stillsteht, sagt man, nur dort kann eine Liebe beginnen …

Wie kühl der Wald war, ein Dach über ihnen, die Schatten schärfer, das Licht weniger feurig als mittags. Joana kann sich noch nicht lösen von diesem merkwürdigen Tag. Alles ist jung und alt zugleich. Aus dicken, wulstigen Stümpfen brechen dünn nachsprießende Stämmchen hervor, unansehnlich und grau noch wie Weidenruten. Immer noch gibt es verspätete Anemonen, immer noch Waldmeister, blau und weiß zwischen dem bräunlichen Laub zu Füßen des Waldes. Aber niemals noch hat Joana eine Waldblume gebrochen. Sie welken so rasch in der Hand. Laurent ist an ihrer Seite, fast einen Schritt vor ihr. Mit diesem interessanten Gang des Waldläufers, will ihr scheinen, dem ausgezirkelten Gang, der zwischen Schleifen und Drehen ein Sichhinheben über die dürren Nadeln ist. Dabei immer die linke Schulter ein wenig nach vorne geneigt. Agogisch ist seine Bewegung – ein bisschen hochmütig sieht das aus.

Das Haus wird sich verändern, wird atmen, von innen her leuchten. Es wird wieder Gespräche geben. Gedanken und Empfinden dürfen sich äußern, so hofft Joana wenigstens: Dann bin ich nicht mehr der Wachhund meiner selbst. Alles wird gut sein, und wenn Shulamit hundertmal behauptet, dass *an einem Ort, wo es Erkennen, Ziel und Absicht gibt, auch das Böse existiert …* Nein. Joana möchte reine Absicht ihrer selbst bleiben. Bei Gott, sie will sich und diesem da nichts Böses. Freilich muss sie jetzt abwägen, keinen Fehler machen, denn der Professor, er, Santin, war ihr im Grunde immer ergeben gewesen, hat sie gewähren lassen, ließ ihre Wünsche zu, war mit der Gelassenheit des Älteren gesegnet. So hatte sich Joana völlig frei entwickeln können, ganz sie selber werden. So ein bisschen in der Art der *regula Gregoriana*: *habitare secum.* Aber dieser junge Mensch da in seiner Eigenwilligkeit, seiner Angriffslust? Nein, sagt sich Joana, das alles kam erst hinzu, zunächst ist er verschlossen gewesen, stumm! Konnte, würde er eingehen auf sie? Kann sie sich ihm verständlich machen? Da ist noch ein Punkt, der unausgesprochen mitschwingt: Laurent hat gewiss nicht die geringste Lust auf das abgebrauchte Fleisch einer alternden Intelligenzbestie, wie jetzt die zynische Beschreibung ihrer selbst ausfällt. Eine unerbittliche Erkenntnis, eine punktuelle, kleine störende Empfindung in diesen Minuten, wo sie auf ihn wartet. Noch sieht sie ihre Möglichkeiten in keiner Weise eingeschränkt. Sie hält ihn auch für leidlich gut erzogen und ein wenig naiv gegenüber vorgefassten Meinungen und rücksichtslosen Vorhaltungen. Er wird sie eher nicht zur Kenntnis nehmen als beleidigen wollen. Ich muss ihn beobachten, kommen lassen, sehen, was ich ihm zutrauen kann. Voraussetzen darf ich nichts.

Laurent zieht die Atmosphäre des Hauses an, er atmet sie in sich ein. Alles wirkt auf ihn *leise und harmonisch*, es ist *ein Gang zu freundlichen Zimmern*, stellt er fest. Er wird sicherer. Glatt und schön ist er, so *erscheinend im Dunkel.*

Als er eintritt, hat sie die *Scheherazade* laufen. Von Rimskij-Korsakow hat Laurent noch nie etwas gehört. Er bleibt stehen, schaut sie an, schaut die Decke hoch, als stürzten die Töne von dort herab. Lauscht mit halberhobenem Kopf, mit gespannten Kiefermuskeln. Joan Baez oder Freddy Mercury hätte er vielleicht gekannt! Nach einer Weile dreht Joana die Musik weg. Die vorletzte Überleitung erscheint ihr zu martialisch, um dieser angeschlagenen Kinderseele wohlzutun. Die erste Süße mag genügen. Joana sucht mit ein paar Worten zu vermitteln, was es mit dieser Musik auf sich hat. „Ich weiß von so viel nix“, sagt Laurent ein wenig widerborstig. „Dafür viele andere Sachen“, ist Joanas schlichter Trost. Sie will ihn aufmuntern, auflockern. Sie hat ihn schließlich aufgelesen.

Sie deutet auf die Sitzlandschaft. Er lässt sich nieder. Er beherrscht seinen Körper, bringt sogar so etwas wie eine klassische Sitzhaltung zuwege: ein Bein vor, eines etwas mehr zurück. Darüber aber die afrikanischen Augen, verpflanzt in den Plüsch Europas. Schwarzweiß springen sie hin und her, diese Augen, wie Billardkugeln, die mit falschem Theatergrollen über sie hinwegdonnern. Mit einem Schlag werden sie ruhig, halten den Gegenblick aus. Halten Stand. Wie Trakls *Elis* erscheint er ihr: *ein Ruhender mit runden Augen*. Dieser Kopf ist ein Kunstwerk, raumfüllend seine ganze Erscheinung. Seine Finger lose ineinander verflochten. Laurent wird diese Haltung immer wieder zeigen. So sitzt er still wie von unsichtbarer Fessel gehalten. Nur manchmal wird seine rechte Hand übers Auge streichen, unruhige Finger sich eingraben ins wollige Haar …

Die großen staunenden Augen Laurents. Niemand kann seine eigenen Augen betrachten, und alle Spiegel lügen. Aber Laurent, jetzt bewusst betrachtend, was um ihn vorgeht, weiß, dass sein Blick in dieser Stunde ein einziges Fragen ist. Und er schilt seine Augen dafür, dass er nicht sehen k a n n, was das eigentlich für eine Frau ist … wie alt sie sein könnte, da sie so jung wirkt. Er hätte sie gerne für 40, für maximal 47 gehalten. Diese unbestimmbare Alterslosigkeit macht ihn wieder unsicherer. Diese *discrépance!* Eine verquere Situation. Eine Art gläserne Wand steht zwischen seinen fragenden Augen und ihrem bittenden Blick, der Andeutung einer Geste, es sich bequem zu machen. Er sieht einfach nicht – noch nicht – durch. Ungläubige Naivität fließt in Laurents stummen Rundumblicken zusammen: Sie ist so anders … so vornehm … nicht zu greifen. Er kommt eben wieder auf diesen Punkt. Es sagen? Nein, kann man nicht.

Joana kennt sich selbst, ihre Erscheinung, ihren ganzen Körper gut genug. So deutet sie diese teils bewundernde Einschätzung natürlich auf ihre Weise. Sie liebt ihre Körperlichkeit, liebt es, gut auszusehen. „Du solltest immer in Samt und Seide gehen“, hatte

Santin oft genug gesagt und das nicht einmal ironisch. Ihre Brust ist jetzt voller als damals. Das stimmt. Die Hüften längst nicht mehr so knabenhaft. Aber der Hals, die geraden Schultern makellos, der Brustansatz rosig-glatt. Ballerinenarme sowieso. Die sind neben dem Lächeln, das Joana eigentlich immer trägt und das sie auszeichnet, das Schönste an ihr, und sie weiß es: Viel zu schade, dass nur mehr Herr Klug (der Hund) um meine Waden streicht, dass nur Musch (die Katze) mich umschmeichelt, mir zwischen Schulter und Wange einschläft; zu schade, dass ich in den unerfüllten Stunden nur selbst …

In der Sicht von Laurent, der den Blick nur scheinbar ungerührt wandern lässt, ein bisschen auch auf die Wände, die Möbel, die Bilder, ist alles noch seltsamer. Stofflos erscheint ihm die Kleidung über ihrem Schoß, über diesem sportlich austrainierten Körper, der doch gewisse Rundungen hat; wie geschaffen, sich hineinzuwühlen, sich darin auszulöschen. Durch eine fremdartige Wollust hinein in gleich welches Verderben. Frauenleib, Mutterschoß, denkt er. Da sind Wölbungen, da ist barocke Formensprache. Schöner Engel, ja, so könnte man sagen. Nein, sagen natürlich nicht – das schon gar nicht.

Ihr Kleid, von ungewissem Blaugrau, das über die Schultern fließt und wieder gerafft aufsteigt in ihr Haar, ist hochgeschlossen, mehr als knielang, aber seitlich geschlitzt. Es verwirrt ihn. Ist so die Etikette? Was soll da verhüllt sein, was preisgegeben? Es ist dieser Frau so unangemessen, so … verkehrt! Bei uns, und Laurent meint: da unten, zu Hause in Schwarzafrika – da würdest du nackt an der Tür lehnen, zurückgekehrt von der fernem Wasserquelle auf einem dornenreichen Weg … in den Stillstand gezwungen nun, wo die schwarze Nacht herabfällt, nach den taktreichen wiegenden Schritten aus der Hüfte heraus, die allein dich so weit tragen konnten … und dazu das Gefäß mit dem kostbar-heiligen Wasser auf dem Kopf, oder eben den Korb … oder eben das Kind …

Wie weit das alles ist! Und vor sich hat er, ganz konkret, diese gänzlich andere Gestalt, in einer Welle zartgrauer Bläue, und dazu die blaue Dämmerung, und es ist, als ob alles *spiegelt den Schlummer der Liebenden*. Blau, die Farbe der Sehnsucht …

Vieles stellt Laurent sich vor, sagt aber nichts. Weder von sich persönlich noch in Richtung seiner Gastgeberin. Da spricht sie ihn wieder an, natürlich auf Deutsch, ob er sich vorstellen könne, für eine Weile hier bei ihr …

Plötzlich reitet ihn der Teufel. Er wiegt den Kopf, rechts, links: „*Non, ne pas l'allemand*!" Ihr Französisch ist altmodisch, aber solide; für die Erklärung, nun, ich dachte … wird es wohl reichen: „*Alors, j'ai pensé …*". Darauf Laurent, noch immer sehr aufrecht, noch immer wie gefesselt und in dankbarer Geste: „*Mais oui, je reste … très joli ici*!" Aber ja … ich bleibe … ist sehr nett hier … Und er mustert wieder Decke, Kamin, die Stühle, den noch nicht gedeckten Tisch, die intarsierte Platte, während Joana erst jetzt die gutturale Tönung seiner Sprache auffällt und ein leichtes, lächerliches Zungenstoßen an den hübschen weißen Zähnen, ein kleines Haspeln ab und an. Er spricht auch ziemlich rasch. Aber sie weiß schon jetzt, dass sie von ihm niemals eine Übersetzung brauchen wird oder eine Interpretation. Er hat den Tonfall, den sie liebt.

Joana, im Originalton weiter auf Französisch: „Sie haben alles ziemlich seltsam gefunden da draußen, nicht wahr? Ich muss Ihnen einiges erklären, glaube ich. Vielleicht sollte ich es so sagen, rundheraus: *Je suis une païenne*, ja, so etwas wie eine Heidin bin ich. Verstehen Sie? Aber es geht nicht anders. Ich trage die Mythen aller Zeiten in mir, immer schon! Ich sehe vieles, wenn die anderen schlafen. Ich lasse die Nacht oft zum Tage werden. Weiße Nächte mache ich mir, weiße, wissende Nächte. Der Professor, ich meine, mein Mann, Santin, sagte immer, im Mittelalter wäre ich als Hexe verbrannt worden!"

Laurent lacht: „Hexen, pah! Sind das nicht solche, die sich mit allen fünf Sinnen e i n d e n k e n in das Dasein, wodurch dann jener hervortritt, den wir den sechsten Sinn nennen? So simpel ist das und so folgerichtig."

Joana atmet tief durch. Die Einleitung ist getan, der Anfang gemacht. Gott, es ist schwer, aber ich muss es tun. Sie spricht nicht gleich weiter, zögert, überlegt. Soll ich ihm auch sagen, dass Santin meinte, in der Antike würde ich die größte aller Hetären gewesen sein – größer als Lais und Thais? Nein, das könnte ihn verletzen. So fügt sie denselben Gedanken etwas anders ein: „Sehen Sie, ich würde es in und für jeden anderen Kult auch tun – auf Keltisch oder Aztekisch, oder wie oder was: Bloß, wir bekommen das Katholische nicht aus den Knochen! Eine wie ich schon gar nicht, die sich aus Familien herleitet, welche jahrhundertelang Kaisern folgten und Päpsten anhingen in der bewährten ultramontanen Tradition …

Aber wenn es das eigentliche Wesen unseres Christentums wäre, auf alles das zu v e r z i c h t e n … alles zu verlassen, weil man ja n a c h f o l g e n können soll – dann würde d a s mein Weg nicht sein können – *est-ce que vous pourriez accepter cela?*" Ob er das begreifen, hinnehmen könne? Sie ist wieder ins Siezen zurückgefallen, hat sich klargemacht: Die Ausnahmestunden der ersten Begegnung sind gewesen und vorbei.

Sie blickt Laurent voll an, fragend, suchend. Sieht, dass er so schwarz gar nicht ist, in diesem halbdunklen Raum jedenfalls viel weniger als draußen in der prallen Mittagssonne. Ein Schimmer von Muskat streift über sein Profil. Schöner, klassischer Zuschnitt. Normalerweise sagen die Franzosen von der schwarzen Rasse, sie sei *noir comme du cirage*, wie Schuhwichse so schwarz. Der da ist's nicht. Seine Farbe: sehr dunkler Kaffee, wenig Milch.

Joana setzt fort: „*Il faut tout savoir quand on s'installe habiter ensemble* … Man muss alles voneinander wissen, wenn man darangeht, zusammen zu wohnen …". Sie hat längst gewittert, dass er erst einmal bleiben wird, bleiben m u s s. Er hat in der Zwischenzeit Z. eigentlich mit keiner Silbe erwähnt. Laurent greift ihre Anmerkung, ihn über alles ins Bild setzen zu wollen, erleichtert auf:

„*Ce que vous avez dit … ce que vous avez fait là dans la chapelle* … Was Sie da gesagt haben, gemacht haben in der Kapelle, gesetzt den Fall, dass Sie es in Liebe gemacht haben, in Liebe für jemanden, jemandem zuliebe … ohne zu spotten, ohne Ausgrenzung, ohne Abgrenzung zu allem übrigen, was uns zu glauben aufgetragen ist … vielleicht" – ein breites Lächeln geht über sein Gesicht – „als eine kleine Entwicklungshilfe sozusagen … *pour le dire ainsi* …". Auf einmal parliert er wieder recht flüssig ins Deutsche hinüber, der Schlingel: „Ich sage das schon wegen meiner priesterlichen Funktion, nicht wahr, ich muss das sagen … und übrigens: Ein M ö n c h l e i n bin ich nicht!"

Er ist schnell von Begriff, der Knabe. Er hat mit einem Schlag erkannt, worauf sie hinaus wollte. Es musste nur zur Sprache kommen. Zu welchem gottverdammt heiligen Zweck wäre er denn sonst vom Himmel gefallen? Mit einiger Wehmut erinnert sich Joana, dass auch zwischen Santin und ihr kleine Späße durchaus gang und gäbe waren. Sie atmet auf. Sie kann froh sein, dass Laurent ihren Erklärungsversuchen in etwa folgen konnte. Seine erste Replik darauf ist beeindruckend! Sie will versuchen, noch freier zu formulieren, ganz und gar menschlich – geschwisterlich?

Im allgemeinen gibt es wenig Verständigung zwischen Menschen, schon gar solchen aus verschiedenen Kontinenten, in Fragen der Religion oder gar Philosophie. Nicht, dass eine gemeinsame Terminologie fehlte; es liegt an der Art und Weise, wie diese zustande kommt: durch idiomatischen Einheitsbrei, radikale Verkürzungen, unterlassene Differenzierung, sodass selbst unter Hochgebildeten die Aha-Erlebnisse schließlich ausbleiben und verlegenes Schweigen grassiert.

Vor dieser Problematik stehen Joana und Laurent nicht. Zwar wuchern in ihr noch ererbte Tradition, ja, Dekadenz, aber inzwischen hat sie ihren *kairos* erlebt, die Mutation, wenn man so will, in eine ewige Sehnsucht nach dem Sakralen an sich, nach dem wesenhaften Sakrament – nicht das Zeichen zu wollen, sondern die Substanz. Das Hinüber- und Hinaufgehenwollen in die wahre Transsubstantiation – was für ein schreckliches Wort für ein ganz schlichtes Verlangen: gottähnlich, gottgleich, Gott sein!? Also, wohin es ausuferte, haben wir gesehen: Göttin spielen. Genau in diesem Stadium hat Laurent sie angetroffen. In diesem vielleicht lächerlichen Wahn, dem auch Marco Santin anhing … Sie will versuchen, es Laurent noch zu verdeutlichen: dass sie beide immer den Gott haben essen wollen, sich ihn einverleiben. Ist das nicht so gut wie atavistisch, etwas haben und genießen wollen, aus dem einem Kraft zuströmt? Wie ist denn das Mahl gedacht – Zeremonie? Mystifikation? Sie wirft Laurent einiges an Fragen hin. Doch Laurent ist seltsam gefasst, überlegt nicht lang:

„Hören Sie, viele Deutungen der Eucharistie, und damit unserer Messfeier, versuchen sich am Geist der Bibel, greifen Tod und Auferstehung auf. Da gibt es keinen Bezug zum heidnischen

Opfer, das tatsächlich Blutopfer gewesen ist. Wir müssen zwischen den Opfern der sogenannten Wilden und dem Liebesmahl der frühen Anhänger Jesu unterscheiden. Die Abschiedsreden dieses Jesus sind Bildsprache *par excellence*. Da gibt es keinen Zweifel. Das gilt auch für das bei Johannes zitierte *Fleisch Christi*, das wir k a u e n ... Bildsprache, nichts sonst. Eine Art Übersetzung, ein Auslegungsversuch. Eines freilich ist sicher: An alledem hängt noch der ganze magische Hauch unüberwindbarer Mythen ... das geht gar nicht anders." Auf Französisch klingt das sehr schön: *L'odeur pleine de la magie*. Joana wundert sich sehr, woher er die Kraft nimmt, in dieser Ausführlichkeit und in aller Ruhe seine Ansichten zu formulieren – in Anbetracht seiner Jugend ...

„Wissen Sie", fährt Laurent fort, „Wörter, Begriffe wie Gott, Messias, Schöpfung, Erlösung, Heil, Himmel et cetera bilden ideale Projektionsflächen, Resonanzböden für die unterschiedlichsten menschlichen Emotionen – von der Hoffnung auf Errettung, was immer man sich darunter vorstellt, am ehesten wohl von den diesseitigen Schrecknissen, bis hin zu dem Wunsch, sich mitten im Endlichen, mitten in dieser Welt als eins mit der Unendlichkeit erfahren zu können. Und genau das, Joana, ist Ihre unstillbare Sehnsucht, eine Sucht meinetwegen – Sie möchten schlicht und einfach Transzendenz erfahren. Diese religiöse Symbolsprache mit ihren Mythen und Bildern, Zeichen und Metaphern ist es, welche unablässig die Individualisierung unseres Glaubens vorantreibt – denn sie bleibt jeder nur möglichen Deutung für immer offen. In religiösen Dingen gibt es einfach keinen neutralen Ort des Denkens, keine Vogelperspektive auf die oder jene bestimmte Landschaft des Glaubens. Uns kommt kein Urteil zu, was der Sinn der Schöpfung sei oder zu wissen, wann Schöpfung sich erschöpfen wird. Aber unsere geistige Kraft reicht hin, ihr einen Sinn zu verleihen. Auf diese Weise geht die Welt in uns ein, und wir ü b e r s i e hinaus. Das ist Transzendenz, wie ich sie sehe. Im übrigen gilt nur das Gesetz der Frommen schlechthin, und die liturgische Übereinkunft ist vielleicht geeignet zu verhindern, dass man es – dieses Gesetz, meine ich – je vergäße ..."

Joanas Erstaunen wächst. Auch die Lust auf weitere Rede, Widerrede. Sie will die Begegnung ausweiten, ausschlachten unter dem Gedanken *vive erisque*, lebe, lebe dich aus, damit du weiterleben kannst. Sie will ihre Befindlichkeiten verbalisieren. Wie und wo ereignet sich das noch in der Sprechweise unserer Gesellschaft, in uns zur Verfügung stehenden Worten? Es erscheint immer schwieriger, in diesen Dingen zutreffende Ausdrucksweisen zu finden. Genau das will Joana versuchen: Dieser Mensch ist meine Möglichkeit.

Und es erweist sich, dass Laurent, dieses durch die halbe Welt gerollte, auf langen Wegen zu Hochglanz geschliffene Stück dunklen afrikanischen Basalts, und dass sie, die hier Angestammte, ursprünglich eingepresst in Etikette und Tradition, nun eine langsam schrumpfende Blüte, jedenfalls etwas gemeinsam haben: ein und dieselbe Sprache, wo es um theologisch-philosophische Bezüge geht. Das ist schon viel. Laurent scheint dankbar dafür.

Joana hat immer aus dem Augenblick heraus gelebt, gearbeitet, entschieden. Jede Stunde, jede Minute total genützte Zeit. Ihre Stärke? Sie verbindet Ideen und Entwürfe mit der Raffinesse des Allereinfachsten: *Le teorie più semplice sono le teorie più vere*. Befangen sein ist Joanas Sache nicht. Gehalten sein, das will sie. Einschließlich, inklusive, durch und durch sind ihre Lieblingswörter. Das Nachdenken, das Hinterherdenken spart sie auf fürs Schriftliche, für die Abstraktion des Lebens. Dieserart waren auch die Aufgaben, die sie ihren Studenten zu geben pflegte: „Hier, mein Lieber, dieser Bogen zeigt Ihnen den theoretischen Ansatz Ihres Themas. Jetzt bringen Sie sich ein! Das Gerüst ist von mir, jetzt sind Sie dran ...“, und sie brachte die jungen Leute durch dieses *splitting* von Theorie und Erfahrung dorthin, wo sie sie abholen wollte.

In der gleichen Situation nun Laurent gegenüber. Ihre Entwürfe liegen auf dem Tisch. E r muss jetzt zeigen, wie ein rundes Ganzes daraus entsteht. Reicht ihre Vorstellungskraft, ihn mitzureißen, ihn an sich zu ziehen – bildlich gesprochen? Wird er Folge leisten (können)? Sie lächelt ein wenig. Mit dem richtigen Anstoß im richtigen Moment, warum nicht?

In ihre Überlegungen hinein Laurent: „*Alors, Madame*, wir haben heute viel zusammen gesagt. Hoffentlich nicht zuviel, *pardonnez-moi*. War ein volles Programm, *phi*! Kann sein, ich habe mich zuviel aufgedrängen, eingemischen … war nicht gaunz rischtiger Zeitpunkt, *peut-être*? Sie wissen ohnedieses so viel mehr als ich. Sie sagten von diesem Mann, *le professeur*, in Ihr Vergaungenheit …?“

Laurent will Zeit gewinnen. So wie Joana an die Dinge herangeht, fühlt er sich doch ein wenig überfahren. Joana nimmt die taktische Unterbrechung und das Eingeständnis seiner Unbedarftheit hin. Wie beiläufig fügt sie an:

„Vielleicht erzähle ich Ihnen irgendeinmal … bald … meine ganze Geschichte. Ich hätte das nicht dürfen, Sie so unvorbereitet mit Details aus meinem früheren Leben konfrontieren. Ich werde Ihnen gerne sagen, was zum Verständnis abgeht, jetzt noch. Vorausgesetzt, Sie bleiben? Ja? Sie haben ja gesagt … vorerst? Oder später einmal, wenn Sie wieder kommen? Dann würden Sie wenigstens über eine Person in Ihrem neuen Sprengel“, Joana wird ein bisschen spöttischer, „relativ genau Bescheid wissen …“. Das muss für heute genügen, denkt sie und möchte gleichzeitig, er wisse schon alles, alles, alles.

Kann sie, darf sie ihm, diesem jungen Priester, wirklich die Leidenschaften, die sie und jenen Toten verbunden haben, darf sie alle Phasen und Ausuferungen dieser Liebe schildern?

Joana ist hundemüde. Das Gespräch gehörte längst abgebrochen. Vielleicht noch einen Happen essen, ein Glas Wein, dann nichts als ins Bett. „Hunger?“, fragt sie, „aber dann wirst du schlafen gehen wollen …?“ Sie ist unwillkürlich ins Du zurückgefallen, empfindet das aber nicht als die jugendliche Macke der Zeit, denn sie i s t jung. Sie fühlt, sie hat mit diesem da bis jetzt eigentlich eine Menge Gemeinsames hinter sich: „Du solltest ausgeschlafen sein, wenn du deinen Schäflein, *moutons* … demnächst entgegentrittst. Wird das schon morgen sein?“ Ihre Stimme wird leicht ironisch. Sie kann sich überhaupt nicht vorstellen, was auf Laurent zukommt. Sie will es gar nicht wissen, will gar nicht daran denken, wohin dessen Boot treibt. Sie ist schon im voraus und auf Verdacht hin eifersüchtig: „O ja, du wirst viel zu tun bekommen, so oder so, in Z. Aber damit hast du ja wahrscheinlich gerechnet?“

„Ich werrrde das Nötige tun, *Madame*. Aberrr so sehrrr intensiv leben wie S i e – das werde ich sischerrrlich nicht können, niemals. *Jamais*." Sie hat das Gefühl, er stellt sich jetzt absichtlich naiv mit Nichtskönnen, Nichtswissen, Nichts-mit-diesem-Deutsch-am-Hut-Haben. Es hört sich reizend an, keine Frage. Nach Jahren der Sprachlosigkeit, nach Jahren ohne die Gesellschaft eines Mannes in dem einsamen Haus fällt es Joana schwer, die Situation nicht auch ein wenig nach der erotischen Seite hin auszukosten. Leichthin wirft sie ein: „Übrigens, ich würde dich gerne Johannes nennen …"

Die Billardkugel-Augen gehen weit auf, werden größer, fragender. Laurent scheint im Zweifel, ob das alles wahr sein kann, was die Frau da redet. „Damit ich mich auskenne bei Ihnen", hat er im Wald gesagt. Nun verwirrt sie ihn von Stunde zu Stunde mehr. Auch jetzt: „Ja, du erinnerst mich stark an einen jungen Freund." Das ist kühn gesagt, wenn auch nur eine halbe Wahrheit. „Er hieß nicht Johannes, er war kein Johannes, aber ich nannte ihn so. Für Jesus würde er der Lieblingsjünger gewesen sein, für die Mutter Maria dann eben der Sohn …"

Hat Joana damit für sich selbst, wenn auch unbewusst eine, die mögliche Beziehung zu Laurent andeutungsweise vorweggenommen? Richtig ist, dass Joana eigentlich immer den jüngeren Mann gesucht hat. Wie den meisten Frauen ging es auch ihr um die Macht, besser: die Möglichkeit, sich zu übertragen, sich zu doppeln in einem anderen Wesen, in einem (noch!) Biegungs- und Beugungsfähigen ihr Selbst zu wiederholen; sich ihm, dem Formbaren, einzuschreiben, nicht unähnlich dem, was eine Dichterin seinerzeit so eindrucksvoll schrieb:

Immer schon hatte ich mir gewünscht, einen jungen Bruder zu haben, vielmehr einen jüngeren Mann. Ich habe nach diesem Bruder Ausschau gehalten schon in der Kinderzeit … jeder ältere Mann entsetzte mich …

Aber da lügt sich Joana selbst etwas vor: Santin war bedeutend älter gewesen als sie, und dennoch war sie ihm vorbehaltlos zugefallen, anvertraut. Aber wann gehen schon Wunschdenken und Lebensrealität Hand in Hand? Heftig gedenkt sie in dieser Abendstunde immer wieder Marco Santins, des Unvergleichlichen … Aber Laurent, natürlich, flunkert sie etwas vor … ist jetzt richtig in ihrem Fahrwasser, kann gar nicht aufhören. Sie weiß, es ist ziemlich gemein, wenn nicht verkommen, sich dem Besucher so zu präsentieren, aber es ist i h r e C h a n c e – die letzte vielleicht!

„Weißt du, was ich noch gelesen hab'? *Man muss immer die Daten wissen, ein Gesicht allein sagt gar nichts …*" Joana lacht hellauf. Wo ist ihre Haltung, wo ihr Stolz, wenn sie die abgebrauchte Albe trägt, wo ihre klare Entscheidung, dem Killer das Requiem zu singen … wo? Nein, sie lacht: „Da widerspreche ich dieser Schreiberin, ich lese G e s i c h t e r, ich analysiere sie … Jetzt lese ich in deinem Gesicht, *cher Laurent*!" Und Joana springt auf, zieht Laurent an den Händen hoch, zieht ihn quer durch den Salon zu dem wandhohen Spiegel hin, drückt ihn gegen die Silberfläche: „Da schau, was siehst du? Sieh dir das Gesicht an, dieses hübsche Gesicht – schau!" Und absichtsvoll fügt sie übersarkastisch hinzu: „Ist, was du siehst, das Gesicht eines, der für immer und ewig allein zu leben hat?" Sie sagt es noch einmal auf Französisch: „… *la visage d'un célibataire*?" Dieser Blick, diese Direktheit der Augen, die nichts und niemandem ausweichen, die gehören doch zu einem, der intensivst und mit aller Hingabe zu lieben vermag. Und was solche Augen alles sagen! Schließlich, mit sachlicherer Stimme: „Ach, wenn wir noch eine Weile zusammensitzen und konversieren könnten – was meinst du? Ich denke, wir brächten's fertig, uns eines Tages sogar auf Latein zu unterhalten …!"

Laurent ist wieder still geworden. Er kennt sich schon wieder nicht aus, weiß nicht, was er erwidern soll, weiß nicht, wohin das führt. Die Frau, also, hm, Joana erstaunt ihn mehr und mehr. Nicht, dass er sich ihr gegenüber ungut fühlte oder bedrängt, aber was sie von sich gibt, klingt alles so irreal, so aberwitzig. Laurent ist im Grunde seines Herzens ein argloser Mensch. Er hat *das mit der Sexualität* niemals wirklich begriffen, wie er einem Freund gestehen musste, der seinerseits, nun ja … auch egal. Laurent denkt nach. *Certainement*, dass auch ich meine Träume hatte und meine, hm, Ergüsse irgendwann in den Nächten. Aber wie sollte ich vor lauter Angst und Schweiß und Hunger und Hitze irgendetwas davon registrieren, für wichtig halten, ausleben? Wie hätte ich in der bitteren Jugendzeit, in diesem Lebenskampf für solche Dinge irgendein *faible* entwickeln können? Auch geht einem nichts ab, was man nicht kennt.

Schließlich ist er mutig genug, es ihr zu sagen: „*Pardon*, das sind mirrr serrr serrr fremde Gedaunken …“

Joana hat Laurent natürlich viel voraus. Sie hat ihre Jahre durchschritten und in dieser Nacht will sie, ohne es sich einzugestehen, *die Nacht* von ihm – wie denn auch nicht? Aber das kann keine gute Nacht werden, keine diesen beiden gerechte Nacht. Sie haben doch ihre je eigene Aufgabe, wollen auf ihre Weise viel, aber eben Verschiedenes. Sie sind in eine Schieflage geraten gegeneinander. Sie haben die Themen angerissen, aber die *variazioni* nicht einmal andeutungsweise probiert. Alles ist unausgereift, nichts durchkomponiert. Sie haben ihre Gedanken ausgesprochen, aber die Sätze haben ihnen keinen Sinn ergeben. Laurent nimmt das eher als den Versuch einer unverbindlichen lockeren Meditation. Da bleibt alles Sinnliche sowieso außen vor.

Es ist eine verrückte, angebrauchte Zweidrittelnacht, die sie in dem kleinen Salon von Schloss L. verbringen, beide abgemüht, abgekämpft, aber erstaunlich munter im Hinhorchen, im Lauern aufeinander. Weil sie sich so neu sind. Joana tut sich schwer mit jener Zurückhaltung, die ihr angestanden hätte – wo i s t denn jetzt Ihre *contenance, Madame*?

Sie nestelt, nestelt, nestelt an ihm herum … aber sie bekommt ihn nicht wirklich auf, bildlich gesprochen. Er entgleitet ihr immer wieder. Keine Sprache wird gefunden für und von Liebe, kein Gedicht für, von Liebe … Prosa herrscht meisterlich vor! Sie bleiben hübsch sachlich. Eine kuriose Art von Konversation trotz des von ihr ab und zu gehauchten D u und A c h. Seine „bitte nicht, *ne pas, s'il vous plait*!“ klingen auch nicht überzeugender. Aber er verlässt sie nicht. Im Gegenteil: er erheitert sich und ermutigt sie sogar: „*Vous êtes très exigeante* … Sie sind serrr fordernde, serrr herausfordernde, o ja … sind voll Wünschen, sind immer so wie *ce soir*, 'eute Abend?“ Um kurz darauf wie eingelernt fortzusetzen: „Wissen Sie, vielleicht sollte man versuchen, sich vor sich selbst zu schützen. Mutig sein ist ja o.k., aber am falschen Platz und zur unrechten Zeit gerät es allzu gern zum M u t w i l l e n …“ Schweigen. Vielleicht, dass Laurent in seiner großen Direktheit, Nüchternheit abgebrüht erscheint, weil er Pragmatiker ist, weil er meint, dass dieses ganze Theater mit der Erotik ohnehin nichts anderes ist als ein libidinöses Scheinverhalten, eine Art Balz in dem Sinne: Komm, schöner Vogel du, und lass mich deine goldene Feder sehen ... Laurent sagt, er könne auch das nicht mehr hören: Dieses dick aufgetragene *Sursum-corda*-Geschwafel von den Beziehungen aller Menschen zueinander. Er kommt aus einer anderen Zeit, einer anderen Welt, anderen Verständnisabläufen. Auch sei das religiöse Meer der Gefühle im Grunde nichts anderes als extrovertierte seelische Selbstbefriedigung. Er sagt: masturbieren, und er sagt es leichthin. Wühlt in ihm eine ungeheure Schwellenangst? Vor den möglichen Verflechtungen einer künftigen Vergangenheit, wie Joana sie ihm zu skizzieren versucht? Da kommt ihre Stimme zu ihm herüber: „Das können Sie nicht so ohne weiteres sagen! Sehen Sie, ich habe k e i n Sündebewusstsein, weder Scham noch Reue. Das lernt sich auch nicht. Im Gegensatz zu meinem Gefährten. Denken Sie sich, ihn hat es immer wieder einmal zu beichten verlangt, und zuletzt war es zu spät ... wohingegen ich ..." Joana unterbricht sich. Später einmal, sagt sie sich, die ganze Wahrheit. Mein Gott, er wird noch viel lernen müssen! Er wird lesen! Literatur! Vielleicht auch, was ich geschrieben habe. Es wird ihm vieles aufhellen.

Laurent stützt die Arme auf den Tisch, der niedrig genug ist. Er sinkt richtig vor, schiebt die Ellenbogen quer über die Tischplatte auf Joana zu, tippt mit seinen dunklen Fingerspitzen auf ihre weiße Hand, schlägt sein schönstes Lächeln auf, eine einzige Verheißung: „*V o u s*? S i e? Was hätten Sie denn auch bekennen sollen? Ich sehe nur, Sie haben nichts als geliebt. Sie haben niemals aufgehört, g u t zu sein. Wir haben nur das eine Gebot! Außerdem, ich bin überzeugt", und das schleudert Laurent aus sich heraus und gleitet mit frechen Augen über die Gestalt der Frau, „man kann niemals mehr sündigen als man je gelitten hat ..." Daraufhin wird er völlig ernst, sein Mienenspiel ist wie ausgewechselt.

Laurent bleibt in sich selber verschlossen, bleibt im Rückzug. Erinnerungen sind ihm wiedergekommen, wie grauenhaft das war: Die eklig zusammengestotterten Exhibitionen derer, die in die Beichtstühle huschen, dieser Pönitenten, die in völliger Unwissenheit ihre Sündenlisten heruntermurmeln und dann die formelhaft unaufrichtigen Bereuungen aller dieser vermeintlich so entsetzlichen Nichtigkeiten ...

Aber natürlich, Laurent ist auch ein Mann. Er kehrt gleichsam zu Joana zurück. Kann nicht mehr umhin, sie näher zu betrachten, wo er selbst doch mehr oder minder schon über den Tisch gezogen worden ist. Wachsende Neugier! Nur lernen sich solche Lektionen nicht zwischen Dessert und Zähneputzen!

Schließlich gibt es doch Abendessen. Keine kleine Auswahl, für jeden etwas – *chacun à son goût*! Sie nehmen erst Wasser, dann Portwein.

„Du segnest das Brot?" Laurent sieht ihr gebannt zu. „Wer tut das noch? Schön machst du das. Und was sagst du da?" Joana, sehr leise: „Gott segne", und sie fügt hinzu: „Gott, Gottes Name als die Verkleidung des Unbekannten, ein Name in *dramatis personae,* die Überschrift des schlechthin Guten, Bewegenden. Dessen, was berührt, aufrichtet, anzieht ...", und als sie das Messer ins Fleisch des Brotlaibs ritzt: „Im Namen dessen, der schuf – dessen, der gut macht – dessen, der bindet und löst – Gottes Geist, komm zu uns und bleibe ...", und wieder zu Laurent gewandt: „Das ist m e i n e Dreifaltigkeit, die dreifache Anrufung. Du weißt ja, um zu heiligen, muss man alles dreimal sagen. Verzeih, ich sage, was ich denke. Wir spielen andere Stücke als die Kolosser, die Römer, Goten, Normannen. Menschen und Zeiten wechseln."

Hinterher herrscht angenehme Stille. Laurent gibt sich seiner Natur entsprechend gefügig, zärtlich, anschmiegsam wie ein junger Bonobo. Jede Geste wirft er aus dem Schultergelenk. Vieles bleibt Andeutung, aber alles Knochige schmilzt plötzlich weg, und die vorher zum Nest verflochtenen Finger spielen mit dem oder jenem. Er findet die Spannung zwischen sich und der Frau unnatürlich. Er mag nicht länger an sich zweifeln. Er hat doch auch seinen Willen. So greift er jetzt nach ihr, die ihn eher von sich hält. Aber: so etwas lernt sich nicht über einem Absturz mit Todesfolge und Ritualen, auch nicht aus hochtheologischem Diskurs. O Gott, Joana, wie sie ihn begehren möchte, aber doch nicht so, oder doch so? Oder wie? Es ist ein kleiner Kampf, vielmehr muskulärer Krampf, was sie da aufführen. Unversehens hat er sie dann wieder an seiner Schulter lehnen, gerät an ihr Haar, löst den strengen Knoten. *Die Geographie einer Frau beginnt bei den Haaren*, schrieb einer, der es wissen muss. Wie von tief innen aufgescheucht rückt Joana plötzlich ganz von ihm ab: Ihr *Windrosenschmerz* wütet wieder in ihren Gelenken. Und Laurent, entsetzlich schlecht im Schwindeln, entschuldigt sich im gleichen Moment: „Ich habe Ihre schöne Frisur kaputt gemacht!“ „Aber nein, *pas du tout*“, wirft Joana hin, steht auf, geht zum Spiegel. Es ist fast Mitternacht. Sie wirkt auf ihn wie eine durch den Raum schwebende Kerze. Sie entfernt sich von ihm, aber sie l a c h t . Befreiend lacht sie. *Lachen ist der Sohn der Liebe*, pflegte Ahmed der Damaszener, ein lieber Freund Marcos, immer zu zitieren.

Im Grunde gilt auch ihr, Joana, die Erregung des Sexus relativ wenig. Ihr Interesse gilt weit mehr der Imagination dieses Zustandes. Die Aussicht auf das vermeintlich *höchste Gefühl* macht sie zittern, weil sie gelernt hat, dass die Exekution an und für sich selten spontan und beglückend zugleich zu absolvieren ist.

In diesen Stunden aber hat sie für Momente doch gedacht: Ein Priester als Liebhaber müsse ideal sein. Er kann nichts wissen, darf nichts verlangen, muss nichts erfinden. Er muss *die Sache*, ohne zu hinterfragen, ertragen. Er ist der puren Versuchung, der blanken Sinnlichkeit, dem Ereignis an sich schlechthin ausgeliefert. Trotzdem steht er himmelhoch über der Menge üblicher Liebhaber, die man nimmt und nach Hause schickt, wenn es reicht. Er ist der Besondere – auch in diesem Sinne durchaus Erwählte. Der ganz und gar Verfügbare, wenn er, wenn e s sich ergibt …

Noch immer hat Laurent Joanas schönes Haar, *la belle coiffure* dicht vor seinen Augen. Sie könnte es doch aufgelöst lassen! Sie sollte es immer so lose tragen, wie apart das ist: diese schlangenartige Wellung bis in den Nacken hinab. Es ist übrigens eisgrau.

Sehr schön könnte auch Henna sein oder Rostrot; das passte zu ihrem Mund, zu ihrer Stimme. Da träumt Laurent schon ein wenig, ist schon ein wenig weggeschlafen. Und Joana, heftig angerührt von seiner dunklen Gegenwart, die Dichterin in ihr, erinnert sich der Verse: *Aus Träumen aufstehen und hingehen in eine leidlich umworfene Zeit, in Räume, die du schon gesegnet hast.* Sie fängt sich, berührt ihn beiläufig, holt ihn zurück in die unwirkliche Gegenwart dieser Nacht:

„Das Haus zeige ich dir ein anderes Mal. Es ist, um bei der Wahrheit zu bleiben, ein Depot aus Vergangenheit und altem Gammel. Vieles müsste neu gemacht werden, gesichtet, geordnet, damit es wieder repräsentativ wird. Ich habe nur ein paar Räume einigermaßen in Schuss. Stell dir vor, aus dem allen könnte eines Tages ein Museum werden, vielleicht ein Hotel. Der Kunstbestand ist sehr groß, aber völlig unsachgemäß aufgestaut. Aufbewahrt dürfte man gar nicht sagen. Die Zeit ist nicht danach gewesen." Laurent, er hat den Kopf nun endgültig voll von *histoires*, sucht den Abend irgendwie angemessen abzuschließen: „Was könnte ..., dürfte isch ... sonst noch tun ... für Sie, *Madame Joana, ce soir*?" Er hat sich überwunden, den Namen einzuflechten. Fremdartig spricht er ihn aus. Joana wird ganz Dame, hält an sich: „Sie haben schon ganz viel für mich, für hier getan! Vor allem: Sie sind g e k o m m e n ." Sie wird nachdenklich, dehnt die Worte: „O ja, da wäre noch vieles, was Sie tun könnten, aber das geht nicht ... Das getraue ich mich gar nicht erwähnen; ich weiß nicht, ob ich mich Ihnen in dieser Weise überhaupt zumuten darf. Es wäre gewiss noch viel zu sagen, verstehen Sie? Vielleicht dieses noch, falls ich nicht genügend deutlich war, nur für Sie! Wie ich mich sehe: Bin halt eine Person, die ganz aus dem lebt, was man *denkendes Gefühl* nennen könnte, oder Denken mit dem Herzen, ganz nach dem Satz Pascals: *Le coeur a ses raisons que la raison ne connaît pas* – das Herz hat seine Gründe, die der Verstand nicht kennt, im Französischen ein wunderbares Wortspiel, nicht wahr? Sehen Sie, aus dieser Essenz kann ich leben. In jedem Begriff, den wir sagen, in jedem Zeichen, das wir erfahren, *die Fülle des Lebens* aufzufinden ... Ich habe darüber vor langem geschrieben. Ein anderes Mal vielleicht, aber jetzt ..."

Joana ist mit diesen Halbsätzen so leise geworden, dass Laurent sie nur halb und halb verstanden hat. Sie hebt schweigend die Hände, rührt seine Schulter an, möchte ihn zu sich niederziehen, berührt nun unversehens auch sein Haar – o, diese unausrottbaren Fetischismen! Wo wir schon nicht den ganzen Menschen gewinnen können, so doch wenigstens einen Teil von ihm anzurühren, zu halten ... Sein Haar: Sie hatte es für starr gehalten, für eine Art graphitenen Stahl, da es sich so eng an den Kopf schmiegt. Aber da sagt ihre Haut: Das ist ja Stoff vom Stoffe der Natur, aufgelöstes dunkles Moor; quellende Wirbel, Locke um Locke, unendlich gut in der Hand. So schnell tritt das ein: die Verführung aus dem Überschönen; das Bewusstsein: dem könnte ich auf ewig mich vertrauen – er ist es selbst, die göttliche Natur.

Laurent bekommt einen geschwisterlichen Kuss auf die Wange: „*Bonne nuit, mon cher*, schlafen Sie wohl … Sie kennen den Weg nach oben …?“

Man muss sich Zeit nehmen, um dem inneren Klang der Dinge zu lauschen.
Gabriel Barylli, Wer liebt, dem wachsen Flügel

Keine eleusinischen Weihen und keine sieben Sakramente heben uns empor; in uns selber müssen wir uns in höheren Stand erheben …
Hugo von Hofmannsthal, Der Dichter und diese Zeit

INTERMEZZO

Laurent hat seinen Tod ausgeschlafen. Erwacht in blauen Falten schimmernder Seide. Es ist, als hingen Puppenleiber, Puppenhaare, Puppenhände von einem imaginären Schnürboden herab, ein dichtes Gewebe aus langgezogenen Morgenfäden, webendes Licht. Zwischen Fensterkreuz und Bett hat sich ein Tempelchen aus Glanz und Sonne etabliert. Über die Decke wandern ruckweise die spektralen Farben im selben Rhythmus wie der geschliffene Lüster sie aus sich heraus dreht. Glas, Glitzer! Da erinnert sich Laurent an den Whiskey, dreifach, gleich vom Wasserglas. Hey, das brannte! Am liebsten hätte er das Glas ja an die Wand geschmissen … und dann schlafen gehen, aus dem schmerzhaften Hingehen über Splitter und Scherben ins Bett fallen, fühllos werden vor Müdigkeit: gesättigt, ja, das auch, aber trotzdem so leer wie ein alter Jutesack, der in einer Tenne vergammelt. Und sich fremd gefühlt! Die überbunte Seidentapete mit den orientalischen Ranken, den Paradiesvögeln hat ihn zu schaffen gemacht; eine gefährliche Pracht, der er sich nur gewaltsam entzog. Tatsächlich hat er in diesem Haus nichts an Simplizität finden können, weder in den Farben noch in den Formen. Nichts Geradliniges. Hier war alles – Joana, J o a n a … Erkennendes Bedauern, das ihn nach und nach doch wegschlafen ließ.

Die Augen brennen noch immer. Ziehender Schmerz in den Schultern, der Nacken steif wie Lederbände, aufgereiht in Bibliotheken. Jemanden eingraben! Niemals hätte er vermutet, eine solche Totenschaufel überhaupt in der Hand halten zu können. Ah, sich jetzt doppelt fest in die Decke wickeln wie einer, der in die Stille der Wüste schlafen geht, sein Gewand über sich häuft. Das

Zudeck bis ans Auge um sich schlagen gegen Sand, Sturm, Nachteis. Vielleicht auch einmal weinen, weil einem danach ist. „Was glaubst du, wie oft ich weine“, wird er Joana eines Tages gestehen. Er weiß es noch nicht. Meint, aus solchen Anwandlungen noch jedes Mal unversehrt und wie neu herausgestiegen zu sein.

Laurent sitzt am Bettrand. Stehen da nicht die Toten um ihn herum? Dieser Santin, von dem Joana immerzu redet, den sie ihm hinwirft – da hast was zum Kauen, Verdauen. Die Toten bleiben in der Nähe, das stimmt. Auch der Pilot? Sowieso. Haben wir genügend tief gegraben? Gut möglich, dass er herausspringt eines Nachts, wenn es ihn danach gelüstet. Hätten tiefer graben müssen. Das aber kann kein Laurent. B e t e n, ja, sollte man. Wo hat sie mein Missale hingetan? „Machen Sie sich keine Sorgen: Die Sachen, Ihre Sachen, *votre bagage* … wird alles gebracht werden, ehestens.“ Aber wer – wann – wieso? Er hat niemanden gesehen außer ihr. „*As-tu des petits lutins, des gnomes*? Wo ‘ast du deine ‘einzelmännschen?“ Soll er Joana fragen? Sie würde unbeeindruckt lachen. Man macht hier nicht viel Aufhebens um materielle Dinge, scheint es. Hier ist man weit weg von der realen Welt, vermutlich auch von den Menschen.

Wen gehen wir hier und jetzt überhaupt noch an? Gott? Den Tod? Das Leben, zum Teufel, hier ist es so eng, so klein. Morgen bin ich weg, denkt Laurent, raus und weg. Dieses Gefängnis wird vergessen, wird wie niemals gewesen sein. Nichts davon gehört zu mir. Alles wie auf schwankem Boden. Ich kann nicht aufhören zu hinterfragen. Und keine Antwort! Wohnen hier unsichtbare Hände in irgendwelchen Truhen und Schränken? Willige, billige Geister, die erst erscheinen, wenn man sie ruft? Laurents Empfindungen sind widerstrebend, widersprüchlich, aber eines vermerkt er dankbar: Hier haust Gelassenheit; hier wird das Not-Wendige getan, aber nicht darüber geschwätzt. Alles geschieht in der Nonchalance der Märchen – weil es geschehen m u s s.

Laurent ist noch nicht so weit zu sehen, dass tatsächlich Unsichtbares um ihn ist, gutböse Geister, fast mit Händen zu greifen. Die Puppen der Welt sind an die Stelle der ewigen Idee von der *Heiligen Umsicht getreten, nach dem Gesetz der Verlorenen Weite* – so heißt es jedenfalls bei den Tuaregs. Und so geschieht die

Trennung zwischen Utopie und ihrem leider kläglichen Ersatz, der Menschenpuppe – was soll's? Fatamorganen! Und doch: Die gutbösen Geister haben sich niedergelassen neben ihm, sehr lässig und sehr bereit. Geöffnete Hände huschen über seine verflochtenen Angstfinger, bestärken ihn, und sie flüstern. Sie breiten die Decken glückhafter Gewissheit über einen, wenn es darauf ankommt; bringen ein Trostgewand für beladene Stunden. Laurent muss ihr aus Herzenstiefen aufschluchzendes Gestammel erst hören lernen:

„*Wir sind die Energie zurechtzukommen, der Leuchtturm zwischen den Gezeiten. Was du verwarfst, wir haben es genommen, denn es war schön. Wir sind das dir seit jeher Angefügte.*"

Der Raum. Noch immer vollgestopft mit Puppenleibern. Puppenspiel am Fädchen geht wie inneres Reden, wie eine Welle der Bewegung über Laurent hin. Als feingezogene feste Grenze erscheinen Fensterbank und Stirnwand und Türe, die er nicht zu überschreiten vermöchte. Wie ein Federnetz hält Unsichtbares ihn gefangen, und es scheint zuzugreifen, zuzuschlagen, wo er sich auch nur rührte. Zieht nicht hinweg, nein, fängt ihn ein. Der sich aufbreitende Engel, den er noch nicht sieht in seinem ersten Auftritt. Ein Anhauch des weder absehbaren noch erwarteten Endes, der ihn nie mehr verlassen wird. Aber erst hat er seine Aufgabe zu erfüllen, den Übergang aus der Verborgenheit in die Welt, die ohne Dinglichkeit nicht auskommt.

Es ist eine Art Betrachtung, Gebetszeit, in welche Laurent da hineinrutscht, keine sehr priesterliche zwar. Es ist sein Kindermund, der versucht, ein bisschen etwas vor sich herzusagen in die ungewohnte Wohligkeit dieser alten Stube. Am Ende aber kommt doch ein Sprechen mit dem Numinosen aus ihm. Etwas, das an seiner Seele nagt, weil es nicht g e s c h a h? Etwas, das er sich selbst zuspricht?

Das Territorium ist abgeschritten, die Grenzen abgesteckt, eher noch provisorisch und eigentlich auch zusammenhanglos. Leichte Zäune erheben sich da und dort, Mauern nicht. *Denn Zäune werfen* bekanntlich *nur halbe Schatten*. Laurent streift durch eine Seelenlandschaft, die sich ungefüge ausnimmt. Zu viele verschiedene Bewüchse, Regellosigkeiten, die verwirren; und welchen Standort er in diesem *masterplan* auch bezöge: *Alles ist offen, nach oben hin offen.* Freiheit. Auf diese Weise sind selbst Labyrinthe zu bewältigen. Vom Standpunkt Laurents aus: Jetzt, hier ist alles anders, völlig anders, neu. Es ist noch zu erkunden. Das ist ganz natürlich, wenn einer aus einem langsam verblassenden Himmel in das Faulbett eines grünlichen Fischteichs stürzt, und von da beinahe in den Schoß einer Frau.

Er findet reichlich Frühstück vor. Im Herrenzimmer Santins. Joana erscheint nicht. Wieder hinausgeritten an den, wie sagt sie, *ihr gemäßen Ort*? Ob sie es wieder tut, ist nur eine rhetorische Frage. Muss ihm egal sein. Er hat mit sich selber klarzukommen, muss s e i n e n Weg endlich antreten, die Aufgabe angehen, sich ihr stellen. Es hat ihn doch nach der Veränderung verlangt! Hat er nicht darum gebettelt? Er muss in die Stadt, in die, in seine Kirche: an den Ort der vorgesehenen Bestimmung! Dort bleiben, dort wirken, etwas vollbringen – *s t a t i o* !

Genau an diesem Punkt fliegen seine Gedanken zu Joana zurück. Er begreift's, versteht's noch immer nicht: diesen Hang zur Liturgie, zum formellen Messelesen, Texthersagen, und diesen seltsamen Sakramentalzwang. Ist das ihr Hochmut, es sich mit Dem da oben auf ihre Weise gerichtet zu haben? Schau, da bin ich, habe mich eingehaust in die Bezüge zwischen hier und Dir! Gehört das nicht längst in die Mottenkisten veralteter Rituale? So hat das der Nazarener sicherlich niemals gemeint. Ja doch, geben wir es ruhig zu: Dieser Jesus war schon ein bisschen wahn-sinnig in seiner Rede von Seinem Vater im Himmel – freilich ganz aus der Sprache der Zeit heraus, aus der vorgefundenen Tradition der Israeliten. Selbst bei ihm, auf den wir uns berufen, finden wir noch genügend Relikte mythologischen Denkens – wie konnte er dessen Einfluss auch entgangen sein? Unebenheiten finden wir. Schwärmerische Postulate wie: *Keiner weiß die Zeit noch die Stunde, weder die Engel im Himmel noch der Sohn, nur der Vater ...* Müsste man vernunftgemäß da nicht ableiten, dass eben k e i n e Identität herrschen kann zwischen Dem, von Dem alles ausgeht, und dem, der sich des oder der Menschen Sohn nannte? Wen darf es wundern, dass die Alten sich einen Höchsten, höchst Lebendigen Geist veranschaulicht haben – als funktionales Gleichnis der Bindung und Einbindung der göttlichen Personen untereinander. Und es sind Propheten gewesen, welche die Annahme einer wirkmächtigen Trinität in die Glaubensschemata ihrer Zeit getragen haben.

Uns Heutigen, denkt Laurent, ist Weniges davon wesentlich geblieben, aber dieses doch gewiss: *Kindlein, liebet einander! So wie ich euch geliebt habe … Bleibt in mir … in meiner Liebe …*, will sagen: Bleibt Liebende! Bleibt menschlich!

Laurent ist sicher, dass Joana genauso denkt. Wie sonst hätte sie sich abgrenzend eine H e i d i n nennen können? Ach, dieses ganze tote Geschwätz über dogmatische Spitzfindigkeiten wie Gottmenschentum, Jungfrauengeburt, und so fort! Im Grunde ist alles sehr einfach: Er ist da gewesen. Er hat gesprochen. Er hat gesagt: Ich bin der Weg; auch übersetzt mit: Ich bin ein, bin euer Weg. Vielleicht gut, dass in den alten Sprachen Artikel und Pronomina nicht so klar unterschieden werden. Was Jesus meinte, ist doch dies: Schau, hier sind die Menschen, deine Freunde, Brüder, Schwestern. Sie sind dein Sakramentale. Hat nicht sogar das letzte Konzil das Allgemeine Priestertum ins Bewusstsein des Gottesvolkes gestellt, das immer auf dem Weg ist? Denn was den Auserwählten, den Wächtern der Sitte, den Priestern vorbehalten schien – es ruht potentiell in jedem Menschen. Wir haben die Fähigkeit, zu sehen und zu erkennen, wir können, müssen alles tun. Weder Weihen noch soundsoviele Sakramente helfen uns empor. *Aus uns selber müssen wir uns erheben, wo am Ende nichts mehr zu wissen möglich ist. Wir müssen aufsteigen in das Lautlose zwischen den Dingen.* Wir können alles in dieses Leben werfen, sofern wir zu uns selbst gekommen sind. Aber so weit, schließt Laurent seine Gedanken ab, haben wir's mit dem ganzen Christentum noch lange nicht gebracht. Da ist einerseits die Volksreligion mit ihrem ewig gleichen süßlichen Brimborium, und andererseits wird die einzige große Wahrheit, die biblische Prophetie, immer noch kleingehalten und unterdrückt, wo sie sich aufschwingen müsste in die Freiheit des Denkens, des Forschens. Unruhig bleiben. Niemals satt sein. Forschen. Nachforschen.

Das sind im Moment die Stichworte für Laurent. Es wäre ihm sehr daran gelegen, TV oder Radio zu hören. Vielleicht, dass in einem lokalen Programm etwas über den Hubschrauberabsturz käme. Ein TV-Gerät entdeckt er nicht; aber einen altmodischen

Rundfunkapparat. Und durch sonderbaren Zufall gerät er in eine Sendung über den Stand der Hirnforschung. Man bemühe sich jetzt ernsthaft, die Parallelitäten zwischen Mikro- und Makrokosmos … na so was, die Nerven flattern und die Sterne beben … ist das gemeint? Ich habe keine Sterne gesehen heute Nacht, denkt Laurent trocken. Hätte ich sie mir also heran *beamen* müssen? Er verfolgt die Stimme des Sprechers, es belustigt ihn sogar ein wenig. Lasst sie nur forschen, lasst sie alles versuchen, nur weiter so, *bravissimo*! Mögen sie bis an die Grenzen des Alls stoßen, dann findet es sich ja, das Ende allen Wissens und der Schlusspunkt aller menschlichen Erkenntnisse, oder eben auch nicht! Die ewige Versuchung muss bleiben. Aber dann, eines Tages, wenn die Rätsel der Natur alle, alle, alle gelöst sind außer dem einen: G o t t – wer ist das, wer und wie kann er sein – wer begibt sich da, spricht, wirkt? D a n n werden sie wohl glauben m ü s s e n …

Später einmal, als Laurent diese Überlegungen vor Joana ausbreitet, es lässt ihm keine Ruhe, antwortet sie mit diesen Versen:

Du Einer / wo immer und wie / wir kreisen um Dich /
Aber was weiß die Erde von der Sonne …?

Laurent entscheidet spontan, keine Eile zu haben. Es reißt ihn nicht nach Z. Da ist vielmehr die *schöne junge Scheu* vor dem Unbekannten, das ihn erwartet. Er beendet das Frühstück, schlendert durch das Haus. Ohne die Hausfrau ist es noch stiller. Eine abstrakte Stille durchzieht die Räume, eine Stille, die keine Worte hat, sie wohl auch nicht braucht. Gut so, er wollte ja seine Meditationsstunde haben. Aber die Fragen kehren wieder: Wer tut hier *die Arbeit*, die ganz gewöhnliche Routine des Tages, die banalen Notwendigkeiten? Die *Unsichtbaren Hände* fallen ihm wieder ein und zugleich ein rhythmisch daherkommender Vers – wo er d e n wohl aufgelesen hat? „*Und halten sich schon so, als wie sie sind, ins Unsichtbare hin …*"

Es gibt Texte, die einen ein Leben lang begleiten, ohne dass man sagen könnte, seit wann oder woher. Auch Laurent schöpft aus unbenennbaren Quellen. Schon darum, weil es ihn so weit umgetrieben hat. Obwohl: Ein großer Leser ist er nicht geworden, aber immerhin begabt genug, alles, was weiterführt, weiterbringt, aufzunehmen wie ein Schwamm.

Die Bibliothek ist hoch, noch eine Spur strenger im Stil als die übrigen Räume. Aufragende mahagonifarbene Schränke und Gestelle. Bücherrücken an Bücherrücken, da und dort Täfelchen mit verblasster Inschrift. Viele abgelöst von den ursprünglich für sie bestimmten Stellen, der Großteil der Abteilungen unbezeichnet. Laurent bleibt zunächst orientierungslos. Schaut da, sucht dort, blindlings, wahllos. Aber er möchte sich schon auch hier auskennen, vertraut werden, sich klug machen an diesem Schatz der Vergangenheit. Er geht durch den Raum, inspiziert ihn, greift heraus, stellt zurück. *Er geht wie durch sein Eigentum.* Dann nach nebenan: In feinen Vitrinen eine Sammlung böhmischer Gläser, Stück für Stück dem Feuer abgerungen; sie fasziniert ihn. Den porzellanblauen Buddha, der unheimlich dick und präpotent dazwischenthront, übersieht er nur zu gern. Aber eine geschnitzte Elfenbeinhand, die zwei Ringe trägt, hat's ihm angetan; fest umschließt er die schöne Weiße mit seiner schwarzen Faust: diese herrliche Glätte! Da steht auch ein altväterischer Schaukelstuhl, zu dem er sagt: „Und wer darf in dir Siesta halten?" Geht der Geist Santins hier um? Laurent will und will auch nicht in dessen Spuren …

Noch eine Türe, noch ein Raum. Mit seinen großen schleifenden Schritten tritt Laurent ein: das zweite Kunstkabinett. Er dreht sich ein bisschen um die eigene Achse, alles auf einmal auf sich wirken zu lassen. Streift an ein Konsoltischen, das bescheiden im Hintergrund steht. Darauf eine Büste, vielmehr Halbplastik mit dem Porträt eines jungen Mannes, signiert *C.Th. fec. 1910.* In Bronze, die wie Gold aufleuchtet. Keine Patina, kein Körnchen Staub. Ein feines offenes Gesicht, leicht gebogene Nase, ein voller atmender Mund. Zart der Hals, breit die Schultern; die Andeutung eines vorne offenen Hemds, das lose zu wehen scheint bis zur Magengrube. Laurent, in tiefer Betrachtung des wunderschönen Abbilds, glaubt Joanas Stimme zu hören: Siehst du, das ist der Freund, der junge Bruder, den ich lieben wollte und hegen; die Inkarnation eines Jungen Engels – Gestalt geworden für immer – erkennst du i h n ? Laurent steht wie angewurzelt, in das Bildwerk versunken. Hofft, dass es für immer dort aufbewahrt wird …

Als er sich schließlich weiterwendet, als er zu einer fast symmetrisch angeordneten Vasensammlung kommt, blitzt zwischen zwei gläsernen Krügen etwas Schmales, Gelbliches hervor. Was ist das denn?

Seltsamer Fund! Eingeschlagen in rissig gewordenes gelbstichiges Zellophan findet Laurent einen kalligraphierten Text; auf einem Halbbogen, der offensichtlich mit einem Federmesser, aber nicht sorgsam genug, abgetrennt worden ist von etwas Übrigem, dem er anhing. *Et expecto resurrectionem mortuorum et vitam venturi saeculi. Amen* steht zuoberst, etwas größer und ausgedehnter als der übrige Text. Dann liest Laurent:

„Ich erwarte die Auferweckung aller Menschen, in dem Maß sie teilhaben und wirken an dem Reich des Gottes, den Jesus verkündet hat. Ich glaube an die aufgrund unendlicher Liebe stattfindende Vereinigung aller, die glauben; an einem Ort und zu einer Zeit, die wir nicht benennen können, die aber die Schriften und die Väter der Kirche umschrieben haben mit *Gastmahl der Ewigen Liebe*, und die hinwiederum der moderne Denker *Punkt Omega* nennt. Ich glaube, dass dieses künftige Leben auf alle Wesen dieser Erde und außerhalb der uns erfahrbaren Welt zukommt, und dass kein Wort, das gesprochen, kein Schritt, der getan, und keine Träne, die je geweint wurde, umsonst gewesen sind. Alles ging von Ewigkeit vor aller Zeit von dem Einen aus; alles muss, soll es nicht sinnlos und vergebens gewesen sein, nach den Zeiten zu diesem Einen in Dessen ewige Anschauung zurückkehren. Er vermag alles, er bewegt alles, er wird alles und alle, so wie den Ersten unter uns, den Sohn, Jesus genannt, verklären. Denn Sein sind das Reich und die Kraft und die Herrlichkeit. Es ist in Ewigkeit so … M.S.“

Schön gedacht, Respekt, Santin! Das hat etwas, kein Zweifel! In diesem Augenblick dämmert es Laurent, wie sehr Joana von diesem Menschen beeindruckt gewesen sein m u s s. Aber in welchem Kontext ist das geschrieben worden? Wo ist der übrige Text?

Die Stunden, die Laurent in diesen stillen Räumen verbringt, stehen unter einem guten Stern. Mehrmals geht er die Bibliothek durch; findet zwischen Kunstbüchern und Topographien eine Geschichte der Region um Z. mit Erwähnung des Schlosses und des Hochstifts, betitelt *De origine descriptiones distinctae*. Er findet alte Pläne und Bauberichte zweier übereinandergetürmter sakraler Gebäude, die belegen, dass die L. ab der Mitte des 17. Jahrhunderts große Mäzene in und um Z. gewesen sind. Laurent erinnert sich, dass Exzellenz ihm ebenfalls eine Art Plan gezeigt hatte, denn es ginge nicht an, dass Gottesdienste und welche Liturgien auch immer in profanen, profanisierten Baulichkeiten abgehalten würden. Also laute sein Auftrag – die Aufgabe! – auch dahingehend, dass diesem Hochstift in zweckmäßiger Weise seine frühere Bestimmung zurückgegeben würde.

Jetzt, da Laurent die gewaltigen Ausmaße der Anlage und die in ihr verschachtelten Veränderungen durch wechselnde Zeitläufte hindurch schwarz auf weiß erkennt, sieht er erst die Herausforderung: Wonach hab' ich mich da hingestreckt? Kann ich das überhaupt? Warum habe ich nicht gleich nachgebohrt? Hat man mir das alles nur so vage hingeworfen? Laurent ist verunsichert, da er sich die Erinnerung so mühsam zusammenkratzen muss. Hat er doch ein bisschen etwas abbekommen bei diesem Absturz? Völlig unklar ist ihm, wie das alles finanziert werden soll. War davon je die Rede? Wer könnte und würde hier, in diesem Alt-Neuland, Spendenaufkommen erhoffen dürfen? War schon problematisch genug, als es damals in St. Sebald bloß um neue Dachtraufen ging – aber sind das Relationen? Noch hat Laurent alle Zeit der Welt. Noch bleibt ihm genügend Freiraum, noch umgibt ihn das spürbar schützende Haus. Die Absturzstelle fällt ihm ein. Seit sie diesen Ort verlassen haben, hat Laurent weder sein restliches Gepäck gesehen noch auch die Alukoffer des Piloten.

Aber eines Tages wird ihm Joana eine Reihe von Papieren überreichen, die ihn – Laurent Kekumá – als den Besitzer eines hochdotierten Aktienfonds ausweisen.

Es geht nicht darum zu verstehen, es geht darum zu glauben.

Jean Cocteau, Orphée

Es gibt mehr Ding' im Himmel und auf Erden, Horatio, als euer Denkgebäud' sich könnt' erträumen …

Shakespeare, Hamlet I,5

DAS QUARTIER

Endlich macht Laurent sich auf den Weg nach Z. Er flieht das verwunschene Haus nicht, er hat es sogar ein wenig liebgewonnen – es hält ihm den Rücken frei. Er geht mit Bedacht. Er versucht, den weitest möglichen Weg einzuschlagen. Er möchte so lange unterwegs sein, bis er diese Plätze wiedergefunden, noch einmal gesehen hat: Die Absturzstelle, das Steinmal, darunter der zermalmte Tote wegmodern darf, *la chapelle*. Er wird Zeit dazu brauchen. Beim ersten Gang von dort zurück in das Haus sah er nichts als Joana und wieder Joana. Ehrlich gesagt: er hat keinen einzigen dieser anbetungswürdigen alten Bäume gesehen, hat keinem Vogel zugehört, an keiner Blume gerochen. Mit wechselndem Licht spricht der Wald auf ihn ein, jetzt, wo er allein ist. Er lässt sich führen, verführen. Und das ist gut, denn dieser Weg fällt Laurent nicht leicht – so unwiederholbar schön er ihn heute empfindet. Da ist Lichtsprache, die ihm hier zwischen Himmel und Erde entgegenschlägt: *In eine grüne Halle tritt er ein / den Schattendom aus Bäumen … die Sonnenpranke blitzt nur da und dort.* Die Stimmen der Natur und seine Gestimmtheit fallen wie Lichttupfer zu einem sich wandelnden Gemälde zusammen – da Licht, dort Schatten; hier noch klarer Tag, dort schon die ungewiss heraufkriechende kommende Nacht. Laurent ist tief beeindruckt. Sein schleifendes Schreiten wird nach und nach bestimmter: *Der Weg des Lichts geschieht nur dort / wo wir die Wirkung zeigen.* Jetzt lässt er sich das Schweigen der Schönheit aufzwingen, erkennt die Tigerpranke der Sonne, wo immer sie sich zeigt, und sein Umherblicken geht wie ein Gebet hin und her unter den gotischen Lauben des sich verdunkelnden Blätterdachs. Der Wald ist ganz schön verwirrend: in dem

Funkeln des gebrochenen Lichts, der singend-sägend-klopfenden Geräusche, viele nicht zu orten; alle Sinne sind angespannt.

Schlussendlich gelangt Laurent auf den leuchtend weißen Hauptplatz, der ihn von Ferne anstrahlt wie Verheißenes Land, und er steht damit im Zentrum von Z. Steht unter hochgeschossenen gelb verfärbten Linden, ringsum die üblichen Backsteinhäuser, das Rathaus, welches den Platz beherrscht, im Stil der Renaissance. *Der Platz vor der Kirche*, ein weiter Raum, der anziehend erscheint und hell. Aber die Schlagschatten wirken hart und bedrohlich: eine partielle Befinsterung, unwirkliche Eindunkelung der Zeit um den hohen Mittag. Schweigen, ein einziges stummes Darnieder. *Nichts mehr so wie es war in den Tagen der Kindheit*, würde ein Dichter, der es anders gekannt hat, schweren Herzens befinden. Blumenfenster. Gar nicht so wenige. An Grün und Rot zupfend versucht sich eine Mädchenhand. *Sie findet nicht Halt. Sie kann nicht ausruhen an einem blanken Sims … sie hat keinen Korb …* die Bilder fließen auseinander, durcheinander. Der Markt liegt da wie leergefegt, und eigentlich ist alles viel, viel zu sauber.

Laurent sieht an sich herab, kommt sich schon wieder ziemlich verlottert vor; er ist verschwitzt, das Haar klebt am Kopf, Müdigkeit macht sich bemerkbar. Er hockt sich auf die Betoneinfriedung der Grünanlage, raucht vor sich hin, immer noch – oder schon wieder? – unschlüssig.

In Wahrheit gehört Laurent zu denen, die unverdrossen warten, die warten können. Aus dem afrikanischen Holz jener geschnitzt, die sich zurücknehmen können, still da sitzen, die Welt um sich mit großem Blick durchpflügen – und sehen ziehende Herden, gefleckte Antilopen, grell bemalte junge Frauen, Feuerstöße, die zum Himmel flammen. Sind stumme Beobachter. Sie warten tatsächlich, bis die Sterne aufgehen über ihrem täglichen Elend. Nur wenn es sein muss, ziehen sie los. Auch ohne Landkarte, auch ohne Straßen und Gefährte, wohin immer sie gehen, sie suchen: nach Wasserstellen, nach Herdfeuern, nach Nahrung und Matte und Dach …

Querüber glotzt Laurent ein Gebäude entgegen: Glatte geschmacklose Front, die baulichen Umrisse eher im alten Stil, und in dicken kunstlosen Versalien die protzige Aufschrift, nicht wirklich gut placiert: *DOMUS IUVENTUTIS*. Da fällt es ihm wieder ein, es ist beim Bischof erwähnt worden: Ein Haus der Jugend, seit drei Dezennien als Studentenwohnheim genützt, in der Art eines Hauses der Begegnung; jedenfalls dem ehemaligen Hochstift entnommen oder besser, in es eingebaut. Das liegt im Auge des Betrachters. Laurent wird sich wundern: eine gleichsam eingesargte Kirche wird er vorfinden. Aber genau in diesem Gebäude muss er fürs erste unterkommen, bis es ihm gelungen sein wird, ein dazu bestimmtes Nebengebäude irgendwie *ins Katholische* zurück zu bugsieren. Als sich Laurent dem Ungetüm nähert, fällt ihm schon von außen nicht nur dessen gewaltiger Umfang auf, sondern auch die hässlich abgemauerten Anbauten, die wie Wucherungen aus den Seitenflügeln hervorzutreten scheinen. Wahrscheinlich enthielten sie den für Stiftskirchen typischen Kapellenkranz. Anbauten, die Laurent im ersten Anblick nichts als sinnlos erscheinen; der Begriff *Metastasen* fällt ihm ein.

Laurent steht inzwischen in einem riesigen Hallenraum mit eingeschobenen Stockwerken, die, ihrer Vergangenheit in fragwürdiger Weise entkleidet, durch ein Stützsystem aus Pfeilern und Säulen sich so mächtig auffalten, dass sie umlaufende Gänge und Unterteilungen in Appartements schwerelos aufnehmen konnten. Unter dem, wie man sieht, teilweise abgetragenen Vierungsturm, am Schnittpunkt zwischen Hauptschiff und Querhaus gelegen, schwebt in opakem Glanze eine Art Zwischendecke über der ganzen Breite des inneren Aufbaus, parallel zum Spiegelparkett der Eingangshalle. Zwischen verkappten Fensterausnehmungen, deren Vertiefungen noch gut wahrzunehmen sind, treten reliefartig Ausstülpungen in dezentem Aluminiumschimmer hervor: Aufzugschächte, die sich, raffiniert in die ehemalige Apsis verborgen, vertikal zum verglasten Gewölbe emporwinden.

Für Laurent geht alles seltsamerweise ganz glatt. Er scheint tatsächlich vorangemeldet. Ja, da ist sogar sein Pass, den Joana aus der Jacke des Piloten gerettet hat. Er wird sachlich angesprochen. Niemanden interessiert sein Gesicht. Er wird registriert, er checkt ein. Bekommt zwei Schlüssel, Plastikkartenformat, einen Schrieb mit der Hausordnung. Alles klappt wie am Schnürchen. Laurent kommt sich vor wie ein Student beim Einzug in ein beliebiges USamerikanisches College. Mit einem der Aufzüge, müßig sie zu zählen, fährt er hoch. Im Korridor zu seinem Zimmer hört er ein paar beiläufige *Taachs* von Mitbewohnern, jungen Leuten, die um sich selber kreisen, sich keinen Deut um andere kümmern, die gar nichts wissen wollen von Woher und Wohin; Jungen und Mädchen, alle gleichförmig, unisex, fast geschlechtslos in die nämlichen Jeans eingenäht. Alle groß, schmal, mit strahlenden aber harten Augen: Was soll's, was geht mich das an? Internationalisierte slawische Deutsche. *DOMUS IUVENTUTIS*, eine multikulturelle Einrichtung mit wenigen *restkatholevangelischen shareholders*. So gut wie nichts zu spüren vom Einfluss bestimmter Institutionen, alles tipptopp durchorganisiert – Ordnung muss sein! Muslimas sogar sieht Laurent, sie sind nicht vollständig verhüllt, Buddhisten in orangegelben Überwürfen. Das Haus wird ohne Zweifel gemeinschaftlich genützt. Wird hier auch gemeinsam gelebt oder gar gebetet?

Laurent, hundemüde wie er ist und vergammelt, wie er sich anfühlt, möchte sich am liebsten aufs Bett schmeißen, schlafen. Er besinnt sich, duscht, bekommt den Kopf frei. Erleichterung. Komischer Einstand in Z., findet er, merkwürdiger Anfang für einen wie ihn, der ausgezogen ist zu verkünden, zu lehren, etwas Rechtes zu veranlassen. Jetzt, wo er sich halbnackt hinstreckt, ein armseliger Haufen Mensch, der nicht weiß, wohin die Reise noch gehen kann. Gerade, dass er hergefunden hat. Aber s o n s t? Da werden ihm Arme und Beine schwer. Die letzte Nacht ist so kurz gewesen. Vor den Augen tanzen Nachbilder: Gedrucktes in seltsamer Schrift, Pläne, *descriptiones*. Er wirft die Hände vors Gesicht, versucht bequemer zu liegen, kauert sich zusammen und schläft ziemlich rasch ein. Ein paar albtraumhafte Gedanken zu diesem vorher gedachten *Abersonst* haben ihn noch eine Weile verfolgt. Dieses *Abersonst*, das wären ja die anderen, die Oberen – jetzt nur nichts von denen! Glücklicherweise befindet er sich nicht in einer Zeit, wo jeder zu jeder Stunde und an jedem Ort zu erreichen und ansprechbar sein muss. Trotzdem hat Laurent alle erkennbaren Netzstecker herausgezogen, alle Lichtquellen totgelegt. Endlich allein!

Aus einer riesigen gleißenden Sonne bricht an diesem Tag gegen Mittag unvermittelt ein Sturm aus. Die Rolläden schlagen an, als klapperten verdorrende Skelette gegen Galgenstangen. Laurent hört von all dem Tumult nichts. Ein Jahrhundertunwetter schaukelt sich auf. Zwecks Information und Beruhigung der Bevölkerung dieser Region kommen in immer kürzerem Abstand einschlägige Warnungen über Radio und Fernsehen. Es wird verlautbart, dass im Falle des Falles bei besonderen Störungen oder Verheerungen die Alarmstufe *STTD* zur Anwendung komme.

Nichts davon dringt zu Laurent. Er befindet sich in einem fast körperlich schmerzenden Traum:

Stufen, die unter steigenden Füßen wegbrechen, berstende Treppen, Mauerreste. Ein Mensch hängt baumelnd über leerem Abgrund. Eintritt von Todesnot. Eine Traumwelt von überdimensionaler Weite entsteht um ihn, blitzende, grellkarierte Farbenräusche, die unter der Hand ausbleichen, dann nur mehr schwarzweiße Raster, Aufwellungen von Grün bis Grau, von Grauen und Angst, Schnüre und Ketten, linear, schwarz-weiß, weiß-grauschwarz … Kein Morgen, der anbricht, nur dumpf dämmernde Nacht. Laurent will sich verständlich machen. Da sind sie aufgereiht: Tasten, Knöpfe, die er wahllos drückt. Ein Videophon, ein unter dem Bett auftönender Laut-Sprecher: Verbindung! Schnaufend und lächelnd erscheint auf dem *screen* der Bischof; mit gepresster Stimme, befangen, berichtet Laurent so schnell er kann die nüchternen Umstände seiner Ankunft in Z. Das Lächeln der Exzellenz erstirbt. Autoritär und einsilbig kommt der Auftrag, die Spuren des Unfalls zu tilgen; es würde ihm, der mehr als einmal unter Lebensgefahr gestanden hatte, schon was einfallen; die Anordnung, den Toten wegzuschaffen, wonötig zu begraben; sodann einen Bericht – dies für die Akten! – auf Band zu sprechen und gleich zu überspielen. Mehr sei nicht zu tun. Im übrigen sei Laurent ein für allemal dorthin berufen, eingesetzt. Wie er die Dinge sonst regle, seine Sache. Über die Farbskalen am *screen* huschen dunkle Schleier. Ein paar zuckende Blitze, Schraffierungen, schwarz-weiß. Nochmals sausende Bilder, filmisch gerafft, dann entkommt Laurent dem Programm …

Videoschaltung? Ferngespräch nach K.? Ha, wenn Laurent wüsste! Nicht einmal die minimalste konventionelle Telefonverbindung hätte er bekommen können – nicht an diesem Tag, wo eine gesellschaftspolitische Änderung, Wende, Neuordnung die ganze Alte Welt in Atem hält – Triumph den einen, Niederlage anderen! –, bis unvermittelt Aktion und Reaktion eintreten. Es regieren Aufruhr, Zusammenrottungen, Märsche … Laurent ist in diesen Tagen annähernd dreißig, ein genaues Datum ist nicht anzugeben; die Eintragungen in seinem Pass sind holterdipolter zustande gekommen. Aber es wird vermutlich niemals wieder irgend jemand nach Laurent fragen. Die erhabene Institution der Heiligen Römischen Kirche mit der straffsten Organisation der Welt hat andere Sorgen, als dem Verbleib und/oder Wohlergehen eines durch die Irrungen und Wirrungen der Epoche an ferne Ufer fortgespülten Laurent K. nachzuspüren.

Irgendwann hat Laurent genug Schlaf bekommen, das Traumerlebnis nicht realisiert oder ins Unterbewusstsein verbannt. Jetzt ist er imstande, sich in seinem Quartier näher umzusehen – aber da sind ja seine Sachen: die Reisetasche, der Seesack, gebündelte Bücher in mehreren Stößen, ja, das Missale ist auch wieder da, und auf dem Seitenbord das lederne Portefeuille, darin sein Pass – hat er den nicht eben vorzeigen, abgeben müssen? Seltsam, ja. Und Banknoten, Banknoten, Banknoten. Alles in Dollars. Lose daneben zwei Handvoll Plastikchips. Plötzlich hat Laurent ungeheuren Durst, erinnert sich, auf dem Korridor hierher einen Automaten gesehen zu haben; ob man mit diesem Plastikzeug …? Er probiert es, es funktioniert. Das Bier schmeckt nach verdorrten Veilchen. Er trinkt es trotzdem aus.

Wenig später tritt er wieder auf die Galerie des turmhohen Gebäudes, überblickt die innen umlaufenden Wandelgänge. Smart sieht er aus jetzt: Weißer Hangover, schwarzweiß – schon wieder? – gestreifte Hose. Er schaut abwärts. Der ehedem sakral bestimmte hohe Raum ist seitlich in Geschoße unterteilt, die von einer sich spiralförmig nach oben schwingenden Treppe aus erreichbar sind. Er steht in der 5. Etage, die mit dem Aufzug in einem einzigen Anhub zu erreichen gewesen ist. Wie ein aufgerissener Rachen kommt der Innenraum auf ihn zu: diese Gestaltung, diese Nutzung sind kühn. Wie eine Doppelhelix winden sich die Aufgänge hoch, und zwar nicht symmetral, sondern von Etage zu Etage in verschiedener Neigung, länger, kürzer, stumpfer, spitzer, je nachdem. Es wäre ein phantastischer Anblick, den Laurent von diesem Aufriss gewinnen könnte, aber er erträgt ihn nicht. Nicht, dass die Augen hier zu klein und zu unvermögend empfunden würden, nein, Laurent hat ungeheure Höhenangst, sein Magen revoltiert – nicht ungewöhnlich bei diesem Kind der Wüste, der Steppe, dem Sohn eines Seemanns. Dennoch bleibt er eine Zeitlang in die seltsame Architektur versunken. Irgendwo plärrt ein Recorder, hallt wider. Irgendwoanders schlagen Fenster an oder Türen. Es gewittert immer noch.

Ein großes Nach- und Weiterdenken: Wo b i n ich, w i e bleibe ich da, wie richte ich mich ein … beginnt Laurent zu erfassen. Es ist unumgänglich. Vieles kann er noch nicht absehen, aber sein Sinn fürs Wesentliche meldet sich dann doch.

*

Die hinter unschönem, total verzwecktem Mauerwerk verborgenen Nebenbauten hat Laurent von außen gesehen. Es wird allererst darum gehen, vom Hauptraum des *Dom.Iuv.* aus nach Durchlässen zu forschen, damit aus den ruinösen oder vor der Zeit gekappten Bauteilen wieder entstehen kann, was gebraucht wird; was sowohl Nutzung wie auch Ästhetik verspricht. Dass erneuert wird, was verschüttet wurde, um vergessen gemacht zu werden. Laurent weiß natürlich, er wird sich erst einmal bescheiden müssen; er wird sich für e i n e der Seitenanlagen zu entscheiden haben – alles auf einmal geht sicher nicht. Schemenhaft nur sieht er den Baukomplex vor sich. Er wird noch Monate Tag für Tag mit dem Vergleich einschlägiger Literatur, mit Sichten und mit Prüfen baulicher Möglichkeiten verbringen. Die Hauptfrage besteht darin, wie kann die große Höhe des *Dom.Iuv.*, als Stiftskirche ursprünglich zweijochig angelegt und doppelt in Geschoße unterteilt, genügend abgesichert werden, um sie so offen, überfließend, lichtdurchlässig und luftig zu bekommen, dass die optische Überleitung vom Aufbrechen starrer Wände zum *Anschluss an den Himmel,* wenn man so will, in eine anseitig neu herzustellende kleinräumigere Stätte gelingt: für Andacht und Liturgie. Er denkt an die Freilegung des in Andeutungen noch vorhandenen Arkadenwerks.

Was Laurent zunächst nicht entdecken kann, ist eine weitere bauliche Besonderheit: die Krypta unterhalb des Hochstifts, eine vermutlich frühromanische Anlage, die bodennahe dahinlief mit nichts als einer trutzigen Mauer um die *Cella*, liegt gegenüber dem jetzt erkennbaren Grundriss des *Dom.Iuv.* linksverschoben und reicht nicht vollständig zum Areal des rechten Anbaus hinüber. Derart schiefe Proportionen sind für mittelalterliches Bauen nichts Ungewöhnliches, da man schwierigen topographischen Gegebenheiten gerne mit solchen Assymetrien aus dem Weg ging. Aber dass eben Höhlungen der altkirchlichen Anlage unter dieser Linksverzweigung noch nutzbar sind, wird für die Umgestaltung wesentlich sein.

Noch kann Laurent nicht wissen, dass man irgendwann, um Magazine und Wohnraum aus den Umbauten des Hochstifts herauszubrechen, ungeachtet des Stils und der Würde des Hauses, einfach und kurzerhand Gewölbe herausklopfte, sie durch Löcher im Fußboden in das zunächstliegende untere Stockwerk schüttete, wo die Ablagerungen dann wieder dermaßen behandelt wurden, bis schließlich alles in wüsten Anhäufungen in den Tiefen der Auskellerungen verschwand. Stück für Stück dieser Trümmer wird untersucht werden müssen, Rippen und Profile und Relikte an Ausschmückung werden mühsam auseinanderzuklauben sein, damit möglichst viel von der alten Substanz wieder an den ihr gemäßen Platz zurückkehren, die alte Schönheit auferstehen kann. Nur so wird die Krypta in früherer Reinheit wieder erstehen und Laurents künftige Gemeinde in ihre dunkle Ruhe aufnehmen.

Alles erste Eingebungen, die Laurent bewegen. Da fehlt noch viel an Grundlagen, Findungen, Unterrichtungen über die Kraft der Imagination hinaus. Laurents Vorstellungskraft wächst an der Überzeugung, dass dieses ungefüge Konglomerat aus Umbau und Verfall, aus Abhub und Zerstörung dem Geiste nach von innen her vielleicht doch belebt geblieben ist und in einer geheimen Bewegung weiterschwingt und verharrt.

Seine Absicht, sich dieser Aufgabe zu stellen, ist aufrichtig: Er wird Menschen, die er nicht kennt, die ihn nicht kennen, ein Werk der Kunst zurückschenken, dass ihnen der Mund offenbleibt vor Staunen; ein steinernes Zeugnis des Glaubens, dass ihnen die Augen übergehen. Die Herausforderung ist da. Im Lichte bedeutender Kunst, gesehen als Abbild ewiger Schönheit wie auch als Beleg menschlicher Schaffenskraft, tritt einen Menschen, in dessen Hände ein solches Werk gelegt ist, unvermittelt eine große Verführung an: der Ansporn, einen Weg zu suchen aus der Dumpfheit des alltäglichen Konsumismus und Verzehrs aller Mittel und Kräfte in eine für immer segenspendende *arebeit* im besten Sinne dieses Wortes aus dem mittelalterlichen Denken, und, wenn einem auch sonst nichts und niemand hülfe, diese Aufgabe durchzustehen, sie zu vollenden. Vielleicht ein wenig im Sinne einer Gralsentdeckung? Laurent kennt die altfranzösischen Erzählungen von dem Allerheiligsten Stein oder Gefäß oder Geheimnis des *Montsalvat* seit langem und sehr gut. Sie werden seinem Bau die Richtung vorgeben. Dazu das eine oder andere Schriftwort, heißt es doch an einer Stelle: *Seid vollkommen wie euer Vater im Himmel* – vollkommen in der Hingabe an den Menschen, an das Werk – also auch an die Erneuerung der Schöpfung? Ja, selbstverständlich. Und hinwiederum heißt es: *Noch Größeres werdet ihr tun.* Da kann Laurent gar nicht unentschlossen bleiben, weder demütig noch klein. Er spürt an diesem in einen langsam ausgewitternden Abend fortgeschrittenen Tag schon gar nicht mehr die Diskrepanz zwischen Anspruch und Realität, zwischen Absicht und Möglichkeit. Er hat seinen Standpunkt bezogen – hier oben, ein Zuschauer von der Galerie. Dass unter ihm, abgründig, tiefgründig, auch die Feuer der Erde und die Gewalt unter den Menschen umhergehen, mag sein – es dringt nicht hinauf zu ihm. Er ruht vollständig in seinen Gedanken und Plänen.

Bis auf ein paar kleine Nebengedanken, irgendwann dazwischen. Ich muss Joana schildern, wie ich das sehe, was alles ich mir vorstellen kann. Ich will, dass sie weiß, was ich von meiner Arbeit erwarte, für die nächste Zeit jedenfalls, wenn schon nicht für eine ferne Zukunft.

Und nur wenig später wird er seine Visionen vor ihr ausbreiten, bibelfest wie er ist, mit Anklängen an das Buch *Numeri*. Er zitiert ihr die bewusste Stelle, über die im Abseits befindlichen *Eldad* und *Medad*, die nun eben durch eine gute Fügung auch etwas zu sagen bekommen haben, die auch kleine Propheten sein dürfen. Dort stehen dann die ermutigenden Worte: *O, dass alle Menschen die Gabe der Vorausschau bekämen …, dass ihnen allen der Herr seinen Geist gäbe*, und das hieße vielleicht besser: eingäbe. Liegt darin nicht grundlegend die Forderung nach einer allgemeinen Sendung, der Verkündigung, ja, der Erleuchtung aller – in allen Dingen? Um die schreckliche Antinomie nicht zu vergessen: Jede denkmögliche Voraussetzung kennt auch ihre alles verändernde gewaltsame Umkehrung, das dialektische Gegenteil. Was ist der Mensch? Eine Anhäufung stinkender, sich sekündlich zersetzender, wegbrechender Zellklumpen rohen Materials, des Fleisches. Und dies ganz und gar im Einklang mit der unablässigen Entwicklung der Natur und ihres Zerfalls. Aber dort, wo G e i s t eintritt, Geist sich in uns hineinbewegt, oder aus uns heraus, egal: *Ibi Deus est*! Genau in diesem Sinne ist der Fleischgewordene der Mensch Gewordene, und das bedeutet auch: Du, ich, er, sie, alle sind dieser Mensch – *wer es hören kann, der höre*.

Laurent ist ebenso überzeugt wie überzeugend. Gewiss, er wird ankommen, mit Leichtigkeit, fast ohne sein Zutun – er wird es schaffen. Nur, wer kennt schon das Buch *Numeri*?

Vielleicht müsste man in das Evangelium der Frauen hineinschreiben: Selig die Unvollkommenen, denn ihnen gehört das Reich der Liebe.
Honoré de Balzac, Der Alchimist

Die höchste Lust haben wir am Leben, wenn wir es als Fragment betrachten.
Thomas Bernhard, Alte Meister

REFLEXIONEN

Joana ist früh aus dem Haus. Sie hat *das Übliche* getan, ihre Messe gehalten. Im Widerritt von der Kapelle fällt ihr ein: Da ist noch die Sache mit dem Versprechen, Laurent ihre vergangenen Jahre aufzuschließen. Sie hat nichts davon verloren, alles steht lebendig vor ihren Augen. Und es gibt auch ein paar Aufzeichnungen aus der Zeit, als sie viel Schriftliches vernichtete; wer konnte wissen, in wessen Hände es hätte fallen können. Damals hat sie in komprimierter Form eine *Summe* dessen zusammengestellt, was als Wesentliches von ihrem Lebensabschnitt mit dem Professor privat bleiben sollte. Sie dachte, so weit zu sein, die Dinge *in letzter Konsequenz zu Ende zu denken*, gnadenlos und ohne Schönfärberei. Wie alles war, wie die Verbindung anfing, die Bindung sich bewährte. Fragen blieben; bestehen bis jetzt. War ihr Weiterleben in dieser Form, in dieser eigenwilligen Art Spiritualität tatsächlich Santins Wunsch, Wille, Vorstellung gewesen? Er hatte sie geprägt, da gibt es keinen Zweifel. Ihr neben aller Körperlichkeit seinen geistigen Stempel aufgedrückt. Aber – mit welchem Ziel? Wie hätte dieser, sein, ihr Weg enden k ö n n e n? War nicht sein Tod eine Gnade gewesen, die Gnade der Trennung nach all dem? Wodurch immer das Band zerriss, die Gnade des eigenen Weitergangs?

So fragt Joana in sich hinein, im Dahintraben hoch auf dem Blondel. Weicht nicht längst alles, was da einmal war, grundlegend von dem ab, was ich diesem Jungen, diesem auf mich Zugekommenen verständlich machen will? Was erwarte ich überhaupt von Laurent? *Sprachlos sind die Omen …* Sie wird das wohl oder übel formulieren, zur Sprache bringen müssen – den Schleier der Diskretion zerreißen.

Es stimmt. Joana fühlt sich als eine Berufene. Als ein zu allem fähiger Mensch. Jetzt vielleicht umso mehr: Ist da nicht einer gekommen, sie ins L e b e n zurückzuholen? Aber es stimmt absolut nicht, dass Menschen voraussetzungslos agieren oder reagieren; sie müssen erkennen, wo sie stehen und wie weit entfernt und wie schwierig es sein wird, *das andere Ufer zu erreichen.*

Fast fürchtet Joana, dass ihr Laurent irgendeine, seine *reine Lehre* vorsetzen wird; die neuesten theologischen Erkenntnisse, die oder jene Utopie. So schätzt sie ihn ein. Wird er sie aufwachen lassen aus der Märchenwelt ihrer Kindertage, aus dem Kultklimbim der westlichen Tradition, den er so wenig schätzt? „Nehmen Sie zum Beispiel diesen Verkleidungszirkus eines Hochamts …“, hatte er beiläufig erwähnt. Woran hing sie denn mehr über die Jahre hin – an der Künstlerhand Santins, an den leuchtenden Mosaiken römischer Kirchen und Paläste, an den kühnen Entwürfen des Denkers Santin, der sich über das gebotene Glaubensgut hinwegsetzte, individualistisch, großspurig, souverän?

Joana ist sich darüber im klaren: Sie ist aus den Armen ihres Mannes und damit gleichzeitig aus seinen mehrdimensionalen Denkschemata herausgefallen. Das starke *Movens* ihrer Zusammengehörigkeit, Betonung auf -hörigkeit, das Körperliche, ist vorbei. Hörte mit einem Schlag – *colpo di Dio!* – auf, brach weg. Ab diesem Zeitpunkt begann sie, zwischen realem Tod und irrealen Träumen zu leben. Widerwitzig irreal. Sie betäubt ihre Skepsis, die sie sich vorher immer wieder erlaubt hatte, in Rückblick auf des Toten vermodernden Leib; sie schreibt von einem, *der umgeht im Bergwald bei lichten Gespenstern …*, sie fängt an, die Dinge zu b e s p r e c h e n . Bespricht mit der Eule den Fortgang der Zeit, teilt diese Zeit nach ihrem Belieben, entzieht sich dem Gleichmaß obwaltender Zwänge, verhüllt vor dem Tag ihr Gesicht, errichtet ihre eigenen Dramolette. In diesem magischen Rückzug wird sie zur Zauberin, liest in den Mustern der Natur, den fallenden Blättern, den Resten des Kräuterabsuds, der nach dem Bad zurückbleibt auf Wanne und Schwamm, poliert ihre Gemmen, türmt ihr Haar auf, versenkt sich in Tarots. Das sind alles Übergänge. Sie ist vernünftig genug, sich zu gestehen, da ist nichts ursprünglich Christliches mehr darin, was ich tue und meine und hoffe – es ist

Mumpitz, Abrakadabra, Hokuspokus – und sie kennt zu allem Überdruss die Etymologie dieser Begriffe! Ihr Glücksfall, ganz konkret nämlich, ist jetzt Laurent – sich ihm öffnen!

Steht es ihr überhaupt zu, weiter die Überlegene zu mimen – nur darum, weil er als hilflos verirrter Wanderer daherkam durch den Wald, ein in ihr Revier herabgeschleuderter *outcast* – und was heißt das schon: überlegen sein?

Joana fühlt Schauer auf der Haut, kalt rinnt es ihr über den Rücken. Ihre Bluse ist vom Gegenwind weit aufgebauscht, aufgeblasen vom schärferen Ritt zuletzt, weit offen fliegt der Kragen. Sie denkt nach: Ich habe (sonst) nichts (mehr), woran ich mich halten kann. Er ist mir (wem denn?) geschickt. Ein Hergesandter, der sich, zornig genug, noch kaum geoutet hat; der sich kennt, weil er weiß, was er nicht weiß. Der mich e r k e n n e n wird, weil er muss. Oder bin ich schon wieder überheblich? Wie aber, wenn ich Laurent letztlich nicht verstehen machen kann? Wird er mich verachten? Verachtet er die Welt, aus der er kommt? Hat er sie überwunden?

In diesem Moment vergeht Joana das zweifelnde Fragen. Sie erfährt einmal mehr, was sie seit je auch ihren Karfreitagsschmerz nennt: Wieder fährt ihr ein Blitz durch den Mittelhandknochen, ein entsetzlicher Stich bohrt sich in Fleisch und Bein, setzt sich fest. Sie schreit leise auf. Wie immer, wenn diese Hände – genau diese, weil sie so gesündigt haben? – vom Schicksalsnagel durchbohrt werden. Es widerfährt ihr seit Jahren, zuletzt häufiger. Sie hat es beschrieben, tief aus sich heraus so formuliert: ... *Durch die Haut, durch Nerven und Adern / durch Fleisch und Gebein / brandet hämmernd die Stunde / ... über der endlich begriffenen Demut / nichts mehr zu haben als den / Windrosenschmerz. Nie leuchtet die Sonne klarer und schöner / als am Karfreitag um drei* ... So schnell der Schmerz einfällt, so rasch geht er vorüber. Die bewusst gemachte Empfindung bleibt; ist wie ein Vorübergang am *Brennenden Dornbusch*, ein Nahekommen Dessen, der leuchtet und schlägt und blitzt, indem Er sagt: *ICH BIN DER ICH BIN DA*.

Da geht es nicht um theologische Begriffe. Es geht um die ganze Dimension Gottes, um Sein Wesen, um das Ihn Ausmachende, das niemand je wird aussagen können, aber vielleicht sich bewusst machen in der Kunst, im Bild, im Wort. Das ist Eros. Hingabe, Öffnung, Treue.

Plötzlich weiß Joana, dass sie Laurent, wenn schon nicht belogen, so doch getäuscht hat. Wie hatte er in aller Geradlinigkeit gemeint: „Aber … Sie haben doch niemals aufgehört zu l i e - b e n …". Lieben? Joana muss ihre Selbsttäuschung aufgeben und das ganze Wohlgefühl, das vorherrscht, wenn von einem *das sogenannt Beste* angenommen wird; sie muss endlich wahrhaftig sein. *Lieben? Joana? Nein, b e g e h r e n* – das ist es, was sie beherrscht. Hat sie also ihr Frommsein unbewusst geheuchelt?

Was sind ihre Rituale denn anderes als eitle, egoistische Totenbeschwörungen, aber ja. An sich weiß sie das, und es ist ihr auch nicht gelungen, sich herauszuwinden, damit die Täuschung eine vollkommene werde: „Sie müssen wissen, ich bin eine Heidin …", hat ihre Erklärung gegenüber Laurent begonnen. Die Bekenntnisse keiner gar so schönen Seele. Es macht keinen Sinn, noch länger auf diesen Ausnahmezustand stolz zu sein.

Joana ist im Haus zurück. Wo sind meine Aufzeichnungen? Mein selbsterrichteter *Palast der Erinnerung*, die Niederschrift vergangener Geschehnisse, ausgewählter Episoden? Sie sucht allererst in Santins ehemaligem Arbeitszimmer. Aber nein, sie sollten längst in ihrem Kabinett sein! Warum ist sie zunächst in Marcos Appartement gestürzt? Dort hatte sie ihn immer aufgesucht, wenn sie heimgeritten kam, ihn dort studierend wusste. Die Räume sehen jetzt verlassen aus, verlassener als jemals zuvor. Natürlich hat sie gehofft – vermutet wohl nicht –, Laurent könnte noch anwesend sein. Dem ist nicht so. Etwas enttäuscht aber mit innerer Spannung geht sie nach ihrem Teil des Hauses in ihr bequemes Schreibkämmerchen, zum schwarzen Fächerschrank. Findet die rote Mappe mit den Blättern, lässt sich gleich nieder, wo sie steht; auf dem Teppich mit den eingewebten weißen Säulchen und dem schwungvollen Architrav, den Marco aus unerfindlichen Gründen immer den *jiddischen* genannt hat.

Ellbogengestützt, halbliegend, beginnt Joana die Durchsicht. Ob diese Aufzeichnungen geeignet sind, ihr Leben, das vor zwei Jahrzehnten zum zweiten Male begann, einem wie Laurent begreifbar zu machen? Sie hat die Aufzeichnungen verfremdet, anonymisiert, in der dritten Person geschrieben; es ist durchaus ihre Sprache geblieben, aber mit biographischen Episoden zu einer langen Geschichte verwoben.

Einzelne Passagen lesen sich wie Entwürfe zu einer Novelle, die freilich den Vorzug hat, wahr zu sein.

Wie viele Frauen neigt Joana dazu, das Vergangene zu verklären, zu überhöhen. Es ist ihr auch schwer gefallen, unter dem Schleier der Verzauberung so vieler Jahre zur schlichten Wahrheit vorzudringen. Auf dem ersten Blatt steht nichts als: *Jede große Liebe hat eine große Geschichte.*

Joanas Gedanken wandern 20 Jahre zurück. Sie sieht eine fremde, schmale, dunkle Frau mit halbgeschlossenen Lidern, die ein wenig hochmütig wirkt. Fröstelnd zieht sie den altmodischen weißen Pelz mit dem Ozelotbesatz enger um sich. Wie aus einem Gemälde des *Beckmann* gefallen sieht sie aus. Sie besteigt einen Zug. Station um Station. Namen für Namen. Sie fühlt sich belästigt von soundsovielen Grenzaufenthalten an diesem bis in die Seele frieren machenden Februartag. Die Fahrt geht nach Süden. Geleise, Geleise …

Wer am meisten genießt, der betet am meisten.
Georg Büchner, Dantons Tod

Jede Liebe bildet in ihrem Rücken Utopie.
Botho Strauss, Paare/Passanten

SANTIN

Es besteht die Neigung, das Vergangene zu überhöhen. Daher der Versuch, die Geschichte um S. so einfach wie nur möglich zu skizzieren. Dichterworte werden sich einschleichen; sparsamst sein damit. Episodisch vorgehen. Keine Lyrismen! Später vielleicht ausarbeiten, literarisch durchstylen. Eine Novelle daraus? Verlockender Gedanke. Nicht zuviel Theorie! Bedeutungsschwere kommt nur dem wirklichen Leben zu.

Die Sache mit S. ging über ein Drittel des Lebens der Frau. Sie: eine von früher her unbefriedigte, unzufrieden Gebliebene. Nicht immer mit sich im Einklang, ausgefranst durch Begegnungen, die inadäquat waren. *Einschub episodisch*: Onkel Luigi, der Schwerenöter, falsch: der Saubär. Fast kein Entkommen. Der süße junge Eleve im Reitstall, den sie nicht weiter ermutigte, nicht konnte, nicht durfte? Schiefheiten alles. Irritationen. Verstörungen am laufenden Band. Hinterfragungen. Betrachtung ihrer selbst: Wer und wie bin ich? *Ausgesetzt auf den Bergen des Herzens.*

Sie wird eine Schreibende. Gegen vieles Anschreibende. Strikt erzogen. Aber eine, die sich selbst Freiheit und Freiheiten verschafft. Neben den Spielregeln der Gesellschaft. Einer Gesellschaft, die vor lauter unmoralischer Moral und erbärmlicher (Geschäfts)tüchtigkeit zum Himmel stinkt: *Was Konvention in kostbare Schleier hüllt, ist nichts als ein scheinbar schönes Gespenst.*

Ihr Studium. Ihre Berufswahl. Herausforderungen, die sie meistert. Erfolge, die sie ermutigen. Selbstbestätigung. Ende der 1960er Spezialberichterstatterin für Kunst und Kultur des Auslands. Entsendung zu einem Kongress in Neapel. Eine schicksalhafte Reise: *Neapel sehen und sterben*? Nein, i h n treffen, und dann fast sterben.

Erste Szene: Ein später nebelverhangener Abend in Pozzuoli. Mittelklassehotel, ausgehendes 19. Jahrhundert. Mehr für die Küche als für die Betten gerühmt. Kaum Gäste. Handgeschriebene Speisekarte, Folioformat. Qual der Wahl, der Aperitif kommt. Plötzlich neben dem Tisch eine Stimme, die aufschreckt, d i e Stimme: „*Perdoname, Signora, posso prendere posto?!*“ Eigentlich impertinent. Der Ansatz zu einem Nein, was erlauben Sie sich, nicht einmal ansatzweise zu artikulieren. Sie gafft, er setzt sich. Breites, gewinnendes Lächeln: „*Marco Santin, piacere*“. Binnen Minuten weiß sie alles: Ordinarius für Kunstgeschichte, Schwerpunkt Römische Kaiserzeit, Nachfolger des *Amedeo Maiuri*, zuständig für die *Cavi nuovi* in Herculaneum, Verfasser von … etc. etc. Nach diesen Präliminarien die Bestellung: Fleisch für den Signore, Fisch für die Dame, beide Gnocchi, Falerner. Der Professore ganz Weltläufigkeit, sie nichts als baff. Fisch wird im Rohzustand vorgezeigt, Amüsement des Santin, als sie sich graust. Suada tiefer Mitfühlsamkeit – Ernst oder leicht durchschaubares Spiel?

Wie hätte sie wissen können, dass ihm durchaus ernst war: Der Fund dieser Mädchenfrau aus dem ihm fremden, geheimnisvollen Land war ihm ein *tesoro*, wird Außergewöhnliches bewirken in der Tiefe der Person. Erinnerung an Bruchstücke der Konversation, nicht dessen, was geschah. Blitzschlag nämlich auf beiden Seiten. Hilflosigkeit vor lauter Faszination. Aus einem selber heraus nichts mehr dagegen tun zu können. Mühe, sich zu trennen, die Zimmer aufzusuchen. Beim späten Frühstück folgenden Tages ihre beiläufige Erwähnung: „Ich hatte übrigens meine Zimmertür nicht abgeschlossen.“ Das war kühn, wird mit Verve beantwortet, lachend, augenzwinkernd: „Aber ich doch auch nicht.“ In das Bett der Liebe gestürzt, voll und ganz, noch vor der Abreise. Liebe bis in den späten Mittag hinein: „Komm“, hieß das, mit glühenden Augen, lockendem Mund, „lass dir das Gute tun, bitte, und tu es mir …“.

Vor der Heimkehr noch jede Menge Italien: Über Aquila an die adriatische Seite des Stiefels. Umrundung des Gargano. Die Marchen, San Marino, die einmaligen Mosaiken Ravennas. Stunden um Stunden Autofahrt, Santins Rechte minutenlang auf ihrer Brust, ihre Schenkel entlang, Zärtlichkeiten um Zärtlichkeiten. Essen im

Freien, einmal fast feierlich an einem uralten, aus knorrigen Weinreben gebastelten Tisch auf einem sanft geneigten Hügel. Dünne Wintersonne. Bei Vieste am Strand. Träge rieselnd leckt das Meer an den Ufern. Aneinanderschmiegen, inniges, zweier verschreckter Täubchen; der hochgewachsene athletische Mann Anbeter und Angebeteter zugleich. Inniger Austausch von Vergangenheiten.

Beide im Schoß der *Catholica* auferzogen. Beider Bekenntnis zur Übernatur, beider Verständnis von Religion und Glaube in einem Sinne, der weit über die offizielle Kirchendoktrin hinausgeht. Santins Denken stark von der Klassik beeinflusst, Goethe vor allem – als d e r große Erotiker. Ja, Eros kam ins Gespräch, die Bipolarität des *amor Dei*, wonach alle erotische Liebe aus dem Schoße der Gottnatur fällt, sinnlich und seelisch zugleich. Santin versteht darunter eine Kraft, die zu erdulden, die aber auch zu bedienen sei bis zum Exzess. Er verrät ihr – lebt an ihr aus – seine Begabung, sich in Frauen zu versetzen, zu versenken, sie auszuloten – geistig, körperlich, egal. Seine Maxime: Nichts an der Liebe könne je unnatürlich sein. Nichts unrein. Den Menschen annehmen, Liebe akzeptieren, vollziehen. Freilich auch, dass eine Beziehung niemals zum reinen Sex verkommen dürfe. Denn im Grunde sei jeder Genuss profan und heilig zugleich.

Liebeshunger, noch und noch. Mitten darin schon jener Wunsch nach dem Erleben einer Transzendenz, die beide unverbrüchlich verbinden sollte. Eine letzte Liebesnacht im Friaulischen, aus dem Santin stammt, aus recht schmalen Verhältnissen übrigens. Er fuhr weiter Richtung Triest, sie bestieg den Zug nach Prag, um eventuell bei Kinskys für ein paar Tage Station zu machen. Furcht, einander nicht mehr wiederzusehen. Hoffnung, ihre Begeisterung für einander würde ihnen künftig Flügel verleihen.

Einschub: Trotz der politischen Verhältnisse, siehe Kalter Krieg und Eiserner Vorhang etc. lebhafteste Beziehungen zwischen Museen und Kulturinstituten hin- und herüber. Erstaunlich enge Freundschaften, eine Menge innerer Diplomatie einschließlich guter Kontakte zu Kirchen, Bistümern, Ordensniederlassungen. Was konnte die Beziehung also stören oder gar vernichten?

Sie hatte sich in Santin eingedacht, eingelebt. Er musste sie nicht vergessen. Sie näherten sich einander noch mehr an. Gleichklang der Seelen wie bei Zwillingskindern. Beider große, schon rein körperliche Anziehungskraft tat ihre Wirkung; sie kannten keine Feinde, nur Bewunderer. Diesen Charme spielt Santin aus nach allen Regeln der Kunst. Er bändelt nicht, tändelt nicht – er nimmt in Besitz. Sie wurden das Musterpaar schlechthin. Er war, und machte sie, offen für alle Spielarten des Eros – mitten in und neben dem offenen Ausleben des Religiösen, der Ergründung der Geheimnisse zwischen Mensch und Gott.

Ihre Liebe geschah mit großer Sorgfalt und stiller Zuversicht. Kinderwunsch. Ohne Erfolg. Jede sich ankündigende Schwangerschaft rann binnen kurzem aus ihr heraus.

Nicht zu übergehen die Tatsache, dass Santin verheiratet ist. Trotz Trennung in aufrechter Ehe lebt: „Du kannst mich meiner Frau gar nicht wegnehmen, denn der Bruch war längst durch die Verbindung gegangen, ehe wir beide, wie es gemeinhin heißt, die Ehe gebrochen hatten."

Sie hört die Vorgeschichte: Wie Consuelo sich eines Tages nicht mehr von ihm berühren ließ, immer hysterischer wurde, in sich zusammenfiel. Ätherisch und wunderschön auftrat, aber um sich schlagend und innerlich ausgehöhlt in Selbstmordphrasen schwelgte, Zerrüttungsversuchen, Anklagen. Wie sie eines Tages die Aggression gegen ihren Mann lenkte, Gift in seinen Tee tat. Dann kam das Ende: ihr Verschwinden in dem Schweizer Sanatorium.

Die geistig Umnachtete ist natürlich wohlversorgt, die Zahlungen für die Kranke sind gesichert. Bis zu deren Ende sogar von Joana garantiert.

Wo liegt die Schuld, und wessen Sünde ist größer?

Von da ab neue Dimension des Verhältnisses. Der Begriff, das Begreifen dieser ihm nun zugefallenen einzigen Frau. „Bist du sehr traurig? Tut es sehr weh?" Immer wieder gegenseitiges Hinterfragen; nie wird eine Diskussion gescheut. Unter einem hellen Augusthimmel einmal zum Beispiel ihre Antwort: „Weißt du, das Trauma, unter dem so viele leiden, stöhnen – dieser unbehagliche Zustand zwischen Sünde und Sühne-tun-Sollen, zwischen Verwerfung und Versöhnung, ich kenne das nicht. Es kommt in meinen Denkmustern einfach nicht vor. Bin ich also gewissenlos? Ich meine, ich bin darüber hinaus. Aufgefangen, eingefangen in einen Bereich, wo die armseligen irdischen Schuld-Sühne-Begriffe, oder -komplexe, nicht mehr zählen. Sag jetzt nicht Hoffart! Sag mir nur, wenn du es n i c h t begriffest …"

Santin antwortete einmal mehr mit Goethe: *Heilige Liebe / strebt zu der höchsten Frucht gleicher Gesinnungen auf / gleicher Ansicht der Dinge, damit in harmonischem Anschaun / sich verbinde das Paar, finde die höhere Welt …*

Immer wieder verjüngte Anschauung gegeneinander. Ein Sichemporwandeln, um sich schließlich dem Einen Gott in die Arme zu werfen. Hier also Vorklang des Letzten Heiligsten, *amor Dei* in Gestalt einer alle Bereiche umfassenden menschlichen Leidenschaft? Immer gehen die Gefühle und Ansprüche über die Wirklichkeit hinaus. Diese Beziehung stand unter Feuer, war eine einzige Walpurgisnacht: *So herrsche denn Eros, der alles begonnen.* Die Frau, selbst Dichterin, aber schrieb: *Nichts ist dein / und nichts ist mein / selig sinken im Verein / selig steigen wir zusammen / in des Gottes Feuerflammen.*

Einhellige Seelenlandschaft. Höhen und Tiefen. Sie hatten alles zusammen. Sie gingen aus, sie kehrten heim. Was der eine nicht erfahren hatte an Freude oder auch Bitterkeit, floss ihm von den Lippen des anderen zu. Alles diente ihrer gemeinsamen Lust. Vieles darüber hinaus ging sie weiter nichts an.

Reisen. Aber weder in die Berge noch an das Meer! Immer die Kulturfurchen entlang an den Strömen Europas. Aus den Domen von Fulda und Worms nach Passau und Brixen, von der Reichenau nach Reims. Sie hörten Hunderte Messen in Dutzenden Riten, sie feierten alles auf ihre Weise mit. Sie diskutierten mit fremden Mönchen, sie verkehrten beim Dekan der Philosophisch-theologische Fakultät von … Als Ketzer. Ohne das zu empfinden, aber ohne auch darüber zu spotten. Selbstverständlich, dass sie, wo auch immer, an den Abendmählern teilnahmen. Unorthodoxe Lebensweise, die sie, in ihre eigene Weltdeutung gebettet, auf Basis ihres Gottesbildes als solche nicht erkannten.

Einschub: Die Rede vom Tod Gottes, damals in aller Munde. Nach Santin grundsätzlich als falsch anzusehen, wenn man mitdenkt, dass der Mensch selber das W o r t h a t, die Gabe hat,

Gottes Mund zu sein: *Wenn du siehst, Gott schweigt, und Er tut es ja, wie wir merken, dann r e d e du*!

Und wie sie reden konnten, wie sie in eins brachten, was dogmenlastige Verkündigung über Jahrhunderte getrennt hat: Gott und Welt, Himmel und Erde, das Säkulare und das Sakrale, Politik und Glauben, Fleisch und Geist. Sie hatten das Charisma, die Sprache dafür. Sie hatten einander gerochen, auch in diesem Punkt. Und: immer wieder *communio*. Schaffung einer eigenen Liturgie, genauso begangen und gefeiert wie die Feste der Liebes-Einung, der Vollzug ihrer heimlichen Ehe. Gastmähler der Liebe. Und das alles mitten in der brandenden Ära allgemein angestrebter Entmythologisierung! Vielleicht gerade deswegen ... Einkehr, Rückbesinnung, Bindung, Verwirklichung wie nach dem Wort der frühchristlichen Zwölfapostellehre: *Der Anfang des Heiles besteht darin, dass du dir selber entgegentrittst.*

Szenen: Ihre *Dîners* zu zweit. Die Neigung zum Luxus der Salons ... Studierstunden in der Bibliothek ... Obst und Brot und Wein auf dem Tisch ... *Allein beten ist nicht beten*, sagte Santin, *Wir haben nichts als einander*. Eigene Gebete und Formeln schufen sie sich, kannten das meiste auswendig. Marco schrieb an einem neuen *Credo*, nur für sie allein. Wesentlichste Lektüre war ihnen unter vielen anderen die Schriften des *Teilhard de Chardin.*

Einschub: Nach *Teilhard* heißt lieben, in sogenannter Reinheit lieben, nicht, trennt euch, nicht, verlasst die Zweisamkeit, sondern bindet euch an ein je Höheres, Größeres. Die Welt wird nicht durch Unterdrückung der Triebe umgestaltet, sondern durch deren Umgestaltung vergöttlicht. Heiligung ist nicht Elimination, sondern Konzentration der Säfte dieser Erde. Mann und Frau im Fall nach o b e n – sie entdecken und enthüllen das Heil der Menschheit, so oft sie einander liebend angehören. Dann ist Gott bei ihnen, der da heißt *Immanuel – Er ist bei uns.*

Ihr Umfangen immer schöner, vergeistigter. Totale Hingabe, versponnen in das Weh. Aufgabe des Selbst. Auflösung. Sie sind wie gepanzert und geflügelt und schon so wund, sich nicht einmal mehr anfassen zu können – wie geschlechtslos geworden, *Engel einander,* die aus lauter Leere durchlässig, transparent werden und nur mehr die Liebe selber sind.

Marginal andeuten: Fernöstliche Liebespraktiken kommen ins Spiel; lassen Höhepunkte sexueller Vereinigung erleben, ohne dass die Liebenden einander auch nur berühren. Exkurs über die molekularbiologische ganzheitliche Struktur des Menschen, über den Untergang des Personalen, etc.

Schließlich die Zusage, einander auch einmal freizulassen, Freiheit zu schenken für jede andere mögliche Liebesbegegnung nebenher. Die Forderung Santins, dass innere Weisheit voraussetze, ja verlange, dass diese Befreiung, wenn man so will, nur in ihrer vornehmsten Bedeutung zu fassen sei: Keine Freuden der Liebe ohne die Liebe selbst!

Die Abmachung beidseits akzeptiert. Lange geschieht nichts in dieser Richtung. Aber sie leben nicht auf einer Insel. Beider Reisetätigkeiten gehen weiter; durch die Gesellschaft bewegen sie sich freilich wie Unberührbare.

Szenisch ausarbeiten: Sie und der junge Fremde. Korfu. Ein Abend in der Nähe des *Achilleion.* Dort tritt er in ihren Gesichtskreis. Sie meint, den Hermes des *Praxiteles* vor sich zu haben. Sie hat das Etepetete und den Ballast des Familienclans und althergebrachter Tradition längst hinter sich gelassen, und sie weiß, was Santin ihr jetzt riete. Er sagt immer wieder: „Eines Tages, meine Liebe, werden alle Tabus fallen. Nichts mehr wird unmöglich erscheinen. Mauern werden stürzen, Zäune umgerissen werden. Keine Ausgrenzungen mehr, schon gar nicht der Frau. Alle werden ihr Dasein, und sie haben nur das eine, ausleben dürfen."

Einschub: Santin war auch davon überzeugt, dass diese unsere Art Mensch, *homo sapiens sapiens,* nicht die denkmöglich letzte Kreatur sein kann, welche die Erde bevölkert: „Viel Neues wird aufstehen, eine neue Art Mensch."

Ja, und hinsichtlich Beziehungen meinte er: „Möglich, dass einmal einer in deine Hände kommt, der nachvollziehen kann, was wir zu denken begonnen haben. Ihn nimm an dich ..."

Weiter die Szene: Empfang des jungen Schönen in ihrem Schlafzimmer. Erlebnis des unbekannten Körpers. Aufwühlung. Versuch, diesen Geliebten – ohne Name und Herkunft zu wissen – in ihr exklusives Denken emporzuziehen: *Wenn man es zulässt, ergibt sich viel.* Kindhaft fragende Augen des nächtlichen Besuchers. Große Momente. Banales Konversieren am Ende. Er genoss, sie genoss, und er ging. Fazit: Fiasko! Nur romantisches Beiwerk, als sie später dieses Erlebnis zu Stanzen verdichtet und die aberwitzige Hingabe in einer Weise verklärt, die ihr selbst, nicht aber Santin unbegreiflich schien – der große Psychologe in Liebesdingen war immer nur er: „Du hattest eine exemplarische Möglichkeit, die Spur aufzunehmen, den Weg in die Freiheit nicht zu verfehlen. Was willst du mehr?“

Zusatz: Über den Tod des jungen Mannes, der zwei Tage später beim Segeln gekentert und ertrunken ist. *Madame* versagt sich weitere exemplarische Möglichkeiten. Wenngleich sie in ihrem Schreiben an einer Kunstfigur baut, an dem fantastischen Ideal eines jungen Geliebten …

Und Santins Freizügigkeiten? Aus einem anderen Stoff. Er gesteht ihr alles. Einmal wird eine erbarmende Liebe beschrieben, wie er eine von der Natur arg benachteiligte Person, die kleine Jadwiga R., „blitzgescheit aber verwachsen“, von ihrem selbsterrichteten Podest an Jungfräulichkeit herunterholte, das schiefe Körperchen aus der selbstgewählten Zurückhaltung und Abstinenz befreite – bis sie losließ, ihm nachgab. Schönheitsfehler, dass sie ihn dann ganz und für immer wollte. Dazu Santin: „Das mir, wo bleibt da meine geliebte Ästhetik?“ Oder das bittersüße Verhältnis mit Eugenie, der möchte-gern-erwachsen-sein Klosterschülerin; die zweifellos *Casanova* in ihm sah, der sie aus den Klauen der Nonnen befreien könne. Er konnte. Sie folgte ihm allzu willig, wohin er nur wollte. Und wie er wollte! Pünktlich dreimal die Woche am *Point d'amour*, quer übers Flüsschen, klammheimliche Umarmung und Liebe, Liebe, Liebe machen mitten im Auwald! Er gestand, wie gesagt, alles. Auch diese *Commedia* verlief sich: Das schöne Kind war seinem Intellekt natürlich nicht gewachsen. Sie war gierig, neugierig, das war alles. Sie stiegen auf die Almen, sie durchstiegen Höhlen. Gespräche kamen nicht zuwege. Kichern. Schweigern. Kichern: Bitte, Liebe machen. Bitte, jetzt gleich. Da schwieg auch er.

Fraglich, ob und wie Santin über die Jahre leiser, vorsichtiger, bedächtiger wurde. I h r blieb er hörig. Exzerpte seiner alltäglichen Weisheiten, ein fernes Echo seines auf- und abwallenden

Gemüts, zum Beispiel: „Weißt du, mein Herz, befriedigen können wir uns selbst, relaxen, entspannen, unsere Körper genießen, das kommt und geht. Aber die Ekstase, die uns über diesen Körper hinaus bis an den Rand des Himmels hebt, dieses unvergleichbare Hinauf und Hinaus – das braucht ein Du als Widerpart und Ergänzung, und beide als Partner, als Freunde sind sowohl Gegner wie Versöhner mit dem Ganzen der Welt – nennen wir es Gott!"

Santins Worte, in aller Klarheit erinnert. Was in Stunden höchster Zuneigung gesagt wird, geht tief. So etwa: „Des Eros Wildwuchs darf niemals, hörst du, niemals zu schöner Regelmäßigkeit verkommen! Warte also bitte nie, bis ich auf dich zukomme! Nimm mich dir, wann immer es dir gefallen möchte …".

Das war (vermutlich) auf ihrer feierlich nachgeholten Hochzeitsreise in die alte Römerstadt am Rhein. Gespräche und Umarmungen bis in den Morgen hinein. Unaufhörbarer Gedankenfluss, Austausch. Dazwischen solche Stille, als schwebe der sprichwörtliche Engel durch den Raum. Zehenspitzendialoge. Intimste Geständnisse. Preisgabe innerer Verfasstheit, eben auch in Glaubensdingen. Unabdingbarer Wunsch Santins, dass sie, die verehrte Frau, ihm in diese Geheimnisse, wie er sie versteht, folge. Sehr inniges Bitten, den eingeschlagenen Weg mit ihm fortzusetzen – es zu wagen, selbst auf die Gefahr hin, künftig als verloren zu gelten in einem kaum auszusinnenden satanischen Nichts: „Und sollte diese vermaledeite Klerisei der Römischen Beamtenkirche recht behalten mit ihren dogmatischen Restriktionen - *aut omnia aut nihil*!" So war Santin, großspurig, anmaßend. Es passte zu ihm.

Vielleicht ausarbeiten: Nie, niemals sind Zuneigung und Liebe zweier Menschen gleichauf. Santin liebte, begehrte, vergötterte sie. Mehr Leidenschaft nicht vorstellbar. Geschenke häufen wollte er auf sie. Was sie annahm? In allen Jahren nur ein einziges Stück aus *Portici*: ein schweres Kreuz mit einem dunklen Stein, umwunden von einem silbernen Anker, eingefasst mit kleinen Glitzersteinen aus vesuvischer Lava.

[Die Faszination Santins soll die ganze *story* durchweben. Sonst werden weder das Erliegen der Frau noch auch ihr Ringen dagegen verstehbar: ihre Versuche, das Abgründige dieser Beziehung, ihr ihm Verfallensein zu vermeiden: *Sie ging an seiner Seite, aber sie blieb bei sich – lose, frei, selbstbewusst.* Sie hatte noch einen weiten Weg vor sich.]

Immer öfter beginnt Santin Todesgedanken zu verbalisieren. Sein Wunsch, sie möge seine, ihrer beider Gedanken weitertragen, eines Tages, wenn es so kommen sollte, ohne seine Hilfe: „Eines Tages, meine Liebe, wird einer sein, den du unter deine Fittiche nimmst. Ich beschwöre dich, es muss einer sein, der ganz s c h ö n ist … Darunter tu es bitte nicht. Du brauchst die Herausforderung und die Begeisterung. Er soll schön sein, unschuldig, unbefangen, ein Hörender, den du genau diese Liebe lehren sollst, die uns verbunden hat; damit er sie seiner Liebsten weitergäbe, eines Tages, damit das Haus der Liebe, das wir errichtet haben, bestehen bleiben kann …"

Das Ende: Wiederaufnahme der Grabungen in *Herculaneum*. Ein bemerkenswertes aber sonst nicht sehr folgenschweres Nachbeben. *Nunzio Danieli*, der zu Besuch weilende Leiter der antiken Stätten von *Paestum*, der einzige Zeuge des Unfalls: Ein Mitarbeiter des Teams begann infolge erlittenen Schocks während des Bebens Amok zu laufen; er rannte so wild und schlug so ungeheuer um sich, dass er Santin niederstieß. Man denke, in diesem durch und durch steinigen Gelände! Santin war nicht sofort tot. Schwerste Gehirnverletzungen, innere Blutungen, Operationen. Aber er verfiel, die Ärzte gaben auf. In aussichtslosem Zustand traf ihn die Geliebte an, wachte zwei Tage und zwei Nächte bei dem Sterbenden. Die übermenschliche Anstrengung beendete auch ihre letzte Schwangerschaft. Es sollte nicht sein, dass etwas von S. blieb …

Wiederholungen: Beginn der Beziehung vor den Statuen heidnischer Götter, unter bunten Mosaiken; Vollzug von Liebe und Ehe unter flämischen Gobelins … Immerwährende *communio,* auf Gedeih und Verderb sich ausliefernd an *Ungewissheit und Wagnis.*

Die heißen Sommer, die rauen Winternächte, auf dem Gut oder sonstwo in Europa. Zwei Wanderer durch die Zeit, gefangen und zugleich erlöst in ihrem eigenen geistigen Reich. Scheinbar niemals von irgendeinem Leid berührt. Und doch: sein früher Tod. „Es ist gut, ihn aus der Welt zu wissen", sagt sich die Frau. Sie lässt offen, ob sie damit (nur) gemeint hat, dass er im anderen Falle aussichtslos dement geblieben wäre.

Der Gang der Dinge ist dort, wo sie wichtig sind, nicht logisch.
Robert Musil, Mann ohne Eigenschaften

Das Himmelreich ist ein Zustand des Herzens.
Friedrich Nietzsche in Sils Maria

EIN BRIEF

Joana ist mit der Durchsicht der geheimen Blätter am Ende. Sie schaut über den dunkel gewordenen Raum hinweg auf den frühen Abendschein am Fenster, den noch leuchtenden Park. Habe ich nicht schon mehr Jahre durchlaufen, mehr Wege ausgeschritten, als noch vor mir liegen können? Mehr Zeit überdauert, als noch zu bewältigen ist? Nervös kraust sie die Stirn, beißt sich auf die Lippen: Schlechter Stil, denkt sie, liest sich bloß wie Zitate stumpfsinnig eingelernten Bildungsbürgertums. Diese Überfrachtung mit ideologischen Ansätzen! Was, wenn Santin ohnehin irrte? Was hatte er nicht alles vorausgesehen und vorausgesagt für den Rest des Jahrhunderts? Eine Weltregierung, die Bereinigung der Erde von allem atomaren Dreck, globale Abfallentsorgung auf unbewohnte Himmelskörper, die Ausrottung von Malaria, Lepra, TBC, eine ausreichende allgemeine Grundversorgung, die Verbannung aller Armut und so fort. Und wo stehen wir h e u t e? Sie erkennt schmerzlich: Marco Santin war ein Träumer und gar kein großer Prophet … und ich? Viel zu lang habe ich mich an ihn gehalten, an seine Maximen geklammert. Nun bin ich genauso hoffnungslos alt, eine für heutige Begriffe und Verhältnisse Überfällige, schon zu Vergessende. Freiheit zu lieben haben wir postuliert. Was jetzt vorherrscht, ist extreme *libertinage* …

Joana blättert zurück, sucht eine bestimmte Stelle in den Notizen; findet sie; nimmt ein Einlageblatt, schreibt:

„Welcher Teufel verleitet uns, diejenigen plötzlich zu verachten, die wir über Jahre für anbetungswürdig gehalten haben? Gut möglich, dass schließlich der Zwang zur Wahrhaftigkeit stärker ist als die schönste Illusion. Dann fallen die Schuppen von den Augen. Was ich nie jemandem hätte erzählen wollen, sei an einem Beispiel festgemacht. Marco war durch und durch *homme à femmes,* bis an die Grenze des Zumutbaren, ja vielleicht des Lächerlichen. Gestochen scharf die Erinnerung an das Landgut im Bayerischen Wald. Zu recht später Stunde sind wir zugekehrt. Kaum Gäste mehr, als wir zu Abend speisten. Da ließ doch Santin einer ihm, uns völlig unbekannten Dame, Frau … was weiß ich … Dessert und Dessertwein servieren, nachdem ich dieses eklige süße Zeug abgelehnt hatte. Reichlich genoss er das anschließende Hin- und Herflirten, schüttelte sich vor lauter Amüsement und lachte, lachte, lachte. Es war s c h a m l o s. Mein einziger Gedanke war eine Assoziation, die sich weder deuten noch erklären lässt, die mich bis heute verfolgt: der Gedanke nämlich, dass dieser Santin, so wie er dort leibhaftig saß, aß … mich niemals aus einem brennenden Haus gerettet haben würde … dass er mich niemals aus einem versumpften See gezogen hätte, auch wenn ich unterzugehen drohte – er hätte sich optimal vergnügt über soviel Pech. Ich wusste das in diesem Moment mit aller Bestimmtheit. Und derselbe Marco Santin pflegte zu sagen: Egal, was wir anstellen in irgendeiner Nacht und wie herrlich weit wir es trieben – du, Joana, erwachst mit einer solchen Klarheit auf deinem Gesicht! Wie das unberührteste Wesen der Welt blickst du um dich, eine Braut des Morgens, welche den Planeten erst zu entdecken beginnt …

Zwei Seelen also in einer Brust, Dionysos und Apoll, die schlimmen Brüder? Es sagt mir, dass ein jeder Mensch, auch der vom Geistigen am tiefsten Berührte, Erschütterte, wie immer … zum sogenannten miesesten Letzten fähig ist. Aber das gehört wohl schon zu den unsagbaren Dingen. Diesen Blättern füge ich den müden Versuch, auch Entgleisungen anzumerken, nach einigem Zögern hinzu."

Joana überliest die Einfügung nochmals, ist versucht, sie zu vernichten, aber findet es schließlich reizvoll, zur lebendigen Wirklichkeit zurückgefunden zu haben. Sie lässt das Blatt an Ort und Stelle. Nichts mehr hinzufügen, nichts mehr ändern oder streichen. *Quod scripsi scripsi.* Sie atmet tief ein. Alles in allem ist Santin ein verhinderter Prediger gewesen, denkt sie, und einer, der seine für neu gehaltenen Ideen rückversichernd dem Bestand erprobter Denkschemata anlehnte – man kann nie wissen! Kühn waren seine Ansätze, das schon, aber hätte er zum Revolutionär getaugt? Santin? War er wirklich mein Lebensmensch, mein Wegweiser, mein Engel? Oder war er mein Teufel, mein Fegefeuer, die große Versuchung, der ich mich zu wenig entgegenstemmte?

Schreiben ist grausam. Mit einem Mal ist der Mensch, ein einzigartiger Mensch, der uns lieb und süß und teuer ist, den wir unseren Augenstern nennen, und was dergleichen Liebkosungen mehr sind, nichts als Material, das es auszuschlachten, das es zu sezieren gilt. Einen solchen beschreiben, das ist wie das Ausbrennen dunklen rohen Erzes, damit es seinen Feingehalt herausgäbe, sich als klingendes Metall auswerfe vor uns. Schreiben ist tatsächlich eine grauenvolle Sache, denn wir müssen h i n r e i c h e n d erklären, was vorher Geheimnis war, was unter Schleiern behütet in sich ruhte. Schreiben ist eine wilde, oft böse, ja bösartige Angelegenheit – freilich auch eine der nachhaltigsten Entdeckungsreisen, die wir jemals unternehmen können.

Joana hat vieles aus ihren Aufzeichnungen frisch wie von gestern im Gedächtnis getragen, nur ein wenig verdrängt. Es ist gut, diese Dinge schwarz auf weiß zu haben. Da und dort könnte eine kleine Korrektur, Verdeutlichung nicht schaden. Sie versucht, das Ganze nochmals flüchtig durchzugehen, berührt die Seiten, als würde ein Vogel mit seinen kleinen Krallen Zeichen in den Schnee schreiben. Dann lässt sie es sein. Was kann die gründlichste Revision ändern, retten? Gewesenes ist nicht zu ändern, das wäre auch unfair. Man muss dazu stehen. Totenbücher werden mit unlöschbarer Tinte geschrieben, langsam, kalligraphisch, mit dunkelster Tusche. Damit nichts verloren geht. Ich darf das gar nicht, sagt sich Joana. Ich habe in den letzten Stunden mein Dasein ohnehin auf weite Strecken verfälscht, wie in Spiegelschrift aus einem Leben gelesen, das so gar nicht stimmt. Es ist im Grunde nur das Gerüst zu einer sehr alten, schon ein wenig verstaubten Liebesgeschichte.

Sie tut, was zu tun ist, absichtsvoll taktierend. Sie geht in Santins Schlafzimmer, legt die rote Mappe mit den losen Blättern auf das Tischchen neben dem Bett … selbstverständlich in der Erwartung, dass Laurent wieder kommt. Dass er die Aufzeichnungen findet. Wie wird er reagieren? Sie spielt hoch! *Allein gelassen mit einem Buch … Du willst über das Konsumieren hinaus es auf-*

dröseln, Zusammenhängen auf die Spur kommen, die es reell gar nicht gibt … Wenn du dann den Autor nicht sprechen kannst, sprich … Ja, mit wem?

Eine bizarre Sache! Wo er sie doch so hinhält mit diesem Ersteinmalnichtssagen, dem nur stummen fragenden Schauen. Aber je weniger er sich ausdrückt, desto tiefer drückt sich der Anblick seines Schweigens in Joanas Seele. Und sie erträgt ihn. Es trägt sie. Nur weiter so, weiter fort … träumen!

Dem dichterischen Menschen kommen verschiedenste Möglichkeiten visionär vor Augen, zumal, wenn er seine erfundenen Welten umsegelnd meerauf und meerab fährt, und sei es bis nach *Tristan da Cuñha.* Da hat selbst Joana keine Alternative! Der B r i e f, fällt ihr ein. Mich Kristina anvertrauen. Sie ist so klug, ist Erfahrung und Hinwendung in Person. Niemand hat Gescheiteres, tiefer Empfundenes und Gültigeres über das L i e b e n ausgesagt; Kristinas Bücher sind eine einzige Offenbarung. Joana reißt einen Briefbogen heraus, ohne Kopf, nur mit dem Wasserzeichen. Schon hat sie innerlich entworfen, was sie schreiben muss. Es lautet:

Ma très chère Comtesse,
ma plus aimée soeur dans l'esprit!

Es drängt mich, Ihnen zu schreiben. Ich werfe mein Vertrauen auf Sie. Es wird ein Bekenntnis werden, auf Entfernung hin, so wie das nur zwischen verwandten Seelen geschehen kann. Ich bin mir Ihrer gütigen Lossprechung eigentlich im voraus sicher, sehe schon Ihr bezauberndes Lächeln auf dem schönen Gesicht; sehe deutlich vor mir, wie Sie die Hände auf diese Zeilen legen und die wesentlichen Punkt meines Berichtes nachvollziehen. Ach, möchten Sie tatsächlich fühlend erkennen, wie das mit mir ist im Gegenwärtigen! Sie wissen, dass ich Marco verloren habe. Ich habe ihn lang betrauert, ich erinnere ihn mir jeden Tag. Wie lese ich bei Ihnen? *Bevor es sich von der Glut der Liebe aufzehren lässt, will jedes Leid noch einmal gesehen werden,* wo ich lieber: durchlaufen gesagt hätte. Genau das habe ich getan. Doch nun seit Jahren kein Kleinod mehr zu hegen, zu pflegen, und da ich es doppelt und dreifach tat in seinen letzten Tagen, Leere jetzt. Keinen mehr liebhaben können! Wie durch einen offenen Schacht bin ich in Abgründe gefallen, ungewiss taumelnd, richtungslos. Das tägliche Tunmüssen geht weiter, keine Frage. Darin bin ich sogar erstaunlich erfolgreich. Aber sonst? Wie weiter? Wohin? Ich fühle mich noch nicht so alt, niemandes Liebe mehr auf mich zu ziehen. Nun aber … mein Gott, Sie lächeln ja schon … holt mich die vage Möglichkeit ein, eine neue Liebe zu gewinnen, eine vergleichsweise völlig andere, das sicher – aber doch Arme, Augen, Geist und Witz, die Kraft eines Mannes, dies alles! Es kommt wie ein Rausch; die äußeren Umstände kann ich vernachlässigen, sie sind bizarr genug. Aber ganz wider Erwarten reißt es mich empor; ich manövriere mich in eine gewaltige brennende Sehnsucht hinein, in eine nicht zu benennende Leidenschaft. Und das alles gegenüber einem, denken Sie, *ma chère*, der vielleicht Sohn sein könnte! Die Scham ist ebenso groß wie die Neigung, alles geschehen zu lassen. Sehen Sie mich also erschüttert und in einer Passion befangen, die ihrem Wesen nach gewiss als Leiden anzusprechen wäre. – Wieder lese ich in Ihrer *Laura* nach, ja, ich verschlinge Ihre so trefflichen Wendungen. Von Ihrem Geist geleitet, dringe ich vor zu dem, was Sie den *Anspruch des Absoluten* nennen, der uns über alles hinweg erst bedingt; der uns dahin bringt, wo wir letztlich sein sollen: *plus ultra* … Ich gestehe Ihnen, schlecht zu schlafen. Ich bin verwirrt. Ich bin unfähig, das Vernünftige auch nur zu denken. *Man kann nicht schlafen in einem Nachtwald voller Fragen*, heißt es in *Malina*, Sie kennen die Stelle.

Über kurz oder lang wird er wieder bei mir sein, was dann? Sich wie unzurechnungsfähig fühlen, sich darin womöglich noch gefallen – armselig! Als hätten wir zwei Seelen: Die eine handelt, und die andere missbilligt unser Tun, steht das nicht so ähnlich bei *Stendhal*? Alles daneben, davor, dazwischen ist nichts als die kleinen Atemzüge kaum mehr vorhandener Freiheit. Ich fühle, *ma très chère amie*, ich bin jetzt ausgeliefert, müsste Kraft bekommen – von irgendwoher. Mehr Kraft, ausreichende. Alter, Weltklugheit, angestautes Wissen um die Dinge sind vorhanden, aber ich frage: Ist das tatsächlich so, dass eine Frau jene chemische Zusammensetzung besitzt, die es braucht, einen Mann zu vernichten? Und, zerrüttete sie ihn, so hätte sie ihn ja im selben Moment auch schon verloren, nicht wahr? Sind das die Wirkungen, die weibliche Existenz auslöst? Ich fürchte, ich habe genau in diesem Punkte zu wirken nicht versäumt! Ich möchte mich so gern darein schicken, und selbst wenn ich sterben müsste an einer solchen Un-Tat. Aber dann lese ich in Ihren prachtvollen Sentenzen weiter: *Nichts tun, nichts dazu tun … nichts wegnehmen … nichts ändern … sich zu nichts verpflichten* – ist das nicht reiner Stoizismus, *ma chère*? Also weiterleben wie bisher nach Ihrem Postulat: *Du musst dieses Feuer aus deinen Augen nehmen … Du darfst alles tun in gewohnter grandezza – aber aus der Distanz* ! Ob ich das können werde? Ich verstehe absolut, was Sie meinen. Es wird mir schwer sein – helfen Sie mir beten, meine gute Schwester! Dass auch meiner, ja, ich gestehe es: maßlosen Liebe gegenüber, sollte sie sich eines Tages realisieren, am hintersten Ende der Allee *Gott auf- und abgeht; Er, der uns geduldig erwartet.* Denn dieses Wesen, das mir eine solche Liebe eingeflößt hat, ich kann es nicht einfacher sagen, wird auf meinem Weg die allerletzte Etappe der Suche gewesen sein.

Sehen Sie mich auch jetzt ganz und gar in den Anblick dieses Mannes versunken, der nicht anwesend ist. Der seine Aufgabe zu erfüllen hat. Den ich im Grunde gar nichts angehe. Ich hoffe sogar, die brennende Ikone meines späten Fiebers ahnte nichts von diesem wollüstigen Schmerz. Ich bin so verwundbar geworden, wissen Sie. Bin schon wund von der fortdauernden Fragestellung bei ungewissem Ausgang. Bin in ein freigewähltes, vorbehaltlos bejahtes und nur mir selbst geschuldetes Verhängnis geraten – ob zu Glück oder Leide, bleibt unerheblich. Es i s t so w i e es ist, und ich bin bereit, alles auf sich beruhen zu lassen. In anderem Kontext hätte ich gesagt, ich stelle Gott anheim, was daraus werden kann. Denn ich kann diesen Menschen, w e i l ich ihn so liebe, zu nichts treiben, zwingen. Ich kann nur warten. Kann nur Geschenk sein. Angebot meiner selbst. Für alles offen bleiben. Wiewohl ich nichts lieber täte als ihn verführen … hinführen in das große Geheimnis, sollte ich besser sagen, nicht wahr? Sie spüren aus meiner Wortwahl, wie sehr ich begehre, wie extrem. Aber natürlich, er ist in seine eigene Welt eingesponnen, also weder verfüg- noch verführbar! Obwohl ich glaube, dass gerade sie, die so Selbstgewissen, Unberührbaren eines Tages angekrochen kommen, wenn das Gleichgewicht durch irgendeinen Anstoß von außen versagt, wenn sie gegen eine Mauer rennen, wenn sie allein nicht mehr weiter wissen. Manchmal denke ich – was für ein grausiges Szenario! – er sähe in mir womöglich eine dieser Gottesanbeterinnen und verfiele in die überwuchernde Angst des männlichen Wesens: nämlich aufgefressen, zerteilt, verzehrt zu werden. Ein groteskes Bild für eine wie mich, die in der Tat anbeten möchte, wo und wie immer! Aber wie ist das wirklich? Vernichten wir den Mann – durch den, nach dem unvermeidlichen *actus*?

Verzeihen Sie die unappetitliche Abschweifung. Ich bin ziemlich aus den Fugen, aber es tut unendlich gut, mich Ihnen gegenüber auszusprechen. Nur eines will ich noch hinzufügen: Ich hätte liebend gerne, dass diese *alte himmlische Hrabea* herabtaucht, von der Sie schreiben, und mich an der Hand nähme wie eine Schwester – sie, deren glühendste Seufzer nicht einmal die Wächter der Moschee bezwingen konnten; sie, der auch nichts anderes geblieben ist als die Sprache der Liebe, das alles durchwirkende, erschütternde *skandalon*. O, dass eine solche käme – dann würde alles gut!

In dem Troste, mich Ihnen anvertraut zu haben, und mit der Bitte, mich ganz in Ihrem Text zu belassen, ohne den Zeilen Ihres Buches auch noch einen Brief anzufügen, bin ich
herzlich verbunden

Ihre *Joana L.*
Auf dem Alten Gut

Joana endet mit Lack und Siegel. Das Schreiben hat ihr viel gegeben. Sie braucht Kristinas Antwort tatsächlich nicht mehr. Sie fühlt sich ein wenig ausgebrannt. Das war Herzausschüttung, auf die das gute Wort passt: *Wir glauben immer, dass uns nur ein anderer glücklich machen kann. Das ist eine Täuschung! Das Glück liegt in uns selbst.*

Joana hat den Brief geschlossen. Sie ist jetzt ruhiger. Bereit zu warten, was sich ergeben wird. Sie hat keinen Zweifel daran, dass ihre Geständnisse bei Kristina sehr gut aufgehoben sind. Sie wird sie liebevoll annehmen. Trösten im landläufigen Sinne wird sie nicht. Aber ihre großen klaren Augen werden sagen: *Du darfst alles, wenn du es in Liebe tust.*

Ob sie Laurent den Brief in die Stadt mitgeben kann? Unsinn! Laurent ist gar nicht da. Ungewiss, wann sie einander wiedersehen. Es ist nichts vereinbart. Aber sie möchte doch nur … Nein, das ist kindisch, das ist ungut – ja, sie möchte es trotzdem: Dass er sähe, sie hat doch auch ihre Bezüge nach draußen, kann sich jemandem mitteilen, kann Fäden spinnen … Aber Laurent ist eben nicht da. Sie hat es zu akzeptieren. Er ist nicht ihretwegen gekommen. Vielleicht wird er … eines Tages … irgendwann … etwas fragen, sagen, wissen wollen … ja, dann! Es wäre unausdenkbar schön. Über diesen Gedanken schläft Joana fast ein, stützt sich gerade noch ab, als sie merkt, sie könnte aus dem Sessel gleiten … übergleiten in einen Zustand reinen Denkens, der ihr hilft, aus den Illusionen herauszufallen, denen sie so viel Wert beigemessen hat. Will sie das wirklich, sich auf ewig verbunden fühlen? Sich absolut in die Geborgenheit eines anderen begeben? Ach was, Aufwallungen des Gefühls, nichts als trügerische Emotionen! Man kann sie genießen, aber man muss den Unterschied wahrnehmen – sonst löst man sich auf.

Und w i e uns der Schmerz auflöst, wenn die Wahrheit nach ihrem Recht verlangt.

Wer fürchtet sich vorm Schwarzen Mann?
Niemand! Niemand!

Alter Kinderreim

A village is woven of secrets, of thrills better left unstated, of hours with less windows than opaque walls.

John Updike, Villages

DIE STADT

Über den Fortgang in Sachen Laurent wäre eher Stillschweigen angebracht. Nicht alles, was auf ihn zukommt, ist erfreulich. Er trachtet, Prioritäten zu setzen, ordnet seine Aufgaben wie nach Stundenplan. Geht in die Häuser, sich bekanntzumachen. Trifft Menschen, sich ein Bild zu machen.

Er besucht die wenigen noch verbliebenen Landwirte. Sie sind inzwischen vorwiegend Züchter, die wie Chemiker mit Genen und Techniken künstlicher Reproduktion hantieren. Trifft den Apotheker, den Notar, die Pädagogen; Gastronomen, bei denen er schlechte Qualität ortet im Gegensatz zu den raffinierten kleinen aber feinen Portionen im Schloss. Er lernt Gymnasten kennen, ein paar Altenpfleger, Sportmenschen, Kunstbeflissene, Kindergärtner, und so fort. Im Grunde sind die Leute hier alle bäurisch; die Männer eher groß und mächtig gebaut, Quadratköpfe, keine guten Profile. Sie erinnern an die nasenplatten Reliefs römischer Legionäre. Die Frauen an ländliche Madonnen, blond und rundlich. Eine seltsame Rasse. Kerle und Weiber. Obwohl er sich fast ganz von den Um- und Ausarbeiten am Hochstift beschäftigt weiß, geistig jedenfalls, hat er Ausdauer genug, Kinder- und Jugendgruppen zu begründen, ansatzweise liturgische Feste zu gestalten. Für Bedürftige zu sammeln in alter Gewohnheit nach dem Prinzip: *Wo Kirche, da Körbchen!* Er hat noch zu lernen, wie er mit seinem Geld umgehen muss, aber weiß inzwischen, wo es geblieben ist. Wohin damit, schien die schwierigere Frage. Noch ist nicht klar, ob die früheren Bindungen, siehe Bischof, siehe Diözese, tatsächlich für immer Vergangenheit sind … ob Joana raten könnte? Sich ihr anzuvertrauen, fehlen ihm der Mut und die nötige Ruhe.

Kurz, er tut so vieles, dass er vieles davon gleich wieder verwirft. Um nach wenigen Wochen ernüchtert festzustellen: Hier liegt alles, aber auch a l l e s , was nicht dem Begriff Von-der-Hand-in-den-Mund zuzurechnen ist, im Argen. Hier herrscht Gleichgültigkeit. Herrscht ein sozialistisches Biedermeier, in dem Wegschauen und Sich-ja-nicht-Einmischen zur Überlebensstrategie gehören. Was soll's? Hatte nicht auch der Mann aus Nazareth für 30 lange Arbeitsjahre seinen Platz eben n i c h t in der Mitte der Welt, in der großen Stadt auf dem Berge nahe dem strahlendsten aller Tempel gewählt, sondern in jener am Rande gelegenen so banalen Exklave, dem damals denkbar miesesten, tristesten, vergessensten Ort? Von dort aber war es, dass er weg- und a u s g i n g . Wie Laurent das so denkt, es sich wie einen Film vors innere Auge führt, ist er mit einem Mal gleich wieder ein Stückchen selbstbewusster und auf jener Ebene der Realität, die es auszuhalten gilt ...

Ein ziemlich harter Winter ist inzwischen gnädig vorübergegangen; matt meldet sich die Frühjahrssonne zurück, nach und nach bilden sich wieder schöne Kontraste zwischen Licht und Schatten. Dennoch liegt Lethargie über dem Land, Zögerlichkeiten, ja Hindernisse, die so gern da ins Kraut schießen, wo sonst scheinbar gar nichts wächst. Schon geht es auf Pfingsten zu, und bald wird gleißender Sommer sein. Wenn Laurent es recht bedenkt, konnte er im abgelaufenen halben Jahr weder den Sinn von Weihnachten vermitteln noch auch das Wesen des österlichen Glaubens mit einiger Gewissheit verständlich machen: *Licht, das die Welt erhellt* – wen berührt das hier?

Ihm wird klar, dass selbst Klugheit, unterfüttert mit christlichen Werten gegen diese posttotalitäre Unmündigkeit und Verrohtheit nicht ankommen kann. Vielleicht erst mal die Erfahrungen der Leute kennen lernen? Selbst wo höhere Intelligenz und ethische Grundhaltung mangeln, muss er versuchen, Toleranz und Respekt zu vermitteln, pauschale Vorurteile verhindern helfen. Soviel ist klar: Alles dreht sich auch hier ums *täglich Brot*. Wer es gibt, ist piepegal. *Gottes Wort – Brot der Armen*? Nee, pfui Deibel, da könnte ja sonst einer kommen. Jede seiner Aktionen, die ein wenig Erfolg versprechen, und sobald er sich überm Berg glaubt mit irgendeinem Vorhaben, wird in irgendeiner Weise konterkariert –

aus Trotz, aus Nachlässigkeit, aus grundsätzlicher Fremdenfeindlichkeit? Das kann nicht stimmen, denn Laurent ist eines gewiss nicht: unbeliebt!

Im Gegenteil: Seine Erscheinung lässt niemanden kalt, nicht die Gutgesinnten, nicht die Bösen. Sehen Sie doch, diese Augen, und wie er von innen heraus zu lächeln beginnt, überhaupt, wie herzhaft er lachen kann ... *versus:* Das ist pure Heuchelei! Der ist ein Scharlatan! Dieses pfauenhafte Getue! Kommt daher aus Niemandsland, Klugscheißer, macht auf exotisch, macht uns die Mädels samt den Jungs verrückt ...!

Vieles davon rinnt an Laurent ab. Er, der Hochbegabte, ist unverbildet geblieben. Er hat es nicht nötig, sich aus fremden Energien zu speisen. Solche wie Laurent machen anderen Menschen immer ein bisschen Angst. Sie können nicht in den gleichen Spuren fahren, sie kommen ihm schwerlich auf die Schliche. Immer ist er ihnen ein wenig voraus, nicht messbar, kaum einschätzbar. Als sich die erste Verwunderung, Begeisterung – bei wenigen – und Ablehnung – bei vielen – gelegt hat, tritt allgemein Neugier ein: Wer ist dieser Schwarze, der Doppeltschwarze?

Obwohl Laurent außerhalb offizieller Anlässe und Liturgien kaum jemals die Soutane trägt, sondern wie selbstverständlich in Polohemd plus Jeans plus Clogs oder Espadrillos daherkommt, die Stadt durchmisst, über die Betonwüste dahinschleift, ist er freilich ein Bild von einem Mann: ein fremdweltiger hinwandelnder Turm – vorzugsweise so lose und so leicht gewandet, dass man denken könnte, jetzt gleich, im nächsten Moment wirft er alles von sich ab, oder vielmehr: das ist einer, der muss sich gar nicht kleiden. Das Gewand, das Laurent trägt, ist gleichsam aus dem Stoff der Sphären. Er verwundert die Leute so sehr, dass sie aufhören, dumme Fragen zu stellen. Sie akzeptieren ihn, fügen sich, sie legen sich dem Wunder allmählich zu Füßen ...

Einzelne kommen vorbei, manchmal kreuzen sie grüppchenweise auf. Einer bringt Blumen vorbei, stinkende Riesentagetes: „... weil's in dem July da grad so üppig blühen tut". Sie bringen Selbstgebackenes, etwas zum Raumschmücken. Ein kleinkariertes Näherrücken beginnt. Der Mann im blauen Overall sagt, da stehe noch 'ne uralte Harley im Schuppen bei mich, könnt' ich für Sie vielleich' aufmotzen? Der Mann im staubweißen Kittel sagt, nee, ich bin nicht der Dentist, ich bin der Fliesenlecha … aber der Boden in das, was jetzt 'ne Kirche sein soll, der Boden, der is' arch aufjerissen … könnte man nich' …? Und der Briefbote, der eben gar keine Post für ihn hat – woher auch? –, der so jung ist, dass er nicht einmal weiß, dass da einmal ein Pfarrhaus gewesen ist samt Briefkasten … nimmt sich Zeit, an die Tür zu klopfen, um eine Weile zu bleiben …

Das ist gut für Laurent. Er lernt Namen und Personen kennen. Es bedeutet alles in allem: Laurent interessiert sie schon, aber er ist eben einer von weit, weit her, und einen solchen musst du erst mal abklopfen: als Mann der Kirche, als geistlicher Betreuer, Seelsorger, der möglicherweise auch noch sagen wird, wo's langgeht – nee, danke, da ist er ihnen jedenfalls ziemlich Wurscht. Sie hatten bis jetzt keinen Pfaffen gehabt, wozu also soll d e r nun gut sein? Das System funktioniert auch so, oder eben auch nicht, oder eben nur ein wenig, wie immer: D e r wird das Kraut auch nicht fett machen.

Schon gar die Jungen! Sie sind in dieser Welt – Laurent übersetzt: in dieser kalten Welt – ohne Glaubenshintergrund aufgewachsen. Und, was schlimmer ist, ohne Liebe, ohne Achtung voreinander. Es scheint, hier ist der Mensch des Menschen Wolf in dieser Welt nackten Erwerbschaffens, der Verteidigung des wenn auch geringen Besitzstandes, der Gier nach dessen Vermehrung. Vereinzelt entdeckt Laurent ein paar, die als Schöngeister durchgehen können. Sie wurden scheel angesehen, als Abirrende, denn Kunst und Philosophie galten hier als Abweichen von der Norm. Wer zu denen gezählt wird, hat es schwer: In die *Pschysatrie* sollte man solche tun, nicht …? In Diktaturen ist Streben nach Kunst, Suche der Wahrheit immer suspekt. Das führte ja womöglich in die Freiheit.

Aber die Frauen von Z.! Sie sind nicht anders als allenthalben sonst: pfaffengeil. Sie teilen sich Laurent gewissermaßen auf: anhimmelnd die einen, frech-fordernd andere. Aus lauter Güte, aus lauter Nicht-nein-sagen-Können, vielleicht sogar aus sozialkaritativer Empfindsamkeit, wird er wohl oder übel unterliegen. Er müsste hellsichtiger sein, hinter die Dinge sehen können. Dazu ist er zu unkompliziert, zu wenig abgebrüht. Das lernt sich schwer. Auch ist er leicht zu beeindrucken. Wie soll er seine Bestimmung denn aus sich heraus verteidigen, sich bewahren können? Wie da hingelangen, wohin e r will? Kurz: Zwei von diesen Frauen gelingt es nach und nach, ihm Möglichkeiten, vor denen ihm nicht einmal graut, schmackhaft zu machen, oder besser: zweckhaft erscheinen zu lassen. In der Folge bringen sie ihn ein wenig weiter als auf die Bettkante.

Da erwacht natürlich auch der Instinkt. Er lässt sich mitnehmen, führen. Holt auf, holt nach. Dankbar, irgendwie schon, und ab da hormonell im Gleichgewicht. Das Physiologische ist nicht unwesentlich. *Es hat was*, denkt er, genießt die Angelegenheit. Und bleibt gleichwohl befangen in der asexuellen Grundstimmung seiner eigentlich unberührbaren Seele. Die Erfahrung des Weiblichen, so durchaus austauschbar, wie er sie erlebt, geht ihm seltsam schnell vorbei; rauscht an ihm vorüber wie flüchtig gemurmelte Zauberformeln, die der Wind verschluckt. Hinterher versucht er manchmal umso inniger zu beten. Er schilt sich nicht einmal dafür. Schließlich hat ihm für lange, lange Zeit nichts als sein Gott wirklich Lust bedeutet.

Eines bleibt ihm: Die Überzeugung, stark genug zu sein, sich d a v o n nicht einspinnen, nicht ganz und gar gefangennehmen zu lassen. Es geht unter die ach so schwarze, ach so glatte Haut, aber nicht weiter. Ganz abgleiten, niemals mehr abwinken, in Dekadenz verfallen, das will er nun auch wieder nicht. Er hat, mit einigem Vertrauensvorschuss, auf seinem Gebiet ohnehin unmöglich Scheinendes zu leisten begonnen. O ja, Laurent, tapfer, tapfer! Um eines Tages zufällig zu erfahren: A l l e möchten ihn haben; es macht die Runde; alle möchten sich an ihm sattsehen, sich an ihm womöglich dumm und dämlich vögeln. Da laufen unterschwellig Momente der Erschütterung durch seine Existenz, die er erst gar nicht zu realisieren imstande ist. Natürlich versucht er, zumindest anzudenken dagegen, diese Angreifbarkeit abzuschütteln. Das ist noch viel lästiger als sie zu ertragen.

Inzwischen hat er von den Furien, wie er sie manchmal bei sich nennt, ihre Sprache ins Ohr bekommen. Es reicht schon zu Grobheiten. Manchmal tut das gut. Sein Vorteil ist, dass es keine übertriebene Autoritätsgläubigkeit mehr gibt: Nicht Vorhandenes kann nicht abhanden kommen. Irgendwie wurstelt er unangefochten weiter. Aber leider geschieht in der Folge immer mehr Clubbing als Katechese: *We are the champions* ist Motto und Motiv, und die Konsequenz daraus: *We don't need that odd god* – warum auch? Sie wollen nichts als einen niedlichen Ort zum Leben, zum Fressen, zum Kindermachen, falls überhaupt ... Sie wollen keinesfalls ein Museum oder einen nostalgischen Religionsausflug in irgendeine kulturschwangere Vergangenheit.

In diesem verkehrten Sinn wird Laurent also auf Herz und Nieren geprüft, wird so was wie durchgenommen. Wer das volle Ausmaß kennte, würde sagen: missbraucht. Hat er wirklich niemals gelernt sich zu wehren? Er kann nur schimpfen inzwischen, und er tut es ausgiebig. Und steht er wieder einmal auf einer der gotischen Emporen und geschieht nicht dies oder das, was er doch schon zum x-ten Mal erklärt und erbeten hat – erbeten, wohlgemerkt! –, dann keift er in den Chor hinunter wie ein altes Weib auf dem Gemüsemarkt. Wer zornig wird, wer ohne Beschimpfungen nicht auskommt, ist hilflos geworden. Freilich gibt es auch Stunden, in denen er genau weiß, wie und worin er versagt. Aber merkwürdigerweise v e r z a g t er nicht; ist nicht so unglücklich, wie er gedacht hat, dass er unglücklich sein würde im Falle dass ... Trauer und Reue kommen nicht auf. Tränen? Nein, zu dem Zeitpunkt nicht. Er ist immerhin wach geworden, die Augen bleiben trocken. Er hat den großen erwartungsvollen Blick auf die Welt nicht verloren, ist immer noch, immer wieder gehalten von der dunklen Urkraft seiner Herkunft: Ich bin nicht, stamme nicht aus dem Land X, nicht aus der Gegend Y – wir alle, die wir schwarz sind und dieses Schwarz tragen, wir haben unsere eigene Würde, spüren noch Einheit mit dieser Erde – denn wir sind Afrikaner.

Nur eben wütend wird er jetzt so leicht. Trotzig, nachdenklich fasst er vieles schärfer ins Auge und hat Kraft genug zu philosophieren. Zum Beispiel über den Christusmythos und die grundverschiedenen Auslegungen der Exegeten. Das sind alles Ansätze, ja, aber der Gottesbegriff als solcher? Manchmal sagt er sich: Vergiss am besten alles, was du gelernt hast. Gott hat den Menschen grundgelegt. Sich selber. Auf dass der Mensch, dass du ebenfalls göttlichen Wesens seist, Bild nach seinem Bilde … und Dieser eben hat dann *ein Beispiel* gegeben. Solche Aspekte will Laurent betonen; den Urbezug herstellen, die Jesusgestalt als Wegzeiger, Aufdecker erklären – dann vielleicht. Laurent sieht sich selbst mit einiger Ironie als einen Wegelagerer, der mitnimmt, aufklaubt, was eben so unterkommt auf der Reise. Leiden machen ihn das Getratsch und Gemurre der Leute unter- und gegeneinander. Die Einbläserei blüht, zuletzt kommt ihm alles zu Ohren. Kein Ende der Bosheit, der Verleumdung; sie ziehen nicht nur über ihn her, sondern jeder über jeden. *Kindlein, liebet einander*! möchte er ihnen entgegenwerfen, sie an der Hand nehmen, zusammenführen in Güte. Was ihm gerade dann und wann noch glückt, ist eine ruhige zurückhaltende, in seinem Falle sogar ein wenig arrogant wirkende Predigt, die seiner Jugend wenig ansteht. Da geht er gerne zwischen den wenigen, die – spärlich, spärlich! – doch noch kommen, mit seinen unmittelbaren Anreden auf und ab, holt sogar ein paar Versatzstücke hervor aus den Maximen der Vernunftreligion: *Wer dem Gesetze seines Inneren folgt* (ha, wer kann das schon?), *handelt moralisch einwandfrei* … Nicht aber, der sich sein Verhalten von anderen vorschreiben lässt. Er sagt es sehr überzeugend; kann er auch, wäre er sonst nicht in K. geblieben? Oder er zitiert: Weder Angst vor Strafe noch die Erwartung der Glückseligkeit, sprich: die Aussicht auf einen Lohn im Himmel (… *und dabei immer noch nicht wissen, was das eigentlich ist: Himmel* …) begründen das moralische Handeln, sondern allein der gute Wille. Da könnte einer schon fragen: Was ist das nun wieder, Wille? Ich will heute Abend ein gutes Bier trinken, komm, trink mit! Ich gönn' es dir von Herzen, oder?

Laurent ist sich ziemlich sicher: Die bewährten philosophische Axiome sind bei denen da angebrachter als der ganze süßliche Sermon von Jesus, Maria und den lieben Heiligen. Was soll er auch darüber verlauten? Das ist hoffnungslos aus der Mode. Samt den löchrigen Botschaften von dem galiläischen Wandersmann, dessen Historizität weithin überhaupt angezweifelt wird. Die Bücher darüber sind Legion, und da nun alle wenigstens lesen gelernt haben, sind diese Bücher auch allbekannt. Wie war Er wirklich, fragt sich Laurent. Wie kann ich Ihn sehen? Eigentlich aufmüpfig in seine Zeit hinein, wie er mit reichlich Chuzpe seine Sprüche drosch, seine Identität verschlüsselte – verhängnisvoll das Ganze. Zu seinem eigenen Schaden. Verachtet. Verurteilt. Hingerichtet. Geschah ihm auch recht. Hat es nicht anders gewollt – sich nicht anders richten können? Offene Fragen bleiben. Wie Abertausende Millionen Menschen eben auch Er ermordet? Man vergleiche die historischen Abläufe: Es war niemals anders. Wer als einzelner sich erhebt, gerät zum Außenseiter, wer sich erhöht, wird suspekt. Wer gegen den Stachel lökt, rennt ihn sich ein.

Für Laurent ist die Gestalt dieses Jesus jedenfalls zu groß und zu konkret, als dass man ihr die vagen Schleier des Gotthaften, des Gott-Seins umhängen dürfte – Gott ist unfassbar, uneinsehbar, und doch ist ein jeder Mensch Gottes Werk, Sohn, Tochter, Kind. Was da an theologischer Verbrämung geschehen ist, aus Hirngespinsten spekulativer Anmaßung zusammengeknüpft, wurde zu einem wahren Verhängnis, das am Ende die existentielle Begründung eben dieser Jesusgestalt zu verdecken, ja zu erwürgen im Begriffe steht. Furchtbar, seufzt Laurent, und er meint es so.

Laurent ist längst klar geworden, dass konfessionelle Religion als Erzieherin der Menschheit nicht mehr im Trend liegt, dass gepredigte Moral diese Spezies nicht besser gemacht hat. Strafen und Gefängnisse auch nicht. Dass wir es mit einer entartenden Menschheit zu tun haben, die in den letzten Jahrtausenden an nichts anderem arbeitete, als sich selbst eines Tages zu vernichten. Keine Religion konnte daran etwas ändern. Da reichten der Köhlerglaube und die tradierten Formeln einfach nicht mehr hin. Wahrscheinlicher ist, dass nur immer neues Rückfragen, Innehalten, persönlicher Aufbruch zur Freiheit der gangbare Weg sein kann. Diese Menschheit hat schlussendlich nicht nur lesen gelernt; jetzt schwingt sie sich intervernetzt durch alle Möglichkeiten, die in Zeit und Raum noch hinzu erfunden werden können.

Laurent kommt auf den Ausweg, auf seiner Schäfchenweide, diesem ohnehin kargen Feld, immer mehr oder überhaupt nur vom *Vater,* das heißt, dem Schöpfer der Schöpfung zu sprechen, um ihnen die Grundprinzipien allen Werdens zu vermitteln; er beginnt auf die Symphonie des Universums zurückzugreifen, deren erster Satz noch gar nicht zu Ende gespielt ist. Nicht Märtyrerknochen noch Zeigefingermoral können die Leute hier bewegen oder ergreifen. Da will er es halt mit dem *Urknall* versuchen, mit den Anfängen dessen, womit wir's dann *so herrlich weit gebracht.* Laurent verkündigt also Paradigmenwechsel: Was wir unbedingt haben müssen, ist der gemeinsame Lobpreis auf die Schöpfung; für sie danken, sie befeiern. Denn alles, was lebt, partizipiert an der Urnatur. Das ist doch einen letzten Versuch wert, nicht wahr? *Versuchen wir es,* die stehende Formel am Ende seiner Ansprachen ist in der Folge unter den Wohlgesinnten ein Zitat geworden. Denn davon bleibt Laurent überzeugt: Jeder einzelne Mensch ist d i e Menschheit, trägt sie in sich.

Am Ende ist alle seine Mühe fruchtlos, wie es scheint. Er schafft den Spagat nicht zwischen dem Aufbruch des Geistes in Richtung Demut vor Gott und der konkreten Forderung nach Menschenliebe, weil dieser Gott tot empfunden wird. Das ist ja das Schlimme, wie aus aller dogmatisch vergeheimnissenden Kirchenlehre heraus immer mehr diese ungeheure Verwechslung eintritt zwischen Gott, der Herr ist, und dem Herren Jesus Christ. Das ist so in die Gehirne eingefressen und kaum mehr auszumerzen. Immer wieder bittet Laurent die Leute: Kommt her, geniert euch nicht, reden wir zusammen, nehmen wir uns Projekte vor, genau in diesem Sinn! T u n wir was, erinnert euch doch – es geht einfach nicht ohne den Bezug zu diesem Jesus, der sagte: *Ein Beispiel habe ich euch gegeben.* Tun wir doch, wie Er den Seinen tat! Laurent wird bewusst immer einfacher in seiner Wortwahl, immer geprägter von dem Versuch, diese unheimliche Glaubensabstinenz und die Lebensrealität der Leute – zwei total verschiedene Bereiche! – ineinander zu koppeln: *Versuchen wir ...!* Seht her: Dort, sehr fern, ist dieser Gott, unserer, eurer. Aber greifbar mit und unter uns, lesbar aus der Schrift und den gütigen Werken: Er, der Gottesknecht, selbst ein Opfer ... *Kommt und seht ...* Ich brauche nur ein paar Dinge anführen, und Laurent führt an, und er führt aus, aber die Taubheit jener bleibt bestehen – eine ebenso traurige wie absurde Wahrheit.

Vereinzelte Kommentare aus seiner Zuhörerschaft findet Laurent mehr zum Kotzen als zum Lachen: „Na klar, dem Jesus, was Sie da sachen, d e m konnte am Ende keener – so wie Sie, Ihnen da, meen ick, wohl och nich? Immer feste druff, Farrer, jeht allens uff eene Kuhhaut, nich?“ Nein, eine Autorität wird Laurent in diesem Kuhdorf niemals werden.

Der junge Briefträger hat Laurent angeboten, ihn in den ältesten Teil der Stadt mitzunehmen. In die letzten Winkel, in versteckte Hinterhöfe. Der Briefträger! Ein vaterloser junger Mensch. Ein seltsames Vertrauen zu Laurent hat ihn erfasst, scheint es. In Wirklichkeit tut Laurent dem Postmenschen leid, so wie man ihn behandelt – bewundert – benützt. Er will einfach mit ihm ins Reden kommen, von Mann zu Mann. Aber da hat er sich getäuscht.

Laurent weicht ihm aus, wo immer es geht. Nicht dass er Standesdünkel hätte, o nein, aber vielleicht Gewissensbisse? Denn da ist die Geschichte mit dem Hund, Joanas Hund, Herrn Klug. Der seit einigen Wochen schwanzwedelnd, unermüdlich und sichtlich zufrieden dem Fahrrad des Briefträgers hinterher hetzt. „*Des chiens*“, befand Laurent, „Hunde, *non*, sregglisch! ‘unde sind eunfach dämlisch! Brauchen immerfort *un maître*, um zu wissen, wo’s lang geht … *insupportable*!“ Da gab ihm Joana den Hund: „Verschenk ihn, vielleicht hat er’s ja anderswo besser!“ Er schenkte ihn dem Erstbesten, dem Briefträger, der gerade um die Ecke bog. Dass er der Beste war, für Herrn Klug nämlich, kann jedermann sehen.

An einem Sonnabend geht Laurent allein in das alte Viertel, vorbei an eine Reihe von Kasematten, die ihn anstarren in ihrer Tünche aus Unbrauchbarkeit und Zweckentfremdung. In einer vor Langeweile sterbenden Häuserzeile nur Fensterblicke der Verlorenheit. Ein heruntergekommenes Lokal, schmuddelige Biertische, ein Trödelladen. Laurent betritt das Geschäft, erblickt ein altes Männlein: weißer Ziegenbart, blutleere Augen, Käppi. Ein Jude? Woher? Wie diese Region die Menschen zusammengewürfelt hat von überallher! Laurent schaut die Sachen durch: keine besonders antiken Stücke darunter. Aber eine siebenarmige Menorah entdeckt er, kauft sie dem Alten ab um ein Spottgeld. Zum ersten Mal h i e r etwas Eigenes erstanden! Irgendwie ist er beglückt. Er wird sie jetzt jeden Sabbat dem Herrn anzünden – Licht, Geist Gottes im Angesicht des Herrn; Licht, nicht nur das Kreuz in der Finsternis des Karfreitags, das von Leid und Blut trieft, weil der Knecht, der am Ende scheint, verblutet. In dem kleinen jüdischen Laden kommt Laurent die berührende Stelle in der Offenbarung Johannis in den Sinn, zu Anfang des 2. Kapitels: … *Ich kenne deine Werke und deine Mühe und dein Ausharren. Du hast ausgeharrt und um meines Namens willen Schweres ertragen, und du bist nicht müde geworden. Ich aber werfe dir vor, dass du deine erste Liebe verlassen hast. Bedenke, aus welcher Höhe du gefallen bist* … und so weiter. Laurent nimmt sich vor, diesem apokalyptischen Geheimnis in Hinkunft mehr Aufmerksamkeit zu schenken, und fängt noch am selben Abend damit an. Und als er dann von dem Buch aufsieht in den warmen Schein der Menorah und ein wenig blinzelt, erscheinen ihm die sieben Lichter wie die tiefhängenden Sterne über Afrika, die er hier im Norden so sehr vermisst hat. Da nimmt er sich doppelt vor, sich an seine Sendung zu halten und an das Wort, nicht nur an diesem Sabbat. Obwohl, *an jedem Sabbat finden auch die Sünder Ruhe*, sagen die Rabbinen. Er weiß jetzt, dass er hierher geschickt wurde von oben, ja, aus der Höhe gefallen ist er, und dass alles so sein musste. Das tröstet ihn doch sehr.

In gewisser Weise befindet sich Laurent zwischen Ghetto und Katakomben, aber das weiß er nicht. Wie sollte er also realisieren, dass kein Mensch an die Botschaft vom Heil und vom Heiland glauben wird, so lange sich nicht solche finden, die sich selbst blutig schinden im Dienst an den physisch und psychisch Kranken, an den sozial, wirtschaftlich oder sonstwie korrumpierten Existenzen …

In dem, was Laurent sonst noch zugestoßen ist, kommt vieles zusammen. Ungute Dinge unterlaufen ihm in diesen Wochen und Monaten. Nicht alles kann er so schnell überwinden und vergessen wie die Aufregung um die schlagende Neonazigruppe, der er in völliger Verkennung ihrer Absichten Räume im Gemeindehaus geöffnet hatte, bis herauskam, dass sich innerhalb dieser Bande ein Mörder versteckt hielt. Gefahr in Verzug. Laurent in der *Bredouille*. Polizeiliche Untersuchungen, die er mit einer allerletzten Charmeoffensive gerade noch abwendet. Und sonst? Wenig erquickliche Tage. Auf seine Aufgaben als Priester, Seelsorger kann sich Laurent fast nicht konzentrieren. Manchmal sinniert er darüber, ob mit dem Bischof, der ihn sandte, Kontakt aufzunehmen sei

– es wenigstens versuchen? Joana hat einmal in dezenter Weise daran erinnert, an ihr erstes Gespräch im Wald. Laurent winkte sofort ab. Er ist ein wenig eigensinnig geworden, berechenbar – worin immer – ist er nicht. Dabei geht es ihm, rein ökonomisch betrachtet, hervorragend. Äußerst vorteilhaft erweist sich der Umstand seiner näheren Bekanntschaft mit dem ehemaligen Sparkassendirektor, jetzt im Vorstand der Bank. Ein hohes Tier. Im Gespräch erweist sich dieser pseudoreligiöse Banker als ein Mann, der im Gegensatz zu vielen anderen am Ort *von diesen Dingen* nicht nur gehört, sondern sie sich auch persönlich *in gewisser Weise* zurechtgelegt hat: Na ja, g l a u b e n – das ist doch wohl keene Schande nich' … Dieser Quist, er heißt wirklich so, versteht sich hervorragend auf Transaktionen, im Klartext, er ist ein gerissener Schieber, weiß also bestens, wie Laurent zu helfen ist, was nämlich seine unverhofften Geldmittel betrifft, die er – gut angelegt – in kurzer Zeit erheblich vermehren kann. Das kommt Laurents Plänen zum Um- und Ausbau am Hochstift sehr zustatten; er überlässt sich den Spekulationen dieses Fachmenschen, der ihn beglückwünscht: „Tja, Pfarrer, das jibt denn och 'ne Reihe von Arbeitsplätzen, nich' …?"

In allen diesen Dingen fragt er bei Joana mit keinem Wort nach. Manchmal ruft er sie an, viel Neues kommt nicht durch. Gerade die üblichen Floskeln wie: „Guten Morgen, *comment va-t-il*? Sind hoffentlich wohlauf? *Vous vous sentez bien?*" Smalltalk, nichts weiter. Instinktive Zurückhaltung, denn er weiß eben nicht, was er ihr zutrauen darf, was zu weit ginge. Er fühle sich serrr serr geehrt, *reconnaissant de tout* … Über seine Stadtarbeit erfährt sie nichts.

Die Transzendenz jedes Lebewesens … offenbart sich, existiert nur in einer B e z i e h u n g , die es erhöht und überschreitet.

François Cheng, Meditationen über die Schönheit

Die Liebe besteht darin, dass keine Frage mehr gestellt wird.

Antoine de Saint-Exupéry

ENTDECKUNGEN

Dabei weiß Joana ziemlich genau Bescheid; es scheint, sie speist ihr Wissen aus geheimen Quellen. Sie weiß, was er tut; weiß, was er nicht lassen kann. Weiß, dass er absichtlich Zeit setzt zwischen sich und sie. Pause und Abstand. Ein schwer überbrückbares, sich über den weiten Wald hindehnendes Schweigen. Er verkriecht sich gern hinter seiner Arbeit, das kann sie auch von ferne spüren. Verschweigt seine Abenteuerchen, als sei nichts, aber auch schon gar nichts los gewesen. So bleibt es dabei: *Mais oui, Madame, très obligé* … serrr serr dankbar.

Sie weiß natürlich auch, er hat das *Dom.Juv.* verlassen; eine passende Bleibe gefunden bei Wwe. Anne Arnold, die im Umkreis nur als Witwe Bolte bekannt ist. Eine unahnsehnliche Person, die sich lächerlich aufmacht bis Geht-nicht-mehr: Halbgläser auf der Nase, die nur durch eine dort prangende Warze am Runterrutschen gehindert werden. Aber die Witwe ist gottlob diskret. Das kann Laurent nur recht sein. In einem unbenutzten Teil des *Dom.Juv.* – jenem, der schon tief hineinreicht in den aufbrechenden Altbestand an Hochstift, Remter, Sälen, Umgängen, alles erst nur zu erahnen und noch dick vermauert, außen wie innen – hat Laurent einen Versammlungsort geschaffen, fürs erste. Die *Dollars* sind in der Bank anstandslos deponiert, der Bankomat spuckt ihm die benötigten Beträge in gängiger Währung aus, wann immer und wieviel auch. Joana weiß alles.

Laurent ist und bleibt unruhig. Steht gleichsam zwischen und inmitten seiner selbst – ein ungeklärter Wein, ein miserabel emulgierendes Etwas bis Nichts. Natürlich haben *die da oben* es ihm nicht auferlegt, ihn nicht ausgestattet mit Macht, mit Befugnis, mit Recht zu binden und zu lösen, damit er nichts tue – nur: Wenn keiner gelöst, wenn keiner e r l ö s t sein möchte? In kleinen Pausen, im Atemholen erkennt Laurent: Er gehört bereits in die Realität dieses Ortes, dieser Zeit und nicht irgendwoanders hin. Er muss zu seiner Aufgabe finden, er muss etwas tun. Nachts kommen ihm oft die Gedanken zurück an die Felsenwände zwischen afrikanischen Wüsten, an das fahle dunkle Braungelb der Einsamkeit, an die schmalen Hirtengestalten auf ihren immer wieder gleichen Wanderungen, an die kargschönen schweigenden Nächte der mondlosen, kalten Savanne…

Und habe doch ü b e r l e b t , denkt er, und habe eigentlich ein Paradies weggegeben gegen d a s d a ! Warum dann diese spontane unwiderrufliche Entscheidung, hierher, ausgerechnet hierher zu kommen? Das ist schon richtig, dass Einsamkeit und reine Luft in der Wüste für vieles entschädigen – sogar für den Wassermangel und die starrende Unfruchtbarkeit. So meinte jedenfalls *Thoreau.* Mein Gott, ein Kulturphilosoph, der die Dinge überspitzt! Würde er Joana fragen, sie bezweifelte dieses Spintisieren: Sie ist ja froh, dass er kam … dass er genau hierher kam, zu ihr.

Allmählich findet Laurent das Rumoren des Städtchens, an dem er doch wirklich nicht unschuldig ist, nervend. Das ist seine Welt nicht. Ein bisschen sehnt er sich schon nach dem stillen Wald, nach dem Haus, wo Joana … Das Warten auf das Ergebnis einer Probegrabung an bestimmter Stelle erlaubt ihm, die Stadt ab und zu zu verlassen. Laurent flüchtet in den schon halb und halb vertrauten Wald, grübelt vor sich hin: *Und die Walddrossel legt eine Pause ein zwischen den Strophen ihres Gesanges, und er legt sich in diese Pause hinein.* Der Wanderer lässt sich nieder, um die Stille zu empfangen: Fern die sirrenden Zikaden, fern das Rindergebrüll – hier kann einen nichts ertauben machen. Nur sein eigener Atem durchzieht waldgleich rauschend die dunkle Brust. Er geht in die untergehende Sonne hinein, die hinter dem dichten Genadel entschwindet. Ihre schrägen Strahlen huschen noch eine Weile über den Waldboden und verwandeln ihn in die Halle eines Edelmannes. Laurent verharrt in knabenhafter Ehrfurcht, atmet heftiger, fast ein Lächeln um die Lippen, aus seinen Augen bricht ein anbetendes Staunen. Er ringt um ein Wort. Klang tritt hervor, denn da sind auf einmal Glocken, die ihn übertönen: Ein gewaltiges Lied, das ihm die Brust zerreißt in Weh und Leid und Lust – ununterscheidbar!

So verbringt er manches Ende mancher Tage. Dann verschließt er sich wieder. Seine Bezüge zum Schloss bleiben ambivalent. Daneben immer wieder die Frage. W o h i n g e h ö r e i c h? Und immer denkt er, Gott zu lieben. Ganz klar, schon von Berufs wegen! In aller Unzulänglichkeit, selbstverständlich, auch das ist klar. Im Hinterkopf aber neben und über allem: diese Frau.

Er bewundert sie, bewundert von Ferne ihre ruhevolle Schönheit. Möchte er sich ihr andienen? Wartet er darauf, gebraucht zu werden? Alles fing so umschweifig an. Rätselhaft ausufernd die ersten Tage. Er richtet sich auf zu voller Größe, als könne er ein Regenbogen sein, der alles abdeckt, dessen sie irgend bedarf. Ja, wenn er wollte, könnte er geistreich sein, intellektuell, mehr als es einem Pfaffen jemals ansteht – wenn er nur wüsste, dass sie es wünscht. Diese und ähnliche Überlegungen, immer nur blitzartig. Der Stahlpanzer seines Herzens hat einen Code, den er selbst nicht kennt. Er muss Abstand nehmen, es geht nicht, geht nicht auf. Das ist sein Leiden: Die Trisomie seiner Seele. Sein Herz kann nicht lesen, sein Gemüt nicht schreiben. Was und wo liebt er denn also? Die Aufgabe. Das Werk, das zu vollenden er sich vorgenommen hat.

Es fügt sich, dass Joana bei ihm anruft: Es hätte sich Besuch angesagt, die von M. kämen herüber auf zwei, drei Tage. Wenn es möglich ist, würde auch eine Jagd ausgerichtet. Ob er wenigstens zum Essen käme? Dass er bei der *Parforce* nichts zu suchen hat, ist schon klar. Sie will es auch nur mitgeteilt haben. Er sei serrr willkommen, wie immer! Sie hat offenbar alles bereits organisiert. Laurent schluckt. Man hört es durch. Schweigt, zunächst. Nach einer Weile: Danke, ich schreib' es mir auf. Ach ja, das *Dom.Juv.*, so wie es jetzt liegt und steht, muss weg! Beim Vortrieb der Arbeiten tiefer hinein in den gotischen Grundbestand sind bei den Handwerkern Atemwegsbeschwerden aufgetreten, Akutfälle von Asthma, verursacht durch die bedenkenlose Verwendung von Asbest, wie sie in den Sechzigern überall gang und gäbe war bei der Fertigung von Plattenbauten. Es wird alles rausgeschmissen und als Sondermüll verbracht. Errichtung eines neuen Dom.Juv. auf der Grünen Wiese sei geplant! Ja, aber auch eine Entdeckung ist gemacht worden: Man fand Spuren eines vermutlich an die 500 Jahre alten Freskenzyklus, usw. usf.

Laurent, der ganz rasch berichtet, er lispelt etwas mehr als sonst, ergeht sich andeutungsweise noch in einer Reihe kunsthistorischer Anmerkungen, verhaspelt sich in der Aufzählung der Fakten. Joana versteht kaum die Hälfte davon. Was sie mitbekommt, ist ungefähr dies: Eine erste Besichtigung hätte erbracht, dass man es mit einem glänzenden, besonders repräsentativen Beispiel des sogenannten *Palaststils* zu tun habe, der im Inneren Deutschlands zur etwa gleichen Zeit schon längst verkümmert war. Hier aber könne gezeigt werden, was in der Baukunst *charakterisieren* heißt: Räumlicher Rhythmus, in Bewegung versetzt; eine kühne, geschmeidige Kraft der Strukturteile verleihe dem Ensemble eine Aura reinster Form und Poesie … also ja, so werre das derzeit … vielleischt, dass er kommen kaun … an sich serrr gerne.

Wochen vergehen. Bald sind das Fest und die Jagd. Soll sein. Laurent ist in Z. nahezu allgegenwärtig, die Weiber und sonstigen Anschmeißer hat er so gut es ging abgeschüttelt. Er ist am Prüfen, Messen, Verhandeln, Überwachen, Einteilen, in der Sorge um die Arbeiter. Man nimmt ihn gebührend zur Kenntnis, aber man liebt ihn wenig. Man lässt ihn reden, anordnen, aber man spricht ihn tunlichst nicht an. Abgesehen von denen, die es noch weiter heimlich mit ihm treiben wollen. Er wendet sich ab, verliert sein Lächeln; er kommt von der Baustelle fast nicht mehr herunter; je mehr es ihn umtreibt, umso umtriebiger wird er.

Joana verachtet ihn nicht. Deswegen nicht, und schon gar nicht wegen der paar Exzesse. Es ist ihr durchaus recht, wenn er endlich merkt, dass zwar alles mit allem zusammenhängt, aber doch das eine mit dem anderen nichts zu tun hat … Nichts wird ihm seine Würde nehmen können, nichts gegen die Normalität sein – schon gar nicht das bisschen Sex. Eigentlich muss sie froh sein, dass er begonnen hat, über seinen Schatten zu steigen – auch wenn er sich dabei immer wieder auf die eigenen Füße tritt: *Bewege dich, tu dich um, Laurent!* Ja, indem du diese Mauern umlegst, indem du aushöhlst und tiefbohrst, sprengst du dich selbst auf – täglich ein bisschen mehr. Du kennst ja das Wort des Rabbi Tarfon? *Es ist nicht deine Aufgabe, die Arbeit zu vollenden, aber du hast auch nicht das Recht, dich ihr zu entziehen.* Daneben, dazwischen, mitten hinein: *Träume deinen Traum,* der eigentlich noch gar nicht richtig begonnen hat, zu Ende … Wie soll sie ihm diese Lebensweisheit nahebringen, dass man nämlich die komplizierteren Dinge von ihrem zu erwartenden E n d e her aufrollen und betrachten muss? Denn nur auf diese Weise wird der Weg dahin offenbar …

An einem späten Abend, Joana hat gerade die M. verabschiedet und will ins Haus zurück, sie zieht den Fransenschal um die Schultern, steht Laurent an der Treppe. Sie erschrickt, wo sie ihn im Lichtkegel des Eingangs stehen sieht. Gott, sieht er übel aus! Angegriffen, wie zertreten, *vertan* in einer furchtbar inwendigen Weise. Sie vermag nicht die Hand zu heben, weder zum Gruß noch zur Geste, mit ihr einzutreten: „Jetzt“, stammelt sie, „jetzt?“ Ist er denn n i c h t willkommen?

Da geht er vor, findet den Weg dahin, wo sie zum allerersten Mal einen Abend lang zusammen gewesen sind. Wirft sich aufs *Recamier*, lässt die Arme rechts und links herabhängen, neigt sich vor, beginnt unvermittelt zu sprechen. Gesteht. Gesteht ihr alle seine Misserfolge und versucht erst gar nicht, auf die kleinen Triumphe wie: Das *Dom.Juv.* ist weg, oder andere Lappalien vor ihr auszuweichen. Ganz viel geht da in die Schmutzwäsche, und schließlich hält er nicht mehr hinterm Berg und schüttet ihr a l l e s zu Füßen, einschließlich seiner fragwürdigen Erfolge *bei den Weibern.* Er wird so demütig vor ihr, so blass und so klein – was physisch gar nicht geht bei einem wie ihm! Sie bekommt es mit der Angst. Es ist fast zu viel auf einmal, es hört sich an wie die *aventures* eines Fremden. Sie windet sich in stummen Fragen. Was dürfte sie auch sagen? Er ist so elend. Alles gerät plötzlich ins Seltsame. Warum sagt er es erst jetzt? Sie will ganz sicher sein, ehe sie ihn weiterführt, hinauf – zu sich – ja, wohin denn? Denn wo er leichtfertig war, da muss sie umso treuer sein. Wo er verzweifelt, muss sie glaubend bleiben.

Blindwütig ist Laurent durch den Wald gelaufen, zu ihr. Er hat genug von den grünen Verwachsungen, Verwirrungen, Todesanklängen. Den weißen Flecken auf der Landkarte. Der *terra incognita.* Mögen sie kommen, gehen. Alte Grenzen, neue Grenzen. Das andere, noch forderndere Leben. Hier war einmal ein Irrgarten, ein Labyrinth. Das sieht Laurent, als er die äußerste Ecke des Gartens betritt. Hellsichtige sehen auch, was längst unter die Erde sank. Er erkennt Umrisse, sieht sie von weither aufsteigen in dreidimensionaler Gestalt. Hört zugleich Schall und Widerhall des Gewesenen und hört es auch schon wieder nicht. Er hat für eine Weile übergenug von den Merkwürdigkeiten des Ortes. Im Haus hier, ja, da fühlt er sich einigermaßen wohl.

Später stehen sie in dem riesigen Salon herum wie auf offener Szene: Sie, die *grande dame* des Hauses oder vielleicht besser: die große Sentimentale; und der wieder austernstumme, müde Vagabund, der Waldläufer, dem sein Text noch geschrieben werden muss. Er aber schon wieder so wie damals: raumfüllend. Joana denkt, vor 20 Jahren hätten wir beide hier stehen müssen, uns einander zu ergeben. Jetzt, da es nämlich um nichts als ums Weiterleben geht, nimmt der Wunsch eine völlig andere Färbung an, verwebt sich in die fallende Nacht: „Hier bei mir, Laurent, hast *du immer ein Brot und ein Kleid …*“. Das Zitat kommt Joana durchaus passend vor. Da kehren Laurents guter Wille und die alte Vertrautheit zurück. Es ist zu greifen: Er weiß sich unvermittelt gehalten von ihrer sammelnden Hand. Die Spannung weicht.

Sie bittet ihn in einen anderen Stuhl, einen bequemeren, sich gegenüber. Sie will, sie muss ihn sehen, ansehen, die ganze Zeit. Sie tischt Erfrischungen auf. Er lässt die kühlen warm werden und den dampfenden Tee kalt. Ob er den ganzen Weg herausgelaufen sei? Wieder auf einem Umweg und wieder durch diesen Wald?

Ja, dieser Wald. Er verwirrt ihn. Vieles verwirrt ihn hier draußen, der Wald wohl am meisten. Und trotzdem, ich bin durch, ich habe hergefunden … vorüber an der Stelle. Er verwünscht diesen Wald und den Weiher, aber da sie verwunschen sind, halten sie ihn gefangen. Da möchte er, so oft er an diesem feucht-stinkigen Pfuhl vorüberkommt, am grünen Teichgewölbe, wo sich die Bäume aufwärtsbiegen in die Allee zu einem Grab … da möchte er fast *danke* sagen: Du nasses Nest, du hast mich aufgefangen; so dreckig alles war und so schlammig, ich b i n g e l a n d e t , eigentlich weich und wohl. Und je öfter er vorüberkommt, desto dunkler, desto undurchsichtiger, desto mehr rot wird das stille Wasser. Es leuchtet, ein völlig glatter facettenloser Rubin. Rubin besteht aus Aluminiumoxyd, haben wir doch gelernt – ist dies das Wrack? W o i s t das Wrack?

Joana weiß das gut: Traurig Erschütterte müssen auch essen; es lenkt sie ab: „Iss was ... *pardon*: essen Sie, das muss schon sein. Und dann ruhen Sie aus, bitte." Sie weiß kaum, was sie da sagt in ihrer Verwunderung, dass er gekommen ist in aller kindhaften Offenheit. Ein Überfall, der sie zittern macht. Und diese eruptive Beichte von alldem, was sie bereits wusste. Wieso jetzt?

Leicht verzweifelt versucht Joana Konversation zu machen: „Übrigens, die M. haben sich ein wenig agaciert. Sie hätten bei dem Jagdessen so gut wie nichts geredet ..." Laurent, indigniert: „Was soll ich mit denen? Sie waren auf ihre Weise unterhaltsam genug. Und, die sehe ich sowieso niemals wieder ... hoffe ich jedenfalls ..." Da wird Joana ein bisschen böse: „Und i c h ? Kein einziges Wort!" Gelassen erwidert Laurent: *„Moi et vous?* Wir verstehen uns auch nonverbal! Ist doch alles gesagt, *n'est-ce pas*?" Punktum. Zu mehr ist er nicht zu bewegen. Wie recht er hat! Was ist Freundschaft? *Reden können und nicht reden müssen. Verfügbar sein, und nicht verfügen.*

Natürlich fließt er nach und nach über vor Dankbarkeit für dies und das; *„und, und, und ..."* sagt er wie ein verschrecktes waidwundes Tierlein. Santin hätte seine Freude gehabt an ihm. *Wer nicht dankbar sein kann, ist kein Mensch*, bemerkte Marco oft in seiner stoisch abgeklärten *latinità*. Ihn konnte kaum etwas erschüttern, aber undankbare Zeitgenossen brachten ihn zur Weißglut.

Joana, so eng jetzt mit Laurent, hat trotzdem immer noch Santin im Ohr: *Denn die wir lieben, sind nicht tot*. So einfach ist das. Die Gegenwart, in die sie abrupt zurückkehrt, aber sagt: Der schwarze Springbock ist handzahm geworden. Sie darf ihn nur nicht überfordern:

„Sie werden heute Nacht nichts mehr von mir hören, Sie werden Ruhe finden." So schickt sie ihn schließlich weg vom gemeinsamen Abendtisch. Und so, also hätte er keine Wahl, was ja auch zutrifft, tut er folgsam, was sie vorschlägt. Geht ihn *das* Zimmer;

es ist längst seines geworden, Marco ist ja tot. Ha, und er l e b t trotz allem, kann atmen, sich strecken, dehnen, zusammenkuscheln. Ins Traumlose fallen …

Jeder Mann ist aus Lehm und einem Dämon gemacht. Joana liebt extreme Formulierungen, vor allem dann, wenn sie geistreich enden: *Keine Frau kann beide befriedigen.* Kann sie also schon den Dämon nicht auffangen …, dann vielleicht doch den Lehm kneten? Jetzt, wo sie ihn wieder sprechen hörte in dieser lapidaren Art, die er nicht ablegt, vergleicht sie die Stille der anbrechenden Nacht mit der Melodie jener anderen überraschungsreichen Geständnisstunde, wo sie sich nicht unwesentlich preisgab. War das nicht ein leichtsinnig veranstaltetes Fest gewesen, eine zu spontane Inszenierung nach einem Tag, dessen Plagen vergleichsweise größer gewesen sind als alles zuvor? Sie hatte das bisschen Frivolität mit ihm eigentlich genossen, gerade w e i l es ihr nicht viel bedeuten konnte. Nicht an diesem verrückten Tag. Jetzt spürt sie von neuem das Glühen auf der Haut, die Verwirrung des Herzens. Fiebriges Wissen steigt in ihr auf, das sich keiner Deutung mehr entzieht. Wieder hat sie Laurent scharf beobachtet: seine breiten Schultern, den starken Nacken, den sinnlichen Bogen der kräftigen Lippen, die Anmut seiner langen schlanken Hände. *Dressman-like*, spöttelt sie insgeheim, und das ist gar nicht *lady-like* …, und doch wird sie's ihm an den hübschen Kopf werfen, eines Tages.

Jetzt aber: unerträgliches Verlangen, sich ihm ganz zu nähern, das Gesicht auf seine braune Brust zu pressen. Das Schwingen des Atems, seine Lungen, den Schlag seines Herzens zu hören, seinen Geruch einzusaugen, von dem sie schon weiß: herb wie gegerbtes Leder, durchdringend wie kubanischer Tabak. In aller Nüchternheit des Tageslichts pflegt sich Joana seit je ihren Fragen ohne Umschweife selbst zu beantworten. Nur: Jetzt ist wieder Nacht um sie, und genau an diesem Punkt angekommen, *in puncto puncti* sozusagen, wird sie hilflos. Was würde er denn, Laurent, meinen, von ihr halten wollen … um durch sie wohin … was und wie … Mit einem Wort: auszu d e n k e n ist es nicht. Ist Chimäre. Utopie. Wieder kommt ihr in den Sinn, ihn einfach ziehen zu lassen ohne nachzublicken, wohin es ihn treibt. Ich gäbe ihn also auf. Ich würde ihn ganz freiwillig meiden, um zu vergessen. Und doch, wenn er so da steht, wenn er sich durch diese Räume bewegt – ich bin nicht g e f e i t , es würde immer immer immer so weiterlaufen. In aller Ungewissheit, aber wie von innen vorbestimmt. Ich müsste mich denn gewaltsam entziehen können. Wie aber? Am wenigsten weit müsste ich gehen, wenn ich mir eines Tages wirklich den Hals bräche – wenn Blondel wild genug würde, dass ich ihn nicht mehr durchparieren kann … einfach so: fallen, fallen lassen, nach der dunklen Seite hin weggleiten und fort sein.

Oder wenn ich vom Turm spränge. Turm. Ein gutes Bild. In den Türmen hausen die Phantasien und die Legenden – so lange, bis wir sie losschicken in den neuen Himmel, den wir noch nicht kennen. Wenn etwas schiefläuft im Leben, *ein Turm steht immer irgendwo uns auf …*, sagt der Dichter.

Joana öffnet die Fensterflügel. Luft, Luft! Die Rahmen bräuchten einen neuen Anstrich. Gleich wieder unvernünftig lehnt sie sich weit hinaus, kann mit den Fingerspitzen den nächsten Zweig des schönen Ahorns fast schon berühren, streckt sich dem Baum entgegen wie von fremder Hand gezogen. Ah, der frische, frühe Wind, ehe die Dunkelheit weicht. *Jetzt steig' ich einfach in den Wind hinein …*. Ihre Worte? Hat sie's gelesen? Hat sie's geträumt? In den Büchern, in denen, die zuletzt dran waren, nachsehen, oben!

Sie stolpert die Treppe hoch. Ein lichtloses Gehen. Etwas lässt sie umkehren, nach unten stürzen. Sie muss Laurent etwas aufschreiben, genau jetzt! Genau das, was sie zuinnerst vor sich hingesprochen hat während seiner Entäußerung. Alles, was sie über ihn und seine heimlich-unheimlichen Erfahrungen, Entdeckungen denkt.

In großen Buchstaben, die gar nicht ihre eigene Handschrift scheinen, wirft sie auf hastig herausgerissene Blätter:

Dass die verwirrende Schönheit,
die Hand, die von sich aus schon Einladung ist,
die wechselnde Farbe des Himmels im Auge …
ein Kreuz ist und tückische Gabe,
du hast es erfahren. Du musstest …
zu frühe in Höllen eintauchen.

Die Lust, wenn sie ausbrach, geriet dir zur Qual …
und n i c h t glückt, was du hofftest:
friedliche Dauer,
weil Kategorien wie nüchtern und sinnlich, beseelend
und innig nicht länger im Repertoire sind –
also der klassische Fall für den E n g e l …
So bete immer wieder dir den Engel nieder!
So einen mit den großen Händen und ausgezeichneten
Beziehungen nach oben … den besten Mathematiker,
der es versteht, vertrackte Gleichungen ins Lot zu bringen,
das heißt: Dein wahres Herz zu retten,
wenn das verfluchte Geschlecht der Mänaden
dich anfällt – verzeih, ich finde kein zahmeres Bild –
wenn Nymphen lachend und liegend, wachend und wiegend
– auch Bilder sind wahr – die Brust dir zertrümmern.
Ich sag es noch einmal: Bet in Verbissenheit
den Engel her, die mindeste der Möglichkeiten …
Und sollte irgendeiner irgendwann
mit zärtlicherer Hand ihn überflügeln können,
wird das ein Zeichen sein, dass E i n e r ist,
bei dem die Schmerzen nicht mehr zählen.
Vergiss das eine nicht: Eros ist Macht …

Joana schreibt hastig, liest nicht zurück; schreibt aufgewühlt über die Abgründe hinweg, in die es ihn warf; schreibt ihre tiefe Erschütterung, ja Ernüchterung über seine Geständnisse aus sich heraus, endlich wieder, nach Jahren der Austrocknung, ganz *poetessa*. Nochmals steigt sie die Treppe hoch, leise, vorsichtig; jetzt mit dem Nachtlicht in Händen. Sie betritt Marcos Arbeitszimmer – nein, falsch, ich ließ die Aufzeichnungen doch absichtlich im Schlafzimmer zurück, auf dem Tischchen! Nach nebenan also, die Schritte zurückhaltend, *step by step*, langsam. Die Kerze flackert, ein Windstoß bläht den Vorhang. Da sind Bett und Tisch. Der schlafende Mensch, den Kopf tief in die Kissen vergraben. Joana sieht die rote Mappe mit einem Blick – alles scheint unberührt. Sie legt den eben verfassten hymnischen Entwurf, ihren Herzensbeitrag zu seinem Leid, wie sie meint, obenauf. Sie hofft und wünscht, er würde irgendwann in dieser Nacht erwachen oder im ersten Morgenlicht. Da müsste sein Blick doch darauf fallen? Spüren könnte er jedenfalls, dass etwas auf ihn zugekommen ist. Sie wünscht, er würde lesen; es wenigstens an sich nehmen. Wie anders soll sie ihm die Antwort auf diesen Abend, auf seine Flucht hierher zukommen lassen? Es gibt Dinge, die schickt man nicht per Post.

Joana hat Instinkt bewiesen. Laurent wird wach. Er ist immer noch unruhig, irritiert von der Preisgabe seiner Erniedrigungen, und meint, er befände sich mitten in einem bösen Experiment. Er ringt nach Luft, sehnt sich nach Licht. Friert und schwitzt in einem. Erhebt sich, stolpert durch den Raum. Findet sich schwer zurecht. Die Augen messen die Dinge ab, vertikal, horizontal schweifend, ungewiss. Er ist erst zum zweiten Male hier. Beginnt, den einen oder anderen Gegenstand in die Hand zu nehmen, stellt ihn wieder zurück.

Umherblickend sieht er die rote Mappe, entdeckt beides: das Gedicht und die vielen alten Blätter. Das einzelne Blatt nimmt er zuerst. Wendet es, dreht es in seinen großen schwarzen Händen. Die ganze lange Seite mit den schwingenden Buchstaben. Er kennt Joanas Handschrift nicht, aber er spürt, das ist die Schrift einer Frau. Ein Text von ihr? Eine Abschrift? Schwer zu entscheiden an diesem nicht zu Ende geschlafenen Morgen. Er kramt nach einem Stift. Liest. Er liest niemals ohne einen Stift in Händen. Vergisst fast zu atmen. Liest. Schreibt schließlich darunter: „*Die Gottheit also zwingen, Joana? Die Transzendenz herabziehen – ist d a s gemeint? Engel, mein Gott, Bilder nur, Bilder …*"

Da kann er recht haben. Joana hat gewusst, was ihm gut tut. Was er allerdings nicht schreibt: Wie sie sich in mich hineinversetzt, in mich hineinbegibt, mit diesem vorbehaltlosen Nahekommen, mit dieser Empathie – sie mutet mir viel zu, die seltsame Frau! Habe ich das herausgefordert? Du liebe Güte – er h a t ! Es ging von Anfang an eine solche Welle von Zutraulichkeit von ihm aus, schon in dem Wald da draußen, ehe sie den Toten begruben, schon da. Joana bemühte sich, aus einem verstaubten, mehrfach verknoteten Bündel von feuchten, stockfleckigen Textilien jenen Jutesack herauszuwinden, den sie benötigen. Wie Laurent ihr beisprang; wie sie schließlich den Ballen offen hatten, Brauchbares von Lumpen sonderten – ein erstes gemeinsames Tun! – und dann Laurents Kommentar: „Isch ‘ab *les ongles*, die Fingernagel dasu … *et vous*, und Sie, *le sens de le faire*, das Gefühl …“ Da hätte er wissen müssen, wie das zugeht bei denen, die im Begriffe sind, ihrer Neigung Raum zu lassen: Eine jede Liebe ist zutiefst Herausforderung. Wer solche Liebe aushält, der liebt bereits zurück. Ein Herz brennt, das andere wird entzündet. *Suum cuique*.

Joana sieht das anders. Sie hat ein bisschen viel Metaphern genommen für eine einzige Wahrheit, aber das ist ein Problem derer, die dichten, verdichten. Sie bauen Skulpturen aus der Wahrheit, formen den Ton der Erfahrung. Das Resultat ist eine Retortenzüchtung aus Fakten und Phantasie. Das Dasein eines Menschen zutreffend umschreiben, welche Vergeblichkeit! Es ist und bleibt transitorisch, schwer zu fassen, veränderbar, so lange es dauert. Bis dahin genüge das Wort! Es bringt seine eigene Ordnung ein. Von selbst tritt die Veränderung hinzu, später: *Wenn wir keiner Worte mehr bedürfen, hört der Schmerz auf.*

Drei Dinge sind der Vorgeschmack der kommenden Welt: Sabbath, Sonne, Sex.
Nach einer altjüdischen Weisheit

O Augenblick des Glücks, an dem ein jeder a l l e b e i d e ist.
Jorge Luis Borges

DIE NACHT

Joana, ein wenig zynisch geworden, immer wieder zu sich selbst: Aus einem feindseligen Himmel ist er mir zugefallen, in meine friedliche Waldgartenruhe. Alles hat er verändert. Lauter mein Schritt, heftiger gehe ich durch die Tage, und ein jeder von ihnen bedeutet, dass ich auch durch Höllen gehe. Unentwegt, aber unentwegt auf ihn zu.

Eines Tages steht Laurent wieder unter dem Torbogen: Es geht nicht! Ich komme nicht weiter! Ich war schon so happy mit dem Aus- und Weiterbau, o ja, *ça va*. Aber, ich selbst … Sein Gesicht spricht vom Aufgeben, es lassen. Du musst, sagt Joana. Du hast es gewollt. Du hast dir die Aufgabe hier erbettelt. Es ist unverzichtbar. Hast du es diesem Bischof nicht versprochen gehabt? Gott sichtbar machen. Das W i e ist deine Sache. So weist sie ihn also ab? Darf sie ihn auf sich selbst zurückwerfen, jetzt auf einmal?

Mit großer Hoffnung auf ihre Güte und Stärke ist er über den Wald hergekommen, durch den seither gemiedenen Forst ihrer ersten Verschwörung. Hatte sich dabei ertappt, dass er zu sich selbst sprach, dass er sogar s a n g … Worte fern wie Glocken, fern wie die Tiefe des Teichs. Da lief ein Eichhorn, das ihm die Vokale von den Lippen stahl. Dürr, ein ausgeblichenes Gerüst, raschelt die abgenabelte Fichte seinen Lauten nach. Der Geschmack des Waldes, der Geruch besonnter Himbeeren. Manchmal, schattig stehend, Pilze voll beregnetem Duft. Auch an seinen Worten, an der Melodie, die ihm einfällt, ein Aroma: Die Sprache der inneren Seele, keinem der gängigen Idiome zuzuordnen. Laubwirbel streifen seine Hände. Er bildet sich ein, Joanas Haar müsste so sein: saftiger Farn, moosig wie der taunasse Bart der Koniferen – alles wie zum Liebhaben, zum Streicheln. Hat er es nicht schon einmal versucht? Und die Sonne zeichnet eine goldene Leiter zwischen die Stämme. Fehlt nur noch ein Regenbogen zum Hinaufsteigen in diesen zartlila Himmel … aah! An der Begräbnisstätte kommt er vorbei, am bergenden Teich, der sein Glück war. Aber nicht die Spur einer Ahnung ist in ihm, dass er noch immer und immer wieder in d e m umherläuft, sich treiben lässt, was man später als *Todesstreifen* festschreiben wird für alle historischen Zeiten: Die Zone zwischen den Zonen, die hochexplosive Region, die gemieden wird, ja zu betreten verboten ist, so dass sie in ihrer tödlichen Ruhe nach und nach ein unheimliches Blühen und Wachsen überwuchern wird, das anderswo längst undenkbar wäre. Hier kann die üppig grünende Natur ungehindert aufragen und seltsame Blüten treiben.

Wie immer hat Laurent Weg und Ruhe genossen. Sein einziges Ziel: zu Joana kommen, sie muss wissen, was tun … Hat er sich da getäuscht? Sie schien zuletzt so in sich versunken, so verhalten, so grundauf fromm, wenn sie diese unwandelbare Treue fordert: Treue zum Verspruch, zum gesetzten Ziel. Das ist ein wenig zu verzopft für einen wie ihn, der geschäftig umherläuft in Sachen Religion, Ethos, zuletzt auch Kunst. Der meint, dass fürs Händefalten eigentlich immer noch im Jenseits genügend Zeit sein wird. In der Anschauung Dessen, in Seiner nimmer endenden Präsenz. Aber jetzt und hier? Freilich gälten Betätigung, Bewährung – das schon. Aber Laurent findet es verdammt schwierig, in seiner Lage. Und hat es doch mit solcher Vehemenz angehen wollen, den Blick einzig und allein der Aufgabe, dem Ziel zugewendet. Ist er nun ein a n d e r e r Laurent, der nicht erkennen kann, wie ihm nach und nach Überwirkliches zugefallen ist, das nicht Vorhersehbare einer Himmelsöffnung, aus niemals vermuteter Quelle vielleicht, das er einfach erfahren und gleichzeitig erleiden muss? Hat er inzwischen andere Augen bekommen, die er nimmer so unbeschreiblich weit aufreißt, wenn ihm die kleinen Keulenschläge an Rankünen und Befremdlichkeiten in Momenten höherer Empfindsamkeit ohne Vorwarnung unters Hemd fahren?

„Bist du immer erfolgreich?“, fragt Laurent mit etwas schmal werdendem, lauerndem Blick – s o erfolgreich, hätte er sagen wollen. Denn er fühlt sich unzulänglich, fremd, am ungeeigneten

Platz. Als würde ihm beständig einer sagen: Du hast deine Hausaufgaben noch nicht gemacht, schau zu, dass du dein Pensum fertig kriegst.

„Nein“, antwortet Joana lustlos, „und ich habe mein Versagen auch nie wegwischen können. Es geht mit mir herum. Es ist mir beispielsweise nicht gelungen, meine Ehe zu legalisieren, und ich habe kein Kind austragen können. Und sonst? Was habe ich sonst vollbracht, um dieses grausame Wort zu strapazieren? Wenig bis nichts … Also schau … das sind wirkliche Defizite.“ Sie bricht ab, will nicht, dass diese Stunde, die ihr seine Rückkehr bedeutet, zerredet wird, versandet. Sie ahnt, dass er gekommen ist, weil es *dort* wirklich nicht mehr geht. Dass es nur mit ihr, nur durch sie weitergehen kann, ist ihr, der Klugen, Zeit- und Welterfahrenen allmählich klar, dass sie ihn retten will, ihn seiner Aufgabe, seinen Zielen verpflichten möchte, aber nicht die ganze Wahrheit. Sie will genauso sich selbst, wo nicht überhaupt nur sich selbst, retten. Will bekommen, was in ihren Jahren üblicherweise nicht mehr angeht. Sie betrachtet Laurent als ihre Entdeckung, greift nach ihm, hält ihn für einen Fund, der in ihre geheime Schatzkammer gehört. Seine Jugend will sie, die zum Altern Verdammte.

Wie ging das in dieser wunderbaren Erzählung, die ihr wie eine Parallele schien zu ihrer eigenen Geschichte mit Laurent, der nun aus dem Wald erneut auf sie zukommt?

Sie erinnert sich mehrerer Stellen: *Kommst du aus einer ausweglosen Ratlosigkeit oder aus einem wahren Herzensgrund …?* Denn das ist der springende Punkt … *Bist du bitter wie der Traum, der aus Honigwaben rinnt, an mir herab …* oder, dieses Oder ist von Joana, denn die Fragen lösen sich nicht so einfach, sondern häufen sich ihr an, jedes Mal mehr … *Bist du salzig wie ein Rasen, wenn ihn der Tau vergessen hat zu streifen …* Joana interpretiert sich den Text, geht dem Wortlaut behutsam nach; vielleicht *bist du Erinnerung an ein Wildfeuer, das nicht rauchen kann, der gleißende Sturz eines Sterns* und – oder *das letzte Zipfelchen des untergehenden Mondes … der mir jetzt eine gute Nacht wünscht …*

Wie schön das wäre, hätte er tatsächlich nur einen kleinen Abendgruß abladen wollen hier draußen, und vor allem: ganz freiwillig. Von sich aus würde sie seine Nähe nicht gesucht haben. Die spannende Distanz, das gierige Warten auf Gelegenheiten, ihn zu sehen, erscheinen Joana verheißungsvoller. Ohne Gefahr, sich einander auszuliefern, sich gegenseitig aufschließen zu müssen. Insofern sind sie ja von Anfang an in ihrem je anderen Geheimnis hängen geblieben – er hinter dunkler Haut, unterm dunklen Anzug, unter niedergeschlagenen Lidern; sie hinter der Maske des Alters. Das ist nichts Neues. Spannung, die nicht unmittelbar durch Erregung entsteht, sondern durch die Geheimnisse zwischen Mann und Frau, ist selten und kostbar. Eigentlich kann Eros sich nur darin vollenden.

Da er nun schon einmal hier ist: „Ein Glas Wein? Oder Tee? Mit Honig, Cognac? Was möchtest du … Hunger?“ Wie sie e s ertrüge, so allein, fragt er zögerlich mit einer noch tieferen, noch schwingenderen Stimme als sonst. Hat er das im Wald geübt? Joanas Augenlider fallen, heben sich, falten sich auf, zittern. Endlich die mühsame Antwort: „Weißt du, ich trage keine leichte Hypothek … fühl‘ mich ein bisschen in die Enge getrieben … Vieles bedrückt mich, selbst, wo ich es leichthin aussprach oder abgehakt glaubte. Das geht auf ihn zurück, Marco. Mein Mann … Ja, du weißt schon. Er sagte immer: „Du bist Christin, und du bleibst das, egal, wie's käme … Tu alles, was auch immer, zu meinem Gedächtnis. Was und wovon immer du schreibst, oder das Brotbrechen, wie wir es hatten, die ganze *Geheime Offenbarung* deiner selbst zu Heil oder Verdammnis – zu meinem Gedächtnis. Ganz bewusst sollst du deine Feste erleben … und ein Weiteres: Tu deinem süßen wunderbaren Geschlecht die Gnade an, dass es sich rege, auch wenn du einmal allein bist, *la piccola gioia*! Dann wirst du ganz sein, ganz rund, ganz Natur, ganz Frau, und du wirst schön bleiben.“ Auch diese heikle Sache nun ausgesprochen. Es erleichtert Joana ungemein. Sind sie jetzt nicht gleichauf im bislang Verschwiegenen? Mann wie Frau, die sich nehmen, herausnehmen, was sie wollen und brauchen?

Viel lieber hätte Joana noch anderes dazu gesagt. Es wäre wahrhaftiger gewesen in dieser Stunde. Nämlich, dass Sex allein wirklich nicht genügt, wenn nicht ein Engel danebensteht, der über alles sinnliche Empfinden hinaus die Erkenntnis der Liebe vermittelt und verwahrt. Dass das nicht alles sein kann, *zwischen Frauen-*

röcken auf einem Teppich rutschen, um am Ende das entscheidende Wort nicht über die Lippen zu bringen: Liebe! Und selbst sollte es aus einem herausfallen, dieses Wort, mitten in der Umarmung, was dann? Wie oft geschieht das: Man steht auf, dehnt sich, gähnt ein wenig – alles in Ordnung und vorbei. Und es hat noch keinen um den Verstand gebracht, denkt Joana, und verachtet sich gleichzeitig für diese Ironie. Aber wie ergeht es Laurent dabei? Noch viel komplizierter? Oder ist er in seinen Zuständen zwischen Himmel und Erde nicht schon auf Eros Spur? Und schlägt er ihm nicht nach, diesem verhängnisvollen, absichtsvoll verführenden Göttlein, von dem gesagt wird: *Eros gestikuliert, aber er redet nicht. Sofern er es tut, muss rätselvolles Andeuten genügen.*

Aber Menschen, die einigermaßen aus dem Intellekt leben, können einander nicht ohne weiteres in die Arme oder auf die Matratze fallen. Können nicht aus geistigem Widerstreit, wo es um Frage und gleichzeitig Lösung geht, unversehens hineinfallen ins rein Körperliche. Selbst angenommen, es wäre denkmöglich, ist es zumutbar? Sind Joana und Laurent nicht so geartet, dass sie eher kämpfen sollten, diesenfalls gegeneinander? Oder eben bejahen, schlicht, menschlich ja sagen, es tun, wie junge Tiere, die keine Weisung brauchen, keine Satzung.

Joana weiß, Sex ist die selbstgewählte Auslieferung an einen Menschen eigener Wahl. Eine existentielle Erschütterung, die jeden auf sich selbst zurückwirft. Er wird ein anderer, sobald er liebt. Und weil er liebt, gerät er aus der Fassung.

Ausnahmezustand ist die Erfahrung des Eros. Keine Gebote der Welt werden diesen Aufruhr der Gefühle in irgendeine Ordnung zwingen. Attacke gegen die Selbstgewissheit ist Eros, wo nicht Auslöschung des Ich, Todesahnung. Es gibt keine spirituelle Erfahrung, ohne dass eine Bettgeschichte zu einem existentiellen Drama eskaliert. Keine andere Öffnung auf das Du. Dieses Du, auf das sich alles von Beginn weg hinbewegt hat. Dieses Du, das einmal für immer berührt und angesprochen ist.

Plötzlich Joanas Erkenntnis: Fassbares Glück! Der Moment ist da. Der Bezug gegeben. Der Gegenstand allen Wünschens nah. Für oder wider, hin oder her: er ist da. Was kann, darf mir, ihm, uns noch entgegenstehen? *Wer widersteht, fällt aus der Zeit.* Sind wir nicht selig, wenn einer da ist, es von uns zu empfangen?

Joana ist aufgestanden. Sie strahlt wie von innen. Lichtumflossen ist sie, ganz Einladung, als sie sich auf Laurent zu bewegt. Wollte man sie sezieren, würde ihr Körper vielleicht nur mehr aus dem Herzen bestehen.

„Hast du's gemerkt", sagt sie leise, „wir haben heute mit dem Theater gar nicht erst angefangen ... Und jetzt wirklich, einmal für immer: Das Du-Wort, ja?" Laurent nickt. Sein dunkler Teint wechselt zur Farbe reifer Mandarinen, auch er lichtdurchwoben. Ein weißer Mann wäre vielleicht etwas rötlich angelaufen, wer weiß, wenn diese Frau einfach mit einem Fingerschnippen über Gegenwart und Zukunft verfügt, aber es gibt keinen weißen Mann, der ist wie Laurent. Etwas zu erwidern bleibt gar nicht Zeit. Denn Joana setzt fort: „Hast du das nun begriffen, wie und worin ich so gefangen, so b e f a n g e n bin? Du hast das alles gehört: Meine höchst subjektive Art und Weise der *Nachfolge,* und von diesem immerfort Lieben-sollen, ja ... Verstehst du, was Marco gemeint hat ... Aber sieh doch, es ist alles so i m a g i n ä r geblieben!"

Laurent rührt sich nicht. Sitzt wie ein Schattenriss in den Pölstern. Ein schwarzer Engel, die beiden großen Hände in den dunklen Locken. Verlockung, Verführung pur, lange Atemzüge.

„Komm her zu mir", Joana, jetzt ganz locker, sagt es lapidar wie den Text einer Boulevardkomödie, „komm her! Bist mir vom Himmel in den Teich gefallen ... Also höre: So wie bis heute kann und will ich nicht weiterleben. Ich fürchte mich vor der Zeit. Ich werde alt sein, bevor mein Leben da angekommen ist, wo ich es hin haben will. B l e i b , bitte ... und teil dich mir mit. Ach, dass es dahin kommen könnte: Dass du mich neu machst, ich sage es anders: Dass du mich noch einmal t a u f t e s t – mit deinem Kuss, Laurent, dunkler Engel du ... verloren gewesener Bruder!"

Da will er sie schon an sich nehmen. Aber eine Ahnung hemmt ihn, dass nämlich, was er vor hat, gar nicht von Belang sei. Dazu die Unsicherheit, wo und was, und wie sie anzugreifen, zu f a s - s e n wäre. Vor einem Fehlgriff muss er sich hüten. Nichts kaputt machen. *Wehret den Anfängen*, sagt man doch. Jetzt ist Intuition gefragt und jede Menge Mut.

Sie schaut zu ihm auf, in ihn hinein, durch ihn hindurch. Offene Lippen, rot. Das Gesicht sehr ernst, sehr bleich. Da hat Laurent natürlich keinen Grund mehr, den Ausweichenden zu mimen, denn es ist alles gesagt. Sie hat ihn nicht erniedrigt aber gezähmt. Sie hat ihn mehr als in der Hand – und darf sich doch keine Sekunde lang mehr vorgaukeln, es sei zu s e i n e r Rettung, für seine geziemende Ruhe.

Da schiebt er sich eng an sie – ist dies die Stunde, wo er sich erbarmt, für ein einziges Mal? Blut geht in Wellen durch ihn. Seine schwarzen Wangen können das gar nicht widerspiegeln. In das Weiße seiner Augen tritt das rote flammenflirrende Blut, die ungeheure Erkenntnis: Er hat, was sie braucht. Er ist, was sie am Leben halten wird. Er hat ihre Todesgedanken schon früher gewittert. Hinzu tritt ein siebenter Sinn: So eine Frau kannst du nicht verkommen lassen. Nicht, wenn der Mund so bettelt, nicht, wenn sie auf ihre Weise ganz Beschwörung ist. Auch das hat er entdeckt, er kann es riechen: Sie ist so ausgehungert wie eine Wölfin, die, hemmungslos geworden, im nächsten Augenblick den eigenen Wurf vertilgen wird.

Sie zwingt ihn ganz zu sich herbei, zieht seine fragenden dunklen Lippen – *versuchen wir doch* – in ihren weit geöffneten Mund; zwingt dieses Traumbild eines Mannes herab in ihre überfällige Bereitschaft, ihn endlich aufzunehmen in ihr leeres, überlang erwartungsvolles Haus.

Ein spätes Licht hat sich eingehaust zwischen Fensterkreuz und Bettdecken. Die Unterscheidung von Lust und Schmerz ist von Minute zu Minute weniger möglich. Es fällt die Nacht um Haus, Garten, Mauern. Wie eine blaue Glocke stürzt sie sich über den brechenden, verstummten Tag, schnürt ihm die Abendluft weg. Joana kennt einen Spruch aus den Riten der Schamanen: *Wer sich der Mitternacht aussetzt, gerät an die Lenden der Waldfrau.* Das ist sie nun diesem: *Ich will deine Nacht sein, dein Sternenlicht und deine Morgenröte*, murmelt Joana vor sich hin wie in Trance. Mit flattrigen Händen, die in dieser unausgesprochenen Bitte fast auseinanderbrechen. Laurent reagiert. Auf ihr Wort hin? Auf die zweifelnd-verzweifelte Gebärde? Er muss sie nehmen, jetzt, es auf sich nehmen – Sünde und Sieg. *Tod, wo ist dein Stachel*? Das können die Taufwässer aller Zeiten nicht mehr verwaschen. Sie fiebern einander entgegen, sind im Begriffe, weit weit hinauszusteigen über alle Sitten und Rituale in Bezirke jenseits der Normalität.

„Was du mir aufgeschrieben hast", presst Laurent aus sich heraus, „Du bist dieser Engel, wirst immer es sein. Dich habe ich gesehen, erbeten, *dans mes rêves*, in Träumen." Und Joana geht es durch den Sinn: Engel, ja. Er könnte jener des Todes sein. *La morte*. Sie sagt nichts, würgt es in sich hinein. Wo endet der letzte Halt? Endzeitliche Gedanken. Laurent, sehr still, fast höflich: „*Voulez-vous*? Willst du … jetzt … alles? *Toutes les choses?"*

Seine Erregung steigt. Er hat ihre Beine vor Augen, die Knöchel, die Zehen. Er hatte sie vorher fast immer nur in Stiefeln gesehen. Nun Ballerinenbeine, aufschwingend aus *high-heels*. Strumpflos. Sehnig. Der vordere Wadenmuskel plastisch herausgebildet, ein schöner Schwung. Solche gibt es in Afrika nicht.

Die Welle kommt, das Ungeheure tritt ein. Er holt sie förmlich kielüber. Die Erregung kriecht weiter, als er die metallenen Äpfel ihrer Brust berührt, aufhebt in die Körbe seiner dunklen, unter ihr verflochtenen Finger. Als er ihr den Rücken entblößt, als er an ihr den verzweigten, löwenbraun glänzenden Ölbaum des Muskelspiels über der großartigen Landschaft weiblicher Formen enthüllt: weit wie die zyprische Mesaosis-Hochebene, weiß, herb, knochentrocken zwischen Troodos-Gebirge und Bellapais – entdeckt er auch den harten ausgerittenen Untergrund dieser fraulichen Majestät. Wie kann sie noch so leicht hinschwingen über der Kruppe des geduldigen Wallachs? Sie gibt sich stumm hin, wirft die Arme von sich, die zu fließenden Algen werden unter aufgewühltem Meer. In hilfloser Gebärde klopfen ihre Knöchel ins Gepölster gegen den Ansturm seiner jungen Kraft. Sie wird eine auf ihre Weise Gebärende, weit offen, während die Drift herandrängt, die Kontinentalverschiebung eintritt. Während sich Kap Hoorn einbohrt der Côte d'Ivoire und dem Kap der Guten Hoffnung zugleich. Während Kap Spartivento eingeht in die Große Syrte. Er dockt an. Ein-, zweimal. Gewaltig fährt er daher und hält auch wieder ein – als wolle er aufschieben, was am meisten ersehnt wird und am tiefsten erlitten. Landung, denkt er, und findet den Hafen, und er denkt: H i e r ?

Sie zählt nicht die Aufschläge, nicht die Einschläge seiner einzelnen fast verzweifelten *singles.* Sie spielen mit und gegeneiner, ohne die *sets* zu zählen, ohne die *outs* auch nur zu bemerken. Manches gelingt nur *backhand.* Sie zählt nicht mehr, sie verschließt die Augen. Und Laurent? Wie sollte er die Fieberkurven ablesen von der Frau, die über und unter ihm in einem erschütterten Weinen fast zerfließt?

Denn sie kommt auf ihre Höhe in dem Moment, da er von neuem an seinem Hemd zerrt, das in der ersten Aufregung offen an ihm hängen blieb. „Komm nach!", schreit sie ihm entgegen. „Komm, lass dich fallen!" Und dann sind beide so weit, unterzugehen in dem gewaltigen Ausbruch nicht länger bezähmbarer Hingabe. Sind überwältigt, sind schon zur Aufgabe bereit ...

Alles Spätere kann nur mehr Spiel im Spiel sein. Es wühlt sie auf, sich von sich selbst zu erlösen. Darum auch Joanas Tränen zwischen unbeschreibbaren Küssen. Aller Rest ist Musik: Crescendo, Glissando, Arpeggien, Paukenschlag, Kadenz, Generalpause ... Fuge, Finale. Die ganze Skala tiefinneren Gesangs. Ströme symphonischen Gefühls. Und in keinem Moment die Empfindung der ungeheuren Nacktheit voreinander. Hätten sie sich schämen müssen? Aber warum, und vor wem?

Joana denkt: Und stürbe ich daran, er ist gekommen, und wie! Wie einfach nämlich, wie eingebungsvoll, und so herrlich durchsichtig bis auf den Grund der Seele.

Laurent denkt: Erfüllung, auch hier, und das ganz. Noch eine Aufgabe, die mir zugefallen ist? Die beste? Die erst-, letztbeste meiner Möglichkeiten? Sie hat es erwartet. Ich habe es getan. Gegen alle Vernunft, aber gemäß den uralten Gesetzen der Natur? Habe ich gezögert? Habe ich auch nur eine Sekunde gedacht, es ist unnatürlich? Klar, er hat ihre lederhäutigen Falten und Schrunden gesehen, die Verwitterungen dieses Körpers. *Equitatus abusus ...* ja, ja, das übertriebene Reiten, feixt er in sich hinein. Er hat das alles gesehen, aber seine Augen gehen darüber weg, gehen weit darüber hinaus. Das Leben hat h e u t e begonnen, in dieser Nacht. Noch und noch taucht er ein in ihre strahlenden Augen, diese trunkenen Sterne, diese farbensprühenden Amethyste, die vertikal aufspringen wie in den Gesichtern zutraulicher Ziegen ...

Ziege, Ziege, Zicklein, denkt er – das ich doch einmal in den Armen hielt. *It's hard to see the goat*, stellte ein Zyniker mehr erschrocken als belustigt fest, und tatsächlich: Der aufgeschlagene Blick der Ziege ist nicht ungefährlich, von ihr geht ein Zauber aus und auf dich über. Laurent erinnert sich ganz deutlich: Unter einer gespaltenen Sykomore, die voll im Durste stand, hatte er den zitternden Körper der jungen Ziege aufgelesen, dieses Bündel Zärtlichkeit mit dem tiefblauen unergründlichen Blick, die aufgeworfene Lippe an seinen Mund genommen, ihm Atem einzublasen, ehe dem verendenden Wesen das Auge brach. Da schleuderte er es fort, angeekelt, fort in den Straßengraben; im selben Augenblick explodierte die Mine. Ein Feuerkreis zwischen ihm und dort; einmal noch leuchteten die Haarspitzen des Tieres auf, und er hasste sich lange Zeit abgrundtief, seiner letzten Wärme die letzte Liebkosung versagt zu haben … Das war vor 100 Jahren. Jetzt ist alles still und himmelblau, fraglos und entworren. Da sind Joanas Alabasterschultern, ihr Rouge, die silberne Haarflut – was will ich mehr?

Wohliges Dehnen. Sich heben. Sinken. In-eins-zusammenfallen … so wie sich Joana und Laurent jetzt betten, werden sie wie ein gliederloses, von innen nach außen gestülptes Urwesen, das Tierlein mit den zwei Rücken, in den Farben eines seltsamen Schachbretts: Kaffeebraun plus Elfenbein. Aber noch immer, immer wieder Suchen, Sehnen. Mehr Sucht als Lust. Haut an Haut schreiben sie an ihrem dermatophysischen Essay, dem Versuch einer Symbiose aus Perlen, Rosenquarz, Opalen mit rauchschwarzem Katzenauge, Topas, Achat. Sie sind in eine phantastisch inszenierte *Chymische Hochzeit* des Elementaren eingetreten, eine undenkbar gewesene Verschmelzung tritt ein: Strahlendes Endprodukt eines ursprünglich beiläufigen Verlangens; maximales Nahesein nach überwundener Entfernung.

Haben sie es geschafft? Und ist es darum auch schon die Liebe? Die eine exklusive nämlich, dieses *Du, Du, und sonst niemand und nichts auf der Welt*?

Jeder neue Stil braucht einen anders behauenen Stein, sagt der Wissende. Noch neigen sie dazu, ihre hinschweifenden Blicke voreinander zu verbergen. Deine Augen, hatte Marco immer wieder gewünscht, ja gefordert, reiß sie auf, in dem einzig möglichen

Moment, reiß die Augen auf! Das muss sich bei Joana und Laurent erst lernen. Seine Augen, die schwarzweißen, und ihre, die blaugrauen vertikalen erscheinen noch verhüllt wie vom Sandsturm der Wüste einerseits und von dem ganzen Smog der verlogenen Gesellschaft des Alten Europa.

Laurent hat sich mehr über sie als ihn sie ergossen. Dabei hätte er es so gefahrlos tun können! Ist einfach misslungen. Er weiß es. Ob er sich schämt? Wird er mir jetzt Brust und Bauch abwischen, irgendwie, der Tolpatsch? Ein verhaltenes Lächeln kräuselt Joanas Lippen. Sie stellt es gleich wieder ein. Lächeln macht einer alten Frau nur noch mehr Falten! Auch Laurent ist ganz ernst. Er wischt wirklich – er wischt die ganze süße Sauerei seiner Säfte mit den Lippen von ihr weg. Hingebungsvoll. Als wolle er sich sättigen: Baby an der Mutter Brust? Joana fragt sich indessen, ob es ihm überhaupt genug war, dieses Aufeinander-zu-fliegen, diese Flucht nach vorn, das umschlingende heftige Inne-werden, dieses Sich-in-eins-Zusammentun? Am Ende kam Laurent so rasant, so aufgebäumt, so überschnell, fast bewusstlos in den Aufruhr ihres schon wieder verebbenden Orgasmus hinein – was also b l e i b t ihm? Und es sollte doch e t w a s bleiben, über die Vergänglichkeit der Stunde hinaus besteht.

Objektiv betrachtet war es sicherlich nicht ganz schön. Es war über weite Strecken *par force*, nicht die bequeme Tour, eher ein wenig bitter: Tequila mit Wodka. *Alle Ströme der Welt flossen in uns zusammen, eingeschlossen die Lethe* – denkt Joana schon wieder ans Ende? Sie weiß schon, Laurent hat keine Kriterien, es zu unterscheiden. Aber was sie hatten, war ein einziger Monolog mit zwei Stimmen, Stimm-Teilung … Laurent konnte gar nicht anders bestanden, entsprochen haben. Wie könnte einer Früchte holen wollen von einem Baum, der noch gar nicht geblüht hat? Aber es war, was sich nicht mehr vermeiden ließ, durchaus mit allen Unüblichkeiten, mit allem Aufschub und einem nicht wirklich kongruenten Vollzug. Es war vor allem kein *Larghetto gracioso con tutta l'anima*! Nein! Aber es war das Höchste für diesen verfluchten, zu bezwingen gewesenen und dann nicht mehr zu bezwingenden – o ja, o ja, o nein, o nein, Leibleibleib … Jetzt sind sie einander nichts mehr schuldig, nicht das Geringste.

Inzwischen hat Laurent begonnen, ihre *maquillage* zu bewundern, das ist nicht neu. Er muss es unbedingt wieder sagen: „*J'aime* … ich liebe … *tes couleurs* … deine Farben. Das sieht so schön aus, so süßes Farben", und liegt schon wieder still da, wie geschnitzt. Ebenholz, gemasert wie Teak. Da hätte sie vermutlich alles mit ihm tun können. Seine Beine sind so lang, als fingen sie schon an den Rippenbögen an. Als er an sich hinuntersieht, den Strichen ihrer Hand folgt, wieder eine Erinnerung. An diese hanebüchene Diagnose des Professors Frazier; dieser im O-Ton: „*You've got by far too small buttocks* …" Wie lang das her ist! War das in Sierra Leone oder wo? Er hätte damals etwas für seinen Körper tun müssen.

Laurents Ruhe ist nicht zu unterbrechen, schließt sie beide ein. Joana, erfüllt von seinem riesigen Körper – nicht massig, aber wie schon gesagt: raumfüllend! – wird noch den großen Kontrast dazu, nämlich Laurents Zartheit, Einfühlung, strömende Güte und Besorgtheit zu spüren bekommen. Denn in diesem Moment, seine großen Augen blitzen und schwimmen in einem, wird die Statue Laurent ganz lebendig, und das schöne Monument spricht auch:

„*Ecoute-moi*, hör zu, was ich dir sagen will … Du gehst da morgen nicht hin, nicht nach *la chapelle*, die Kapelle. Ich erlaub' es nicht … Ich, *moi*, ich geh' schon, *dire la messe*." Befehlsform also? „*Le cheval*, dein Pferd", setzt er fort, „*il faisait très mauvais temps hier*, es hatte gestern so schlechte Laune. Du vielleicht könntest stürzen, dem 'als serbreschen …" Rührend, wie er die Wörter herauskramt. Er tut das absichtlich, er weiß, dass sie dieser Akzent und seine Aussprache anturnt. Wie hübsch er sich seine Sätze zusammenreimt, oder ist's mehr minder Selbstgespräch? Joana ist betroffen von seiner Sensibilität, saugt seine Worte glühend in sich hinein, löffelt wie eine Hungrige diese Suppe brennheiß und gierig aus. Ist es das, was sie denkt, ist es also die Liebe? Sie fragt aber nicht mehr: Laurent, wie fühlst du dich, *comment va-t-il*? *Bien*? Sie hätte fragen wollen, fragen sollen. Aber da ist er schon wieder woanders hingereist aus dieser Stunde heraus, die alle Maßstäbe der Zeit gründlich durcheinandergewürfelt hat.

Laurent Schläfen hämmern. Er ist gar nicht so stark, wie er tut. Im Grunde vielleicht zu schwach, sich sich selbst zu erklären.

Qu'est-ce que j'ai fait? Ist so etwas normal unter zwei Menschen, die eigentlich F r e m d e bleiben müssten, die nicht miteinander leben, die vielleicht nur ein paar abenteuerliche Ereignisse zu teilen, zu erleiden aufbekamen? Natürlich, *faire l'amour* war angenehm. *J'ai fait l'amour. Elle a fait l'amour. Nous avons fait l'amour.* Alte Bilder geistern durch diese Weiße Nacht.

Abidjan, Jahre zuvor. Die blasierten kleinen Kreolinnen. Wie Vöglein auf der Stange hatten sie da aufgeregt gesessen in dem halbrunden seidenen Salon. Père Eustache, der Präfekt und fallweise auch Exerzitienmeister, hatte sie, eine Handvoll junger Kleriker, hingebracht an einem Regenabend, dorthin an den *Quai des Salvages*. O würdiger, wissender Greis du, mit dem Instinkt eines Lebemannes! Père Eustache, der ein wenig hinkte, was zu spöttischer Nachahmung verleitete, war die Herzensgüte selbst. Er trug elegante seidene Soutanen und pflegte, bis der letzte der Alumnen den anstehenden rätselhaften Akt mehr oder weniger erfolgreich hinter sich hatte, neben der Madame des Etablissements auszuruhen, reichlich Curaçao nippend, den alterssichtigen Blick unausgesetzt auf das dick vergoldete Kreuz zwischen dem schwebenden Luftbusen der Puffmutter gerichtet. Besser als das anonyme Gefummel unter der Bettdecke, war des Präfekten schlichte Meinung. Ja, auch Laurent war durch einen Pierre in so ein geheimes Tun hineingezogen worden, eines Nachts vor undenklicher Zeit. Die primären Weihen des Geschlechts, die wohl niemand auf der Welt verhindern kann. Jetzt erinnert sich Laurent wieder ein bisschen deutlicher der rührenden Mühe der Kleinen mit den verschminkten früh vergreisten Augen, ihrer intensiven Befassung mit ihm, dem dunklen *greenhorn*. Er hatte das nie richtig erfasst gehabt, das mit dem Sex. Ihm, der nichts als studiert und gelernt hat, der weiterkommen wollte und vor allem: weg aus Afrika, der stuckte, als müsse er bis zum letzten Wissen und Walten aller Welten und Zeiten vordringen – ihm war diese Seite des Lebens *terra incognita,* eine weit abliegende fremde Sphäre. Aber es war a n g e n e h m , ja, soviel wusste er. Es hatte ihn irgendwie erhoben. Zu einem die Person gleichsam erweiternden Selbstgefühl gebracht. Er hatte kein rechtes Wort dafür. Es trug ihn eine hübsche Zeitlang, so wie uns eben Geheimnisse stark machen – im allgemeinen und im besonderen. Zehn Jahre seither. Den Rest reimte er sich später, ein wenig zu spät, aus den diversen Beichtbekenntnissen zusammen. So hat alles seine Nebeneffekte. Und j e t z t ?

Ihm ist, ganz ehrlich, pudelwohl. Es ist, w a r ausnehmend wohltuend, angenehm, sehr süß sogar – sonst nichts, Laurent? Das verstände er gar nicht zu formulieren, denn noch kennt er den himmelschreienden Unterschied, die Erschütterungen nicht, die jeden überfallen, der seinen Körper einmal hat wissen lassen, wo die Erde endet und wo der Himmel beginnt. Das Immer-mehr-davon-haben-Wollen, das nie mehr aufhören wird, ihn durch die Zeit zu treiben. Die ewige Suche, *denn alle Lust will Ewigkeit, will tiefe, tiefe Ewigkeit…* in der Jagd nach dem Inbild, nach dem Ideal dieser Fühlung. Joana kennt diesen Zustand mehr, als ihr lieb sein kann. Sie hat das ersehnte göttliche Kind nun gefunden, das schön gestaltete Wesen, den Inbegriff von Jugend und Stärke, ihr dunkles, ihr süßes *bébé …*

Laurent wirft sich in einer sehr stummen aber kühnen Pose erneut über Joana. Gut, dass er nichts sagt, denkt die Frau. Zuviel Worte töten die Liebe. Liebe! Hat er sie nun begriffen? Die *Sölle* hat das einmal so wunderbar gesagt: *Ich sprach die falsche Sprache – Liebe! O schönes vergängliches Wesen jetzt und in der Stunde unseres Todes …*

Willkommen ist die Rückkehr des Sturmes nach dem *slow-floating*, dem Ineinanderschaukeln der Körper, die schon getrennt waren, aber es nicht wirklich sein mochten. Kommen sie jetzt hinauf auf die gemeinsame Höhe? Wo einer den anderen gar nicht mehr sieht, ihm gar nicht mehr b e i s t e h e n kann in der höchsten Krise, der Not-Wendigkeit, der Explosion? Ist es Joana darum zu tun? Oder weil sie in ihrer Sentimentalität schon weiter sein will: Nichts als seine Augen ausloten, nichts als seinen Atem trinken. Da versteht sich Laurent schon ein wenig besser auf sich selbst; er müsste sie vieles mehr fragen, eingehen auf sie. Angenehm entspannt fühlt er sich, und auf einmal wie schwebend in dieser *Leichtigkeit des Seins.* Werden sie einander allmählich wirklich verhaftet sein können nach diesen ungeübten Wechselspielen des Zueinander-Wollens und Von-einander-Lassens, nach all den launenhaften Eingebungen des unerschöpflichen Eros?

In rührend-kindlicher Bescheidung in den Zu-Fall dieser Nacht fügt sich Laurent ins hin- und herspringende Auf und Ab der Stunden, fügt sich diesem Ping-Pong des listigen Gottes, der durch die Gärten zieht mit verkapptem Gesicht und gestürzter Fackel, und mit einem Mal gelangen sie zu einem neuen, völlig überraschenden Hiatus in der Auflösung aller Synapsen. Untergründig wirkt das Geheimnis, im Bodensatz der Personen vollzieht sich der Aus- und Umtausch der Elemente in jenen unerforschlichen limbischen Verkettungen zwischen *Hippocampus und Hypothalamos … thalamos*? Das Brautgemach der griechischen Antike! Hängt nicht doch alles mit allem zusammen?

Ja, sie tauschen sich aus in ungehemmter Weise: Die süße Quelle der Frau gegen die Eruption des Mannes, ihr feuchtes Wiesengerinnsel gegen den Lavastrom seiner schwarzen Kraft. Schon scheint alles fast vorüber, und doch bleiben sie einander unheimlich offen. Als Laurent sich zum zweiten Male verausgabt glaubt, sich ein wenig wegrollt, sich überrannt und überwältigt vorkommt, begehrt er sie erst recht. Überzeugt, genau das Richtige zu sagen, bricht es aus ihm heraus:

„Jetzt haben wir uns lieben gemusst." Er stößt die Worte hervor wie erst noch seine Männlichkeit in ihre Weichheit. „Himmel und Erde sind zusammengekommen, heute." Breit lächelt er sie an, die auf ihn zufährt mit gebogenen Armen, die ihm ihre Brüste in seine Achselhöhlen drängt, sie schwebt fast über ihm. „Freiwillig bin ich die Erde, weil ich bin ja so dunkel, nicht? Aber du bist das Licht – himmlisch Licht! Eine ganz weite blaue Landschaft und meine *passion*, ja, das bist du …" Und seine braune Wange, feucht von Tränen und Schweiß, deckt ihren tiefer gleitenden Mund zu, ehe sie antworten kann. „Sprech nix … Wir verstehen uns auch ohne Worte; es ist alles gesagt und getan. Ich habe dich ja begriffen, begreifen können, wahrhaftiger als sonst, mit den Händen da …"

Joana fürchtet, es einmal mehr anders zu wissen. Ambivalenzen stauen sich in ihrer Seele, zäh und anhaftend. Von Abschütteln, Außerkraftsetzen keine Rede. Also Joana findet ja, sie sollten zusammen *Anderes, Größeres tun*, sehr viel anderes miteinander teilen. Ja, was denn, wie? Vielleicht ist alles nur ein Zwischenspiel, heute, meint sie, ein Vorübergang, eine Phase, und – resignierendes Lächeln – er hat ihr doch nur in dieser Hinsicht beistehen wollen, als der persönliche Adjutant ihrer fürstlichen Gnaden, den sie sich immer gewünscht hat? Sie fürchtet, er könne vor lauter Faszination vor dem Weiblichen schlechthin gar nicht sie gemeint haben – weiß er überhaupt, wie sie tatsächlich aussieht, sie, die alternde J.L., die da halb verborgen unter ihm liegt – ist sie vielleicht nur die x-beliebige Frau, die zur Hand war? Irgendeine vagante, unbedingt vulkanische und jedenfalls sehr wissende *Vulva*? Wieder verleiten Joana Stamm und Blut der alten Rasse, jedem Begriff und jeder Verwirrung immer die *demgemäße Haltung* zuzuordnen. Es ist ihr anerzogen, sie ist es so gelehrt worden. Und der Einfluss des früheren Gefährten? Laurent spürt, dass ihr Körper instinktiv abrückt von dem seinen, dass sie sich wegschließen möchte … ist es das?

Unvermittelt kommt es, dass er den Toten hasst – Santin hin, Santin her. Laurent ertappt sich dabei, dass er sich erst nicht einmal dessen Vornamen gemerkt hat – Alessandro, Antonio, Massimo? Ach ja, Marco. Klar. Ist auch gleichgültig. Nicht egal sein kann ihm aber dieses andauernde Getue, dieser Totenkult, den Joana mit diesem Mann treibt. Laurent denkt, fühlt real, realistisch. Nein, sagt er sich, Joana ist nicht so – skeptisch, abweisend, was weiß ich; sie übertüncht eben nur, leider. Er hat alles bedacht: Ihren tiefen Fall, das Loch, die Leere, in die sie fiel, als der Professor nicht mehr da war, und dass es kein Kind gab, die Unmöglichkeit, ihre Bestimmung als Frau zu leben. Und was Joana für sich abstreiten würde, das hat er auch gesehen: Sie ist a l t e r s l o s … aber vor allem: Sie hat niemals etwas getan, ohne das ihr geschenkte, gnadenhaft erteilte Feuer der Liebe; nichts geht durch sie hindurch ohne Tiefe der Leidenschaft. Und damit also eine ewig junge, immer neue Joana: *Es bleiben ewig jung, die lieben …* Das ist ihr Geheimnis, das einzig ausschlaggebende. Laurents Gedanken fliegen, er lernt dazu.

Vielleicht sind alle Frauen gleich jung, schön, alterslos, wenn und weil sie uns in den Koitus treiben? Weil sie selbstbewusst sind, Wollende mit schillernd-glattem Schlangenleib, der uns so lange und so weit verwandelt, bis wir uns in sie bergen. Schlangen, die zischeln: Du auch, Schlangenmann, komm jetzt und tu mir's an, denn ich bin deine Göttin, die Allwelt, die Höhle. Tritt in mich ein. Es ist dein gutes Haus. Du hast sonst keines.

Laurent, in ihren Anblick versunken. Er hält ihren fragenden Augen stand, atmet durch, schluckt, als könne er selbst nicht fassen, was er da aus sich herauswirft: „Deinen starken Willen … deine Leidenschaft … *et enfin*, jetzt muss ich das alles akzeptieren – weil du mich gewollt hast, weil …“, und er greift nochmals und nochmals und nochmals nach ihr. Es ist wie ein *Du musst es dreimal sagen* in den Märchen. Alles, was über sie kam: märchenhaft. Auch Joanas Leib, sich Laurent entgegenhebend, knistert von neuem, bäumt sich auf, will in Flammen stehen. Wie schön er auf sie eingeht, in sie hinein: „Du – du – du …“ und küsst sie und hört gar nicht mehr auf, sie zu küssen.

„Eine große Bitte hab' ich“, entkommt ihm irgendwann dazwischen. „Denk niemals, dass ich denke, dass ich denken könnte, dass du – hm – ja, älter bist … Immer wirst du jung sein, weil ich dich doch liebhaben darf.“ Und endlich dieses: „J o a n a “, wie es ihm vorher nie auf die Lippen gekommen ist. Er sagt natürlich *Schoana*, aber auch gut! Es ist heraus: *Bei deinem Namen habe ich dich gerufen.* Das allein schlösse einen Bund auf immer ein.

Jetzt merkt sie, die weise, abgeklärte Joana, wie man sich täuschen und aus einer unbestimmten Furcht heraus narren lassen kann. Ganz gestillt ist sie, ganz glücklich. Kleine Seufzer. Lächeln, und eine Nebenbemerkung: „Weißt du, Laurent, was mir eine sehr liebe alte Äbtissin einmal verraten hat? ‚Kindchen‘, sagte sie, ‚wirklich a l t ist man doch nur, wenn einen eine zersprungene Vase oder ein abgetrennter Mantelsaum nicht mehr aufregen.‘ Aber – *mon Dieu,* Laurent – was du mir sagst, davon kann ich leben!“ Hat er sie darum so lieb bekommen, so bewusst lieb, weil sie ihn einfach an der Hand genommen und aus dem schrecklich finsteren Wald nach Hause gebracht hat? „Du“, murmelt er und hebt sie an sich, „warst für mich da, hast auf mich gewartet. Jetzt hat eine ganz andere Geschichte angefangen, für uns beide ein neue *histoire …*“

Joana denkt an die einprägsame Stelle in dem Alten Buch, die so schön wie rätselhaft ist: *Was sträubst du dich, abtrünnige Tochter? Kehr um, denn etwas Neues erschafft der Herr dem Land: Die*

Frau wird den Mann … ja, was? – u m g e b e n , steht da im schlichten Deutsch, aber ihre altengliche Mormonenbibel sagt es plastischer: *A woman shall compass a man. Compass*: herumgehen … umhergehen … Hand in Hand gehen … miteinander umgehen … einschließen … umzirkeln … in die Schranken weisen – ja, w a s denn nun? Dehnbar werden die Begriffe, sie verschwimmen, sie schieben sich ineinander zwischen diesen sich hindehnenden Gliedern. Eines ist sicher: *the compassion, la compasíon*, das heißt in jedem Falle: mitfühlen, miteinander alles Leid ertragen.

Allmählich kommen die beiden zur Ruhe. Sich entlassende Gegenspieler. Das Ende des Großen Spiels. In einer fast pervertierten Aureole von Keuschheit liegen sie aneinander, und nehmen sich, was ihre Sünde hätte heißen können, gegenseitig auch schon wieder ab. Übertragen sie in eine Gleichung, die nun ohne geheimnisvolle Unbekannte geoffenbart vor ihnen liegt. Sie bleiben nackt voreinander, so preisgegeben, dass es nur noch eines kleinsten aller Schritte bedürfte, die letzten Schleier abzuziehen vom Gewand ihres Innersten selbst. Zärtlichkeiten gegeneinander stehen auf bis in kaum wahrnehmbare Gesten des kleinen Fingers. Alles ist ihnen leicht geworden. Sie stehen auf längst vorbereitetem Feld, denn in vieler Beziehung war ihre Sprache von Anfang an dieselbe: glaubhaft, offen, mitteilsam. Sie haben sich am Ende nicht mehr verschweigen können.

Das alte Haus birgt sie, wiegt sie wohlig ein. Der Garten duftet herauf zu ihnen mit späten Rosen der einen oder anderen Büsche. Auf den Taxushecken schaukeln unsichtbar blinde Putten. Der Wald rauscht die Mitternacht ein und wird zum Meer einer dunkelgrünen Stille. Mauern aus hinfließendem Schweigen, die sie in Sicherheit wiegen, in Wollust hüllen. Die Morgenfrühe ist weit.

Jeder, der einem anderen hilft, ist Getsemani …
jeder, der einen anderen tröstet, ist Christi Mund.
Gottfried Benn, Jahrhundertmeer

Liebe ist eine Kette von Liebe … Wenn du eines lieben kannst, dann kannst du auch ein anderes lieben, und das ist dann dein Eigentum … etwas, mit dem du leben kannst.
Truman Capote, Die Grasharfe

DIE WANDLUNG

Viertel vor sechs ist Laurent auf den Beinen, Viertel nach sechs in der Kapelle. Wirft die abgenützte isabellweiße Albe über sich. Beginnt den uralten Ritus, sicherheitshalber auf Latein. Das geht auswendig, ist eingebrannt im Kopf. Ob im Herzen – mein Gott, wann wurde je nach dem Herzen gefragt bei Zeremonien!

Zu liturgischer Haltung, zu versteinerter Andachtspose findet er nicht. Aber er ist in religiöser Hochstimmung. Das schon! Sie gilt der Frau, der Nacht, der Spannung und Entspannung als Mann und Mensch, dem unverschämten Mond, der ein seltsames Paar spöttisch in Licht getaucht hat hinter lichtlosen Fenstern. Laurent nimmt kein Buch, was verboten ist, wird nach und nach vertiefter, konzentrierter. Er muss sich, was er da sagt, aufsagt, ja nicht selber auslegen. Dennoch legt er sich z u r e c h t , was er hätte sagen können, nämlich: Es ist unsere Natur, dass wir hingehen, uns anheimstellen, dass wir opfern und dass wir einander das sogenannte Gute tun. *Amor diffusio sui,* wie es Thomas von Aquin zusammenfasst. Aber ja kein Aufrechnen, wie die spätantiken Römerchristen sich das ausdachten: dieses unlautere gemeine *do ut des,* ich gebe, damit du mir gibst. Gott ist nicht unsere Augenhöhe, nicht unsere Kragenweite, Verzweckung nicht sein Metier.

Als er dahinkommt, wo es heißt: *Das ist mein Leib, der …* sagt er nichts anderes als: der für dich hingegeben wird. Jedem zufällig Anwesenden müsste höchst unklar bleiben, wer denn das sei, dieses D i c h . Nur Laurent weiß: Diese Danksagung ist heiliges Hochzeitsmahl für uns beide. Sind wir in Wahrheit zusammen, sind wir auch verschwistert. Nach alldem Tappen und Suchen und

Sehnen – *hieros gamos,* heilige Hochzeit, essentielle Notwendigkeit der Einung: das Unbedingte, von niemandem noch irgendwann zu hinterfragen. Jetzt ist es soweit. Wir sind Eins. Auch nach dem Willen der Ewigen Frau, die zufällig Joana heißt. Die mich erwählt hat. Der ich mich ergeben habe, ja, meinetwegen geopfert. Meine liebe Joana, denkt er, meine liebe Liebe!

Dass er gesiegt hat, dass er einen großen Schritt weiter hinaus getan hat in das glühende Leben, weiß Laurent seit dieser Nacht auch. Joana hat ihm nie geahnte Realitäten eröffnet, über den mythisch-traditionell aufgefassten Opferbegriff hinaus. Sie sind übergegangen zur absolut menschengerechten Realität, die dem entspricht, was wir mit Wahrheit umschreiben.

Laurent kommt nicht einen Augenblick lang auf die Idee, sich oder Joana oder sie beide für unwürdig oder außerhalb der Gnade zu denken. Das widerspräche dem Selbstverständnis seiner Rasse, seinem Lebensgang, dem natürlichen Rhythmus seines Blutes. Und, seiner Überzeugung nach, jeder ehrlichen Religiosität. Wo Religion als maximale Aussicht auf Tröstung gesehen und ein außerhalb unserer Physis bestehendes Bewusstsein, der einmal empfangene Geist, nämlich unzerstörbare Heilige Geist angenommen wird, ist alles gut und in Ordnung. Denn es ist die Anschauung Gottes, der Zusammenfall mit dem Göttlichen eingetreten. Gibt es aber nach dem Verlöschen dieses physischen Lebens n i c h t s – auch gut, sehr gut. Niemand, der je gelebt hat, wird es realisieren. Das allerhöchste Glück, das wir haben, empfinden und beschreiben können, ist irdisch. *Wir haben vorläufig nichts anderes.* Was nicht dagegen spricht, denkt Laurent hinzu, dass ich noch bei weitem nicht alles getan habe in Richtung auf die Erneuerung unseres geistigen Lebens: die Erweckung und Begründung, einer nicht mehr auszulöschenden H o f f n u n g …

Laurent ist weit abgeglitten vom Zeremoniellen. Er lässt sich alle Zeit der Welt, verweilt dieser sehr langen ausgeweiteten Liturgie. Recht eigenwillige Homilien, die er nur für sich erfindet. Ja, alles zusammen, und nichts mehr ohne den anderen. Der gemeinsame Vollzug. Irgendwie hat Joana es vorexerziert, nur eben ziel- und richtungslos in ihrem Suchen, Nochnichtfinden. Sie hat nicht wissen können, dass ich ihr vom Himmel falle, lächelt er in sich hinein. Erst jetzt können wir jede Feier zusammen haben, wie immer sie sich gestalte; alles ist uns gleicherweise gültig, Joana, a l l e s ! Das sagt er nicht nur leichthin, das hat er gut überlegt, und es ist ihm doppelt wahr. Weil sie anders sind – geprüft, verwandelt, gestärkt, bestärkt, überzeugt. Sie haben sich gefunden und e r k a n n t – am tiefsten Punkt ihrer Befindlichkeit, Menschlichkeit, Geschöpflichkeit angenommen und gegenseitig erfüllt. Haben zu einer Bindung, Verbindung gefunden, die zugleich Ent-Äußerung bedeutet, weil sie nur mehr die Wünsche des anderen erspürt, erfüllt. In Seelentiefen sind sie auf- und abgestiegen, sich aus- und abtastend in allen Dimensionen. Gefangennehmen lassen haben sie sich und werden es wohl bleiben in den wunderbar umgreifenden Fesseln dieses Liebens. „Ich habe dich begriffen, Joana, als Mensch und als Frau. Habe ich es genügend gesagt? Ich werde es wieder und wieder sagen müssen, aber was zählen Worte? *Des mots* ...“, sagt sich Laurent in seiner Kindersprache. Dieses *daimonion*, das in uns lebt, hat uns geweckt und zusammengeführt ... nach Eros nun also Aufbruch zu Agape!

Ist Laurent jetzt erst imstande, religiös zu fühlen, es sich zu formulieren? Seine Ergriffenheit, diese neue Art religiöser Gestimmtheit nach dem Ausstieg aus seiner öffentlichen, überkommenen Überzeugung nämlich, nach dem Umherirren in den Institutionen kommt nicht von ungefähr. Er hat die Verwiesenheit des Menschen auf Gott in völlig anderer Weise begriffen, sich darin eingelebt, sich selbst u n d die Frau darin erfahren. Er sieht, dass der Abgrund, sprich: Urgrund des Menschen zugleich der Abgrund Gottes ist, wie *Rahner* es enigmatisch andeutete – da wir ja nach Seinem Bilde sind, ist unser Geist Sein Heiligstes Innen – nicht nur punktuell und im Augenblick, sondern immanent i m m e r ... Gleichzeitig aber der Rückgriff aufs Reale: Alle unsere geistigen Vorgänge und zugleich jeder religiöse Akt sind therapeutische Vorgänge. Alles Beten ist Therapie. *Bitt für uns*, und wie es heißt: *zum Heile der ganzen Welt* – dieses unausgesetzte Anflehen der Gottheit – liegt das nicht auf einer Ebene?

Laurent hält sich unbewusst fester an den Altartisch, der einige Kälte ausströmt an dem Morgen. Laurent schwankt ein wenig. Er drückt seine Wärme in den kühlen Stein. Will sein ganzes Menschsein einfließen lassen in den sakralen Ort, dem man fast nichts mehr ansieht von Weihe und Hoheit, aber …

Da kommt Joana. Zusammengekauert hält sie sich auf der untersten Stufe, so wie Laurent damals, als sie den Toten hinausgeschleppt und vergraben hatten. Versenkt. Versunken sitzt sie da wie ein Wackelstein, ein jahrtausendelang abgeschliffenes Felsstück in fließendem Wasser.

Laurent spricht in den Raum hinein. Hüllt sie dazwischen ein- oder zweimal ein mit seinem großen dunklen Blick, spricht jetzt zu ihr gewandt, halb geflüstert, halb Befehl: „Komm herauf, zieh dir auch etwas über! Und lass uns alles so machen, wie wir glauben, dass es o.k. ist.“ Oder besser, wie er es g e l e r n t hat? Vor einer geraumen Ewigkeit, denkt er, und dass er damals Null Ahnung hatte, wozu es g u t sein soll. Die Liturgie, das Priesterliche – das war das eine. Davon abgetrennt aber: das wirkliche Leben.

Joana rührt sich nicht von der Stelle. Aber ihr Gesicht leuchtet ihm entgegen. Da beginnt Laurent das *Pater noster*, jetzt sehr ehrfürchtig, mit Nachdruck, bedacht auf jedes kostbare Wort. In dem Bewusstsein: Ich habe gewandelt, habe gehandelt mit allem lang eingeübten Gebaren, unveränderlich, aber doch völlig anders: Sinnerfüllt, ja, mit allen S i n n e n …

Ecce, corpus … Da gleitet Joana vor aus halbem Versteck, streckt die Hände aus nach Brot und Wein. Er gibt ihr das größere Stück. Sie essen, kauen langsam, Auge in Auge getaucht. Heben den Kelch zueinander: *Wo zwei oder drei in meinem Namen beisammen sind* … Gottes unvergleichbare Stille umfängt sie, hält sie. Sie bleiben eingetaucht in das Mysterium der noch größeren Liebe.

Auf einmal spricht Joana, *post communionem* sozusagen, mit einer ganz veränderten unmöglichen Stimme wie aus einem Grabe heraus. Dunkel bricht es aus ihr hervor, dass dies unmöglich alles, alles sein kann und ein Ende: *Es muss mehr geben als alles*, ist ihre unablässige Frage: „Laurent, was haben wir da verzehrt? W e n ? Tatsächlich einen Leib, einen Körper – wenn ich dich auf englisch fragte, hörst du den Unterschied heraus? Zwei verschiedene Begriffe, hörst du das: *loaf or corpse*?“

Laurent herrscht sie förmlich an: „*Ne pas ici*! Nicht hier! *Nondum loqueri*! Sei still, *tais-toi*! Nicht hier, Joana …, bitte … *plus tard!*“ Später? Sie insistiert: „Danksagung nennen wir es, *euchari-stia;* du weißt, die Griechen sagen es als *danke* im ganz gewöhnlichen Umgang … So danke ich dir, mein lieber Geliebter, mein Väterchen du, in dieser Stunde … Aber was, so sag mir doch, was ist es dir?“

Enim, geht Joana durch den Sinn, das kaum beachtete schmale Zwischenwörtlein im alten Kanon der Messe: *Hoc est enim, corpus meum* … nämlich also, *ex nomine*, hier so genannt, von mir und hier jetzt so benannt, bezeichnet; und *es ist* darum, weil ich so sage, weil ich es glaubend so formuliere. Da kommt schon wieder ihr ruheloser Geist ins Spiel als Schlüssel alles weiteren Verständnisses, der nötigen Verständigung darüber.

Sie sind im Knien. Laurent legt den linken Arm um ihre Schulter, dreht ihr Gesicht mit den nicht zur Ruhe gekommenen blitzenden Augen zu sich her. Er möchte, und er wird es sagen: Dieses ist, mir jedenfalls, die immante Erfahrung des uns gerade noch denkmöglichen Transzendenten. Der Raum und die Stunde, wo sich Himmel und Erde berühren. Wir haben nichts anderes … wir haben nur die kümmerliche Spiegelung dessen, was wir erwarten und erhoffen. *Noch immer nicht wissen, was das heißt: in den Himmeln*, hatte Joana einmal geschrieben, für Marco, weil er ja immer so sehr wusste, zu wissen behauptete, und sie doch eher aus Ahnungen heraus lebte, aus Versuchen, dem Geheimnis näher zu kommen, *dahinter zu kommen* durch die Ausschöpfung des Wortes der Schrift, der Heiligen Schriften und der anderen. Auch ihrer eigenen.

Laurent, bei sich: Wie kann ich ihr denn zureichend davon, darüber sprechen? Er müsste doch wissen, dass allerwenigstens Joana gegenüber auch einer pragmatischen Auslegung nichts mehr entgegensteht. Er ist außerstande, jene kindhaft-alte Unbefangenheit zuwege zu bringen, mit der ein solcher poetischer Phantast seinem Sohn *das einzig Große zeigte, das man auf dieser Erde lieben muss: das Heiligste Sakrament. Dort würde er Abenteuer … Treue und den wahren Weg aller Herzensneigungen auf der Erde* finden. Das war lieb gesagt, treuherzig, grundnaiv natürlich. Nicht jedem gegeben, über sich hinauszusteigen, um das Religiöse zu verbalisieren, das, was uns heilig ist, und womöglich diese höchste letzte Intimität zu verletzen – außer vielleicht, wenn einer neben dir kniet, dich jeden Augenblick wieder und wieder in den Arm nehmen, halten kann, vor – nach – mitten in der körperlichen Umarmung. Dann ja: Wenn zwei Menschen eins sind in ihrem innersten Herzen, wenn *ihre Worte stark und süß werden wie der Duft von Orchideen.*

Laurent kommt tatsächlich ins Reden, er wendet sich Joana zu: „Was immer einer begreifen und aussagen kann, ist zugleich die eigene Deutung und Einschau. Das gilt für den kühnsten Theologen wie für jeden von uns, ob Mann oder Frau aus dem sogenannten Volk Gottes – w e n n sie überhaupt dahin kommen, sich aus dem üblichen Verschweigen zu lösen. *Juan Arias* hatte recht: So viele verschiedene Menschen sind, so viele verschiedene Glauben! Alles andere ist nicht gottgewollt, sondern Normierung, Richtschnur, Pegel. Bei aller Bedeutung der Tradition – aber welches frei geschaffene Geschöpf möchte denn bloß Nach-Beter, Chorist der hintersten Reihe sein? Es geht also darum auszudrücken, was in uns gelegt ist, was in uns gewachsen ist, wie weit uns *der Geist* – und hier wiederum keine rechte Unterscheidung, ob der Heilige oder der in uns, unseren Gehirnströmen kreisende Geist – geführt hat, es uns ermöglicht. Nichts darüber hinaus! Allein hier beginnt und erweist sich die große Ungleichheit zwischen den Menschen, die einfach zur Kenntnis zu nehmen ist.“ Und Laurent setzt fort:

„Etwas sehr Signifikantes vielleicht noch, Joana, denk bitte auch immer daran: Es gibt nur eine wirkliche Wandlung, verstanden als lebendige Erinnerung, als liebenden Dank, als heiligende Heilung, welche eben diese *eucharistia* erzwang – sie aber geschah einzig und allein in Emmaus. Dort war sie, von dort ist sie auf uns gekommen: Lebendige Interaktion mit Ihm.“

Hier scheint an Laurent ein Dozent verloren gegangen. Soviel auf einmal und so zusammenhängend hat er früher kaum zu ihr gesprochen. Hat ihm die Erlebnisfülle der Nacht endlich den Mund geöffnet? War auch hoch an der Zeit. Und die Ergriffenheit der Stunde treibt ihn weiter:

„Schau, es ist doch so: Über Gott können und sollen wir nichts weiter aussagen. Sind alles nur behelfsmäßige Formeln; die wichtigste darunter doch wohl: der Unbegreifliche, der Größer-ist-alsunser-Herz, sprich: Verstand. Der Unnennbar-Numinose, und so fort. Die Juden hatten Furcht, und sie sahen das schon richtig, wenn sie Seinen Namen nur umschrieben. Gott ist. Gott muss sein. Halten wir das fest. Er ist das grundsätzlich und mit höchster Zuversicht Anzunehmende schlechthin. Der zu Vermutende, der zu Akzeptierende – ohne Ihn wäre alles nichts. Mehr zu sagen geht nicht, geht in die Irre. Damit kommen wir keinen vernünftigen Schritt weiter." Da ist Laurent wieder ganz pragmatisch. Und nüchtern fährt er fort:

„Aber wir wissen, Einer ist unter uns gekommen, der in gleicher Weise diesen Vater-Gott-Vater annahm, sich von ihm gesegnet, gesalbt und gesandt gewusst hat – wie immer er dazu kam: siehe Heiliger Geist! Er, der für sich und jene, die ihm folgen wollten, es bei sich so beschloss: *Ich bin der Weg, die Wahrheit und das Leben.* Der auch sagte: *Ein Beispiel habe ich euch gegeben. Geht! Tut desgleichen!* Klar, dass er als glaubender Jude sprach, diesen Gott und Vater schlicht voraussetzend, den einmaligen, den einzigen Gott als ein Gegenüber, als ein liebendes Du, *Abba, Väterchen.* Und bliebe Gott wer und wo immer, nichts als fromme Fiktion – dem Skeptiker sowieso –, dieser Jesus, und hätte er nichts getan als das Bild Gottes auf und in sich projiziert, i s t da gewesen, hat Wohnung genommen bei den Menschen, wie es heißt, sich erniedrigt, sich kreuzigen lassen. In diesem Sinne also: Gott gleich Mensch. In solcher Hingabe und Liebe ist Gott tausendprozentig einbegriffen, vorhanden: der Gott-mit-uns, Immanuel … ich hatte es schon einmal erwähnt! Da hast du die ganze Heilige Geschichte: *Es in Liebe tun,* Seinen Weg gehen. Sein Herz ist sanftmütig, sein Joch wird uns leicht sein. Wenn wir das können, dann ist das Prinzip Gottes verwirklicht, denke ich. W i r sind dieses Prinzip, in uns ist es grundgelegt. Dieses unendlich Gute. Alles andere ist außerhalb von uns. Dieses aber beherrscht uns, herrscht in uns vor, gerade weil wir es vermögen. Und weißt du, was ich auch glaube? Ich glaube, Gott schenkt uns überhaupt nur eine einzige Gnade: die Gnade, die w i r u n s schenken, während wir noch immer warten, dass Er damit anfinge … Alles andere aber, das Böse, das Leid, die wir erfahren müssen – sie sind im Grunde außerhalb von uns, uns gegenüber meinetwegen, erkennbar, fühlbar, zu ertragen –

aber nie und nimmer e i n e s Wesens ... Ach, Joana, warum nur lässt du mich das alles philosophieren? Sind wir nicht ohnehin zusammen, und ist nicht alles ganz einfach? Du kennst ja den alten Spruch ... von *Milton,* oder was weiß ich: *They who are bound cannot be separated* ... Alles klar jetzt?“

Da täuscht sich Laurent! Das Zitat ist durchtriebener, *more sophisticated*; es lautet nämlich: *What is not bound cannot be separated* ... Wirklich? Alles klar?

Schon möchte sich Laurent zum Gehen wenden; mit zwei Fingern, zärtlich, unverbindlich lose, streicht er noch über ihre Schultern. Joana, wieder ein wenig zusammengesunken, fühlt sich nicht so richtig auf der Höhe. Ist das dieser intensive Morgen nach der voll ausgelebten Nacht? Sie hat Laurent durch die Herausforderung, nochmals nachzufragen, nachzubohren, sehr viel zugemutet. Sie sinnt seinen Worten nach und braucht Zeit, sich diese Anmaßung an diesem Ort, in dieser Situation, mit diesem Mann da, dem ganz lieben, zu vergeben. Sie muss zufrieden sein, sie darf ihn nicht quälen. Es ist genug, sagt Joana zu irgendwelchen imaginären Heiligengestalten, von denen sie sich umstanden fühlt, ich muss moderater werden, darf nie mehr so heftig reagieren.

Laurents Segenswort zerreißt ihre Reflexion: „Der Herr lasse Sein Angesicht über uns leuchten, der Herr sei uns gnädig ...“, und da fällt sie ihm ins Wort: „Er gebe dir Kraft, er gebe mir Stärke, er gebe uns all den Mut, dessen wir bedürfen ...“

„Amen“, endet Laurent. Joana hält ihn zurück: „Bitte, lieber, lieber Laurent, mein nicht, dass ich absichtlich Sarkasmus ins Spiel bringe und die unablässige Hinterfragung. Ich will nicht, dass du meinst, ich lebte bloß Winkelzüge aus, Rankünen, alte Blasphemien womöglich. Ich suche immer noch. Wahrheit suche ich, in der wir leben können, von jetzt an wir beide, du und ich.“

Laurent, der schöne, dunkle, klug gewordene, aus dem Verschweigen gerissene Laurent, nimmt alles früher schon Diskutierte in seine Antwort hinein. Es ist wie ein Abschluss:

„Du b i s t in der Wahrheit, *ma chère*. Es i s t Brot, das wir essen. Aber *Brot plus*! Es ist ein schöner Wein, den wir trinken; dein Keller hat ja nur Bestes zu bieten, nicht wahr? Aber lass es mich so sagen: Es ist potenzierter Wein. Wir haben diesem Trank

Sinn und Bedeutung unterlegt. Wir verbinden uns im Sakrament als Glaubende. Verstehst du mich jetzt? *Tu le sais, maintenant*? *Zum Begriffe tritt das Zeichen.* Das Symbol zum Objekt. Und außerdem, *ma chère*, du darfst das alles: fragen, nachfragen. Du hast so lange über alles nachgedacht, denn du willst meinen, was du tust. Das ist in Ordnung. Nur die Spötter, die mit Begriffen spielen, die sich über die Götter erheben, mit denen halte es nicht … leider, ja, sie schließen sich selbst aus … zu Verdammnis? Das will i c h nicht definieren, nicht entscheiden. Aber du, hab' Vertrauen! Unbedingt. Immer wieder. Wenn nicht zu mir … ich weiß … dann doch zum Lieben Gott! *Le Bon Dieu! Les psaumes, comment disent?* Seinen Engeln befiehlt er, dich zu behüten, sie tragen dich auf Händen, dass dein Fuß nicht stoße an den Stein … ich werd' so gerne auch *un ange* sein *pour toi … ne jouer qu'un rôle*, nicht es spielen, *non, non* – es gaunz sein, *être, essentiellement!* Könnten wir uns bitte, bitte, bitte darauf einigen, ein für allemal?"

Warum lässt sie ihn sich so abmühen, diese Dinge in fremder, so schwieriger Sprache vor sie hinbreiten, warum? Sie hat nicht viel anderes und mit wenig anderen Worten von Marco gehört, der kein Theologe war. Hat sie gedacht, Laurent würde h i n t e r die Zeit zurückfallen? Das darf sie doch nicht, ihn benutzen wie einen schönen Ball, den man hochwirft und immer wieder einmal auffängt, weil er gar so wunderschön glänzt in der Sonne; weil es so gut tut, ihn sprechen zu hören! Aber Joana fühlt sich kein bisschen mies, im Gegenteil: leichter geworden. Jetzt ist er ihr zugehörig, so wie das Marco gewesen ist, jetzt, und für den R e s t ihrer Zeit; ist der Geliebte, dem sie vertraut, dem sie sich anvertraut hat in jeder Einzelheit, der ihre Geheimnisse teilt, von dem sie erhofft, dass er dieses vertrauende Geschenk nie und in keiner Weise missbraucht. Er ist ihre Nahrung geworden, und alles war wie eine Empfängnis. Alles soll zugleich jetzt sein und zugleich dauern. Die Kraft zum Weiterleben kommt von ihm. *Denn die Zeit, die ist ein sonderbar Ding … ist um uns herum, ist auch in uns drinnen. In den Gesichtern rieselt sie, im Spiegel da … und zwischen mir und dir, da fließt sie wieder … lautlos wie eine Sanduhr …*

Joana denkt an die künftige Zeit. Sie will Laurent an ihrem Herzen behalten, ihn wiegen in ihrem Schoß. Sie hat sein Wort, es sollte genügen, aber hat er nicht *mehr Religion zu ihr als Liebe*? Man sagt, dass Liebende grundsätzlich gut seien, aber zuweilen von einem grenzenlosen Hochmut, der sie verderben kann.

Joana ist bereits am Ausgang der Kapelle angekommen. Im Weggehen ergreift sie Laurents dunkle Hände; die langen, geweihten, gesalbten Hände, die doch wohl gesegnet geblieben sind und nicht entweiht – pah, schon wieder dieses magische Denken? Sie dreht seine hellen Handflächen nach außen, hebt sie höher und zeichnet in die linke, da, wo das Herz ist, kaum merklich ein Kreuzlein ein. In seine Rechte drückt sie ihre wieder schwellenden Lippen: „Alles Liebe für dich, alle Liebe, die Welt und Zeit nur geben können", flüstert sie. „*Gelobte Stunden,* Laurent!"

Da wird er sofort hellhörig. Hatte Joana nicht erwähnt, das sei der besondere Gruß gewesen zwischen ihr und Santin? Er schämt sich für den Anflug von Eifersucht und sagt mehr in die Stille der Kapelle hinein als zu ihr gewandt: „Du bist so treu … wieso bist du Marco so treu? Ich spürte es … umarmst ihn mit mir … ein bisschen, nicht …?" Darauf Joana: „Wo ich einmal liebe, muss ich auch treu sein. Es ist eine Entscheidung für immer. Es ist wie ein Auftrag. Wenn du tot bist", sie sagt es so sachlich, als könnte dieser Vorgang in der nächsten Minute eintreten, „dann will ich auch dir genauso, nein, womöglich treuer sein. Du bist später zu mir gekommen; das ist anders, kostbarer, ja … ich verspreche es, Laurent."

Sie geht heute auf einem anderen Weg nach dem Schloss zurück, plötzlich sehr müde. Eine Frau in den Schmerzen ihrer Jahre, eine nochmals zu höchsten Höhen entflammte Geliebte. Blondel ist heute im Stall geblieben, Laurent zuliebe. Um nicht zu *serbreschen dem 'als*. Joana hat keine Eile. Sie wird auf der Lichtung rasten oder am Teich. Wird in den breitfächrigen Farnen liegen, sehen, ob die Moosbeeren wieder angesetzt haben. Der Tag ist noch jung. Sie hat mit einem Mal auch keine Angst mehr, Laurent zu verlieren. Er mag hingehen, tun, lassen, was immer er mag; was er mit ihr teilt, diese Seinsweise, in die sie einander gezogen haben, ist nicht weiter teilbar, nicht mit-teilbar. Diese Konstellation … *stella,* denkt sie, sternenhafte Fügung – ist einmalig, unwiederholbar. Hat sie das nicht auch bei Marco geglaubt? Keine Frau besitzt auch nur ein Zipfelchen der Seele des geliebten Menschen, in der tiefsten Umarmung nicht, und auf ewig schon gar nicht. Aber alles wirkt auf seine Weise natürlich nach; Laurent wird sie niemals mehr aus seinem Bewusstsein vertreiben können.

Und doch, was für eine Farce! Wird das jemals aufhören, dass Liebende sagen: Weit, weit darüber hinaus, ja, bis in alle Ewigkeit wird sie dauern, diese unsere Verbindung. Geht das nicht über Menschenkraft, über Frauenherz, über alle Ungewissheiten einer fraglichen Hinkunft? Bis sie eines Tages ehrlich bekennen: Jetzt ist es aus und vorbei, *Dieu soit loué*!

Alle Liebe, die Welt und Zeit schenken können, hat ihm Joana gesagt. Laurents Handgriffe gehen wie mechanisch vor sich; wie er alles aufreiht und ordnet – bis zum nächsten Mal. Er tut es wie eh und je, als ob nichts, gar nichts anderes wesentlich wäre. Aber ihre Worte, ihr Weggang widerhallen in ihm, wirken fort. Wie befreiend es ist, wenn einer sich selbst ausliefert an den anderen, ganz und total. Wenn einer ganz leer wird, Ihn – und sie! – zu empfangen. *Wer es fassen kann, der fasse es.*

Aber die Bezüge des inneren Lebens sind und bleiben wuchernde Wunden: Da starren uns unausgesetzt, unauslotbar, unverständlich, in unendlicher Reihung nichts als Antinomien entgegen, und wir lassen sie so stehen und fangen erst gar nicht an, sie zu verbinden, zu überbrücken. Die Rätsel Gottes. Fragwürdige Geschenke. Einander weiterzureichen, ein Leben lang …

Wie aus großer Vergangenheit kommt Laurent ein Vers ins Gedächtnis: *Nirgends, Geliebte, wird Welt sein als innen.* Das passt in die Stunde. Laurent hat ein ungeheures Gedächtnis für einmal Gehörtes, Aufgelesenes; so erinnert er sich auch dieses gottsuchenden Dichters, dieses eigenwilligen Vaganten, an dessen immer wieder zitierte *Elegische Hymnen.* Er muss diese Texte nochmals aufsuchen; in der Bibliothek der L. werden sie zu finden sein. Sich eines Dichterwortes entsonnen zu haben … neben den mühevollen Alltäglichkeiten.

Nicht viel später – er ist dem Salon ausgewichen, gleich über die Holztreppe hinauf zu den Büchergestellen, dieses Mal den Santin mit keinem Gedanken streifend – hält er den Band in Händen, findet die Stelle: … *Diese des Herzens Verschwendung* …

Es bereitet Laurent heute eine ungeheure Lust, sich dieser Dichtung hinzugeben. Sind wir nicht allzu geneigt, aus Versen das herauszulesen, was uns allererst anspringt, angeht, eben *das uns Gemäße*? Und er blättert weiter:

Ja, wo noch eins übersteht, ein einst gebetetes Ding, ein gedientes, geknietes ... Da ist Laurent fast geneigt, sich nochmals priesterlich hinzuwerfen, hinzuknien in das vertraulichste Tun mit der liebend-verehrten Frau ... *hält es sich, so wie es ist, schon ins Unsichtbare hin.*

Laurent ist ungeheuer bewegt, dass er diese Worte aus einem unbenennbaren Früher herüberretten konnte in diesen Moment. Und schon murmelt es weiter in ihm: ... *dass sie's nun innerlich baun mit Pfeilern und Statuen, größer*! Bauen, alles von innen her ändern, aufbauen, Pfeiler setzen, Stufen schaffen, Nischen, Türme, höher als zuvor. *Noch Größeres werdet ihr tun,* schreibt der Jünger Jesu in den nachösterlichen Erzählungen. Laurent, der Fremde, der Theologe, ist hergekommen als einer, der bauen will, umschaffen, Neues wirken. Er kann nicht wissen, wie und warum der Dichter diesen Hymnus entwarf, hinauswarf in seine Zeit, zu seinem Ziel. Es spielt auch keine Rolle, ob ihn Laurent in seiner Euphorie und Betroffenheit jetzt für sich nützt, sich ihn aneignet und womöglich fehlinterpretiert. Er kann ihn nicht anders erfassen als auf sich und seine junge unvorhersehbare Geschichte bezogen, auf sein Glück und seine Absichten. Und wer kann derart schönen, überdies zutreffenden Worten schon widerstehen? Laurent sieht das ganz gegenständlich: *Aber ein Turm war groß, nicht wahr*? steht da. Erzene Worte. Das ist es: ein Werk schaffen, das hält und es hinterlassen. Ein Werk, ebenbürtig den Schöpfungen der L.

Eitelkeit und Stolz liegen Laurent fern. Seine größte Schwäche ist dieses Ich-muss, das ihn treibt: *Überzähliges Dasein entspringt mir im Herzen.* Es muss alles anders werden: größer, höher. Wo es um seine Arbeit geht, erlaubt er sich sogar die Sünde des Hochmuts: *Die Arbeit ist meine ganze Existenz*, sagt doch auch *Tolstoi.* Hat Laurent vergessen, dass es auch heißt: *Suchet zuerst das Reich Gottes*? Sucht er im Stein, sucht er in der Frau? *Ergon,* das Werk, weissagt die Fama, *ist die Heiligung des inneren Menschen.* Die Ganzmachung, nach der Laurent bewusst oder unbewusst strebt.

Die Kraft haben, das zu wählen, was einem das Wichtigste ist, und dabei bleiben. Andernfalls besser, man stirbt.

Albert Camus, Wie ein Prophet

Glücklich machen ist immer besser als schuldlos sein.

Arthur Schnitzler, Der einsame Weg

VERTIEFUNGEN

Immer wieder dieses Wiegen, Biegen, Schmiegen zwischen den beiden, um sie herum. Torsionen, wie der kühnste Gymnast sie nimmer ersönne. Instinkt und Natur brechen immer wieder auf, freizügig, aus sich heraus wirkend, sich auswirkend bis in eine Auflösung hinein, die keiner Weisung mehr bedarf. Ihre Körper: Treibgut der Seele. Wie das hinwälzt: einwärts, auswärts sich drehend. Wie sich das anlehnt, dicht aneinander; sich ergießt wie Schokolade über Marzipan, Vanille, Aprikosen ... bis zur Erschöpfung, die oft schon ein wenig verstört ...

Kein Wunder, dass Joana manches Mal weit fort scheint von ihm. Sie ist ihm immer ein paar Schritte voraus, ahnt, dass sie vieles, alles teilen werden, weit über dieses armselige, Betonung auf s e l i g e , Provisorium menschlicher Vereinigung hinaus. Worin liegt denn die Einigung, Verinnigung zweier Menschenwesen? Im Einander-Erkennen? Im Besitz? In der An-Rede? Ein Hauch altindischer Liebeskunst schwingt in ihren Stunden mit. Santin hatte schon viel darüber philosophiert. Aber Joana geht es immer um mehr! Werden sie alles lebendige Sein teilen u n d den Gott-für-uns? Das wäre nicht Joana, wenn ihre Sehnsucht bei Laurents Zärtlichkeiten stehen bliebe. Sie hat viel Zeit gehabt, ihrem Verhältnis nachzuspüren, und sie hat zurecht erkannt: *Der Besitz eines Menschen tötet den Eros,* wenn er alles naturgemäße Fernsein nicht wahrhaben will. Aber wie soll sich denn einer hinüberschwingen können über diese Welt hinaus in die kosmische Wirklichkeit? Morgen ist ein anderer Tag, werden andere Dimensionen gelten. Dieses Liebhaben ist nicht der erste Aufzug, sondern der letzte Akt des Schauspiels. *Ob wir essen oder nicht essen,*

Hauptsache, wir sind beisammen, sagt ein javanisches Sprichwort. Die Bescheidung in das je Größere, d a s müssten sie letztlich wollen, jeder für sich und beide zusammen.

Joana denkt unwillkürlich an ihre Aufzeichnungen: „Laurent, wir werden ein ernsthaftes Gespräch führen müssen", meint sie. „Oder soll ich dir das alles a u c h aufschreiben?"

Er antwortet erst gar nicht; hält sie umschlungen wie ein kleines Kind sich Glasperlen tief in die Fäuste presst, um ja keine zu verlieren. Tand der Kindheit, Schatz geworden. Selbstverständlich, ja doch – sie werden schon noch sprechen, aber „... müssen wir das hier und heute diskutieren?"... Jetzt still sein ... Ruhen!

„M'amie", sagt er, wie um das Thema abzurunden, *„ma belle, m'amie ..."*, und das klingt so entsetzlich ähnlich dem Ruf nach einer wirklichen M a m i – wie ihn ein Kind hervorbringen mag in Minuten der Angst, der Bedrängnis, der inneren Aufgeregtheit wegen dem oder jenem. Ist das so schwierig, Freundin zu sagen oder deutlicher: Geliebte? *Ma vie, peut-être*? Mein Leben. Es wäre so hilfreich, um an diesem flüchtigen Nest weiterzubauen – nicht nur für den Rest dieser Nacht, sondern für alle Tage und Nächte nachher, hier in diesem Haus.

Joanas großes Gespür für Veränderung sagt, der Winter kommt, und das bald. Dass alle *immer vor dem Frühling knien müssen*, ach, diese unsichere Zeit! Läuft vor uns her, läuft dahin, gerät außer Kontrolle. Dehnt sich, zieht sich zusammen im Moment des glücklichen Aufschreis. Dann wieder Kurve, Biegung, Drehung. Wenn es dämmert, erst recht.

Flexionen, wechselnde Spektren, Übergänge, Veränderungen, verschwimmend, denkt sie – *flexus,* wohin? Alles fließt hinweg; überspült die Tage. Um wieviel besser die gütige Nacht! Da merkst du nichts davon, wie alles wegrinnt, wie der helle Fluss in den Nebeln hinter dunklen Bergen verschwindet, aber: die brennende Lampe steht fest an ihrem Platz. Hat Joana eines ihrer Gedichte im Sinn? *Amen*, sagt Laurent, und denkt an seine Menorah.

Also auch *flexus* nicht! Was sie brauchen, ist eine Basis, ein strenger Halt. Es muss *nexus* heißen: Einnistung, Verflechtung, Verbindung dessen, was einzeln dem Verfall entgegenzugehen droht: *Lege die Zeit an die Kette*! Sich ineinander, aneinander halten. Sie sind es sich schuldig. Das ist die einzige Buße, die ihnen aufgegeben, die zu akzeptieren ist, soll die Beziehung Dauer haben.

Immer natürlich unter der Voraussetzung der einander zugesagten, stumm zugesagten schönen Interdependenz. Aushalten, durchhalten. Die Zeit aufhalten vor dem Verlöschen des Lichts. Wünsche und Aufbegehren dem Unvermeidlichen hintanstellen. Jetzt, wo Laurent ihre Realität geworden ist, muss Joana die Distanz zwischen sich und diesem Du bewältigen können – hat sie sich nicht *aufbehalten für den einen, bis er käme*? Warum glaubt sie nicht daran? Die Diskrepanz bleibt groß, wischt sich nicht weg. Joana befürchtet immer noch und immer wieder: Entfremdung. Sie schreibt darüber, heimlich. Laurent möchte e s vorgelesen bekommen; *poétesse,* sagt er, *serr serr gudd alles*, sagt er, obwohl er längst beschlossen hat, sich den Unsinn mit dem Akzent zu versagen. Natürlich, er ist unnachahmlich in dieser operettenhaften Sprachenverwirrung – aber es ist genug. Sie hat ihn angebetet dafür, aber das ist gelaufen. Was nicht ausschließt, dass es ihm gelegentlich wieder „unterlaufen" wird ...

Wie gebannt er ihr zusieht, wenn ihr Stift über das Papier fliegt; wie aufmerksam er verfolgt, wie sie streicht, ändert, feilt. „Meine Sappho", nennt er sie, greift ihr ins Haar, massiert ihre Schläfen, „... dass ich das auch einmal erleben darf!" Er ahnt, dass sich ihr Schreiben an der Begegnung mit ihm neu entzündet hat; aber sein Interesse gilt weniger Joana als dem *procedere* des Kreativen an und für sich, Vorgängen, die sein Naturell nicht kennt. Was Joana da überfällt, der Reichtum ihrer Eingebungen, stört ihn dann auch wieder, und er ist glücklich, sie aus der dichterischen Schmollecke herausführen, zu sich holen zu können in die körperliche Nähe. Behutsam nimmt er sie zu sich. Es ist wie eine Eingebung, was er da vor sich hinbrabbelt: „Weißt du, ich hab' auch zeitweise, *de temps à temps*, vermutet, wir würden eines Tages voneinander geheilt sein. Es geht einfach darum, *simplement*, es anzunehmen, zu einem guten Ende kommen zu lassen. Ist aber nicht bitter, der Kelch, *non*. Ich habe das alles erst begreifen lernen müssen, intus kriegen: Dass du so lange für mich bereit – b e r e i t e t warst, gewesen bist ... Aus dir bekommen kann ich mein tägliches Dosis

Lust, ganz wie uns zumute ist, nicht nach Vorschrift …!" Wie Liebe den Worten Flügel verleiht! Wie Laurent unversehens wieder fließend sprechen kann, wo er vorher so oft stumm und wie unbedarft war. „Tu mir die Liebe, halt mich aus, bleib bei mir – *de plus*: lass mich bei dir sein, jaaa?" Was da in ihm vorgeht, wenn er *Liebe* sagt und dieses *Bleibe-bei-mir …*?

Sie verharren in der Umarmung, breiten wiederum süßes Schweigen übereinander. Bleiben einander Auge in Auge ausgeliefert. Verflechten ihre Finger zu zitternden Mustern, zum fließenden umwindenden Band: *Ein junger Wein, ein altes Brot die Hände.* Sie werden immer freizügiger gegeneinander, großzügiger; immer gelockerter, wo nicht lockend. Wieder schluchzt Joana vor lauter Glück, verfällt dem Zauber der Stunden. *Joana und Laurent. Laurent und Joana*. Eine süße Melodie. Abgehoben von der Profanität des Alltags, finden sie Erfüllung, ja Erlösung in Sphären, die sie mit niemandem auf der Welt zu teilen glauben. Bei ihnen tritt die Liebe nicht mit der Religion in Konkurrenz, sondern ihr gegenüber, wo nicht an die Seite. *Liebe! Die einzig bestehen gebliebene Religion nach dem Tod Gottes*, wie es heißt. Eine neue Art Intimität, Vertrautheit, Entäußerung. Und immer wieder ein Stück Fremdheit und Geheimnis, damit die *Sehnsucht, die erhabenste Form des Eros*, umso größer sei.

Immer mehr geht Laurent aus sich heraus, darin vielleicht aufrichtiger als Joana: „Du Wunderbare, du. Wie hatte ich je meinen können, dass wir so verschieden seien, *des êtres contraires*! Natürlich, du bist, bist gewesen in einer anderen Welt als ich, also vielleicht ein bisschen Gegensatzes, aber nicht wahr, diese G e g e n sätz fallen doch immer in einem zusammen dort vor dem Hintergrund der Ewischkeit?" Laurent hat den *Cusaner* ziemlich gut studiert, was weiß er eigentlich nicht? War im Herzen der Natur beheimatet und ist selbst auf dem schmalen Feld der *philosophia perennis* zu Hause!

Jetzt möchte Joana still sein, ein wenig nachgenießen, aber er plaudert ungebremst weiter: „Weißt du, jetzt können wir alles tun. Diese Liebe, dieses Schöne ich dir, du mir. Ich muss es immer wieder sagen: *Man darf alles, wenn es in Liebe geschieht …*" Auch jemanden t ö t e n , hätte Joana am liebsten zurückgefragt. In manchen Liebesstunden, nicht so sehr heute, aber die ganze Zeit vorher, hatte sie ihren oder seinen oder gleich ihrer beider Tod fast gewünscht: *Da du uns nicht zusammentust*, wollte sie Gott oder wen immer anschreien, aber sie s c h r i e b es nur, *so trenn uns ab.*

Sei nicht naiv, Laurent! Alles will ich dir sein, hatten ihm ihr Mund, ihr Herz im Aufruhr der Gefühle versprochen. Aber wenn unsere Umarmungen nie mehr zustande kämen … warum auch immer, aber niemals mehr … was dann? Vielleicht dann doch soviel wie Mutter, Schwester? In meiner Obhut soll er stehen, von meinen kinderlosen Händen getragen sein, in ihnen ausruhen, ausatmen: Der verloren gewesene, der womöglich gottgewollte späte S o h n ? Dann werde ich nicht den Mann, nicht den Geliebten, nicht den schönen Fremden, nicht den unversehens gewonnenen priesterlichen Freund umarmen – nein! Ich werde ein dunkles blühendes Kind in meinem Schoße halten, ich werde ihm die Brust reichen, damit er ganz gestillt sei, und nie, nie, niemals wieder so unerträglich n e r v ö s …

Nicht immer bleiben in den Nächten, wie sie Joana mit Laurent hat, die Befunde der Zeit, die Erinnerungen und jeder Zweifel außen vor. Episodenhaft blitzt Vergangenes auf, vernetzt und verhext ins Unterbewusste kreisen ihre Gedanken; so auch eines Tages an ein Kindheitserleben Joanas: wie sie damals, der Kinderfrau geschickt entwischend, hinabläuft zwischen Kirchhofmauer und brachem Feld bis in die dunkel-bedrohliche Kellergasse, auf Schleichwegen, um dem im Dorf bekannten Schwachkopf, dem Jakoble, nachzuspüren, der ihr ebenso umheimlich ist wie interessant: weil er ununterbrochen *Heiapopeia, schlaf Kindle schlaf* … vor sich hinsummt, das Kinn auf einem Bündel bunter Fetzen, die er zwischen Rock und Hemd eingesteckt hält; wie er es mit riesiger Hand tätschelt und patscht. Und immer wieder der lallende Sang: *Heiapopeia, so schlaaaf* … Aber dieses Bündel, das rührt sich nicht. Da weint nichts, greint nichts, schreit nichts – da ist gar kein kleines Kind! Eine Emballage liebkost der Verrückte, eine Verpackung, Leergut – bis er sich am Ende die Tücher von der Brust reißt, sie in den Abendwind hebt und flattern lässt. Joana erlebt Entsetzen und Erleichterung in einem. Und nun …? Tut sie nicht Gleiches in ihrer emphatischen Hingabe, singt nicht auch sie das *heude mou paidion* der alten Byzantiner, wenn sie ihre ganze furiose Liebe auf eine manches Mal zutiefst emotionslose schwarze Puppe namens Laurent verschwendet? Trägt sie nicht wie dieser arme Idiot ihre Leidens l u s t als eine L a s t vor sich her – *une grande illusion*?

Aber genau solche tiefen Nächte sind dazu gemacht, das Bewusstsein vom Unbewussten abzulösen. Joana und Laurent sind beide, je auf ihre Weise, frei geworden. Über aller Gottestheorie und ernüchternder Gelehrsamkeit haben sie die Menschenliebe nicht vergessen. Das personale Opfer, das sie einander zusprechen: Hier bin ich, nimm mich dir, nimm mich in dich. Verfügbar bin ich geworden. Diese Verfügbarkeit schenke ich dir zurück. Sie haben das Höchste, das der Mensch vermag, an und für einander getan. Seltsam, dass Joana ihn ab und zu fragen will, ob es ihn denn auch befriedigt, als Mann. Schließlich unterdrückt sie die maliziöse Fragestellung. So reden nur Huren. Es spielt zwischen ihnen auch nicht die geringste Rolle.

Laurent kann sich nicht und nicht von ihr lösen. Wieder ist Mitternacht längst vorüber. Zugluft weht durch den Raum. Joana fröstelt ein wenig nach der Glut. Sie spürt die Leere des Hauses im voraus, die unbegangenen dunklen Dielen, die frisch aufgeplusterten kühlen Pölster, die dieses Bett in ein simples *meuble* rückverwandeln werden.

Da hebt ihr Laurent mit einer sehr plötzlichen, sehr liebenswerten Geste den heißen Kopf entgegen, zieht ihr Gesicht einmal mehr an seinen Mund, an seine glänzende Stirn: „Spielst … du mir bitte, bitte diese schöne Musik" – er sagt noch immer *musique,* obwohl er sich wirklich vorgenommen hat, die bewusst französische Lautmalung der deutschen Wörter endlich aufzugeben – „noch einmal vor?" Sofort steht sie auf, und wie gern, da er es möchte: die *Scheherazade.* Freilich im Hinterkopf schon die Frage: Was wird denn meine Zukunftsmusik sein? Aber ihr Selbstbewusstsein sagt: Du hast dein kathartisches Erlebnis gehabt, und es ist eine Erfahrung auf das Ende hin. *Jeder Abschluss, wovon immer und wann, ist ein Opfer.*

Die *musique* rauscht auf, steigert sich, treibt zum Höhepunkt. In Joana klingen schon wieder Verse mit: *Ich habe dich gedacht, ich habe dich gesucht, ich habe dich geliebt, und überwunden.* Sie wird ganz schön in diesem Augenblick, verzaubert von der Musik und dem Anblick des geliebten Menschen. Es ist wie eine Verklärung. Da möchte Laurent sie mit Rosen überschütten: „Will deine Rosenbeete plündern, dich mit den Blumen zudecken, dich und alles noch mehr duften machen.“ Unter die verblassenden Sterne will er hinablaufen, in den schwebenden Morgen hinein, sagt Laurent, und ihr mit den Rosen vielleicht auch noch einen Stern pflücken vom Rande der Milchstraße. Kindskopf, Laurent! Und würde er in die Dornen geraten, und wenn es die Hände *serkrazzed* und die Füße sticht – *pour m'amie*! Lieben, so lieben, macht närrisch. Es ist das alte Lied: *Der Schmerz muss röter sein als Blut und Wein …* Und noch einmal wird dieser Schmerz Lust und höchste Empfindung.

Im Zusammenklang von Musik, Umarmung, Laurents kindlich-weichem Gestammel, seinen unausgesetzten Zärtlichkeiten fällt Joana schließlich in Schlaf. Unter seinen Händen, in seinem Lebenshauch, an seinen schwarzgefältelten Bauch geschmiegt, in die dunkle Wärme hinein schläft sie wie ohnmächtig weg. Traumlose Stunden. Stumme Botschaften. Schimmernde Nachtschrift. Verse aus dem Dunkel. Eines Tages werden sie gedruckt sein: *Meine schöne Liebe, ich liebe dich so sehr, dass es schmerzt, aber der Schmerz ist süß und wunderbar. Ich hoffe, du fühlst es in deinem Schlaf.*

Als die Vögel schreien und wie gewohnt auf die Simse klopfen, ist heller Tag. Joana erwacht. Die Plüschdecke gleitet von ihren Beinen. Laurent ist nicht mehr neben ihr. Da springt sie auf, ihn suchen. Das große Haus! Es hat ihn nicht zum ersten Mal verschluckt. Oben im Gästezimmer, also wo einst Marco … kein Laurent. Der Überwurf des barocken Bettes verrutscht und querliegend. Die Teppichbrücke davor verschoben, unordentlich die Fransen. Er muss hier gewesen sein. Sie horcht nach dem Bad. Niemand. Auf der anderen Seite des Bettes ihre rote Mappe, aufgeschlagen, weiße Blätter. Ein paar Seiten am Boden verstreut. Joana hebt alles auf, rafft es zusammen, findet einen Halbbogen: nicht von ihrer Hand. In einer winzigkleinen, unmöglichen Kinderschrift – was hast du denn für Augen, Laurent? – liest sie:

„*Die Gottheit also zwingen, Joana*? Die Transzendenz herabholen? Ist d a s gemeint? Engel, mein Gott, Bilder, Bilder, nur Bilder! *Mais quel courage,* was für ein Mut, und was für eine tolle Geschichte! Muss Joana sagen: Aus dieser Situation das Allerbeste gemacht, *vraiment*, die beiden. So kann das gehen zwischen Mann und Frau. Woher hat er das alles genommen, dieser Santin? Joana fragen, ob sie *Peter Wust* gelesen haben. Scheint so. Was sie getan haben, wie sie sich einrichteten, Erotik, Liebe, Glaube, und so – alles *dans l'intimité du cœur…* auf deutsch, wie? Aus Herzensgründen, von innen heraus? Sie ist und bleibt *l'amante éternelle*, die ewig Liebende. Wird niemals aufhören zu lieben. *Jamais.* Sie würde sich sonst selber vernichten, auslöschen. Sie kann nicht anders. *Mais, attention*, gib acht, Joana. Jede Frau liebt immer ausschließlich den Menschen, falsch: den Mann, den bestimmten Mann. Weder die Maria von Magdala noch die kleine Thérèse noch die große heilige Dame von Avila, auch eine Teresa, keine Frau hat jemals eine, die Gottheit geliebt, den Lieben Gott, o nein: Wohin sie schauten, wo sie beteten, anbeteten, dort war immer wieder nur die süße Gestalt, das kostbare Antlitz *Domini nostri Jesu.* Jede Frau liebt immer nur einen, den Menschenmann, und das bis zur Ekstase … darum sie nicht wirklich erreichen kann *la transcendance* – nicht wirklich ertragen die Gottheit an sich. Joana sagen: Das ist gut so! Wie hat *Saint Augustin* geschrieben? *Ama, et fac quod vis*, liebe und tu, was du willst. Aber *maintenant*? Da ist kein Santin mehr! I c h muss es ihr sagen: nichts erzwingen, warte noch. *Man darf nicht wollen, was nicht schon geschenkt ist.* Wir, du und ich, dürfen das nicht. Es wird sich alles ergeben, und ganz anders vielleicht, allein für uns. Eine andere, vielleicht schönere Geschichte, *tout cela.* Auch sagen, hör zu, Joana: Wir müssen die alten Muster ausradieren, das Vergangene sein lassen, *chercher les chemins de l'avenir,* Wege in die Zukunft finden …“

Hier bricht die Notiz ab. „Joana sagen“ ist ein jedes Mal unterstrichen. Ein Datum findet sich nicht. Es ist auch gleichgültig, wann Laurent sich die Zeit genommen hatte, seine Gedanken zu ihrer *histoire* aufs Papier zu werfen, obwohl, es sieht alles gut bedacht aus. Joana wendet das Blatt nicht um. Es ist ihre professionelle Art, Blätter niemals beidseitig zu beschreiben.

Schade. Denn Laurent hat, vielleicht von Sentiments überkommen, noch etwas auf die Rückseite gekritzelt: „Dieser Santin – *o, ma foi*! Ein alternder *beau,* schätze ich mal, und *au fond* vermutlich auch ein Schwächling …“

Was er niemals aufgeschrieben hätte, aber mit einiger Wut im Bauch gedacht hat: Wenn i c h in sie hineingehe, wenn ich sie ausfülle, mich in sie stoße, dann werfe ich diesen Marco doch wohl aus ihr heraus? Dann hat sie ihn nicht mehr nötig, sie hat doch m i c h ! Was heißt Erinnerung? Pah, Seifenblasen. Das Gespenst Santin ist besiegt. Tot und begraben, Gottlob weit weg von hier. Das Leben, das uns geschenkte neue Leben ist stärker. Du bist raus, Santin, du spielst keine Rolle mehr. *Played-off*!

Er hätte auch noch schreiben können: Das eigene verdammte Ich, die Egozentrik bezwingen, dafür, Joana, stehen unsere Engel. Neben uns, in uns. *That's it, punctum.*

Wie so oft, sind Joana und Laurent auch aus dieser Nacht auf getrennten Wegen herausgegangen, *they who are separated*, aber es ist ihnen leicht gefallen. Sie sind ineinander.

Sie tragen diese Nächte, so bizarr wie außergewöhnlich, gleichsam mit sich herum; nichts sind ihnen die üblichen Spielregeln des Aktes an sich. In ihnen umarmen sich eigentlich Natur und Kunst, die jüngste – und das ist die urälteste! – mit der abgebrauchtesten aller Welten. Es umarmt das unbezwingbare Lächeln der ewigen Sonne das verschwiegene Profil des alten Mondes. Die glänzende Kraft stürzender Katarakte füllt die stillen Teiche verlorengehender Wälder auf.

Aber es gibt ein noch konkreteres Bild für ihre Beziehung: *Er* hat *die Fingernägel* des Kreatürlichen, und *sie das Gefühl* für die Öffnung der Seele – was für eine perfekte Ergänzung! Freilich hat die eben vergangene Nacht noch einiges mehr bewirkt. Alles Geschriebene, alles Gesagte, was immer es sei, erscheint überholt und ausgelöscht, wie nie gewesen.

Für Laurent steht jetzt alles Vorige nur noch im Spiegel der Vergangenheit. Er hat erkannt, eine Verwandlung ist geschehen, eine Wandlung eingetreten, die Spielräume des Himmels, wenn man so will, geöffnet zu größerem Umfang und ganz anderer Bedeutung.

Was sie an- und ineinander haben und was ihnen daraus zuwachsen wird, „genau in d i e s e r Reihenfolge, Joana“, wird er ihr später einmal sagen, „*est la conséquence unique d'une conscience totalement purifiée*“ – das heißt die einzig mögliche Schlussfolgerung eines völlig gereinigten Bewusstseins, der bewusste Vollzug *caritatis causa*: von der Liebe bedingt und in ihr begründet. Joanas Verse beschreiben das so:

Rufe den anderen Engel,
der noch keinen enttäuscht hat,
nicht einmal den, der aufgibt zu lieben …
… Hätte viel lieber
von Thomas Aquinus geschrieben:
Komm baden und iss
von dem Tisch das Geheimnis des Teilens,
damit wir es nimmer verlieren,
was hätte verloren gehen müssen …
… Nun nur noch dieses:
Engel mit offenen Armen und wachenden Augen,
belesene Engel, du mir und ich dir
Engel einander.
Es geht um nichts sonst mehr.
Aber umsonst geht es nicht
ist die Bedingung des Engels,
der nie auf Vollendung verzichtet.

Das Wesentliche merkt man zu spät.
Rolf Hochhuth, Tod eines Jägers

Nichts hasse ich mehr als das Ausbleiben der Konversation.
Peter Turrini

GESPRÄCHE

In Laurent wütet die fixe Idee: Zurande zu kommen mit dem Umbau, Ausbau, Rückbau des Hochstifts; das Begonnene fortsetzen, zu einem guten Abschluss bringen. In die inzwischen ausgereinigte Krypta mit dem schön geschwungenen uralten Mauerwerk setzt er den kleingehaltenen Gottesdienstraum, mehr bedarf es nicht. Die obere hochgotische Halle soll frei gehalten werden und einen weiten Saal darstellen, der alles sein kann, was immer gefüllt werden will mit Leben, Freude und Kunst. Was ihn jetzt am meisten fasziniert, ist die vollständige Freilegung des Freskenzyklus aus dem frühen 16. Jahrhundert. Joana hatte ihm von einem analog aufzufassenden Kunstwerk in Graubünden berichtet, wo Stefano M., ein guter Freund von Marco übrigens, erst Entdecker, dann Leiter der Restaurierung gewesen war. Wie aufregend das gewesen ist für alle Beteiligten, hat sie ihm erzählt.

Laurent steht mit seiner Unternehmung noch immer ziemlich am Anfang, ist aber durch den ersten Augenschein des aus den Zeiten hervortretenden Malwerkes sehr ermutigt. Nur, die Leute in Z. wollen davon ohnehin nichts hören, von einigen wenigen abgesehen. Vielleicht kann das rückgewonnene Meisterwerk bewirken, dass dann viele, a l l e kommen werden, schauen, anschauen, in Anschauung dessen verfallen, was da aus den Schichten der Jahrhunderte wie durch ein Wunder aufgetaucht ist, heraufgeholt werden konnte, dem Zubiss der Zeiten wieder entzogen. Wie die Mauern zu sprechen begönnen, wie wiederum eine *Biblia pauperum* ans Licht träte – selbst für jene, die wenig bis nichts mehr damit anfangen können. Auf die eine oder andere Weise würde sich anstelle von Exegese, Katechese, Homilie etc. ein ganzes Register theologischer Begrifflichkeiten wie von selbst aufs Neue aufrollen und entfalten können. Natürlich sind die Glaubensweisen, die geistlichen Absichten aus der Blütezeit der Ritterorden verloren, untergegangen, vergessen. Aber Laurent hört die Steine und Mauern sprechen, weil sie gewaltig sind. Unbelastet geht er an das Entdeckte heran, an dieses Geschenk von oben, wie er manchmal spürt. Allererstes Anliegen ist ihm, die Präsenz der biblischen Gestalten bis zum Kreuz Christi, das in Bildern transportierte Leid, das gerade jetzt wieder so mannigfach in Kriegen, Naturkatastrophen, Familientragödien und Krankheiten sich manifestiert, den Menschen ohne Beschönigung zu zeigen. Er will keinen ausnehmen: nicht die Untätigen, die Trauernden, die Spottenden, die Sensationslüsternen: *Kommt und seht!* Die Menschenwelt unter dem Kreuz, so wie sie ist – und sein wird und bleiben wird, ja, keine Frage – will er zeigen.

Viel wandert er umher in den schon vom Abhub befreiten, teils bis fast an den gemauerten Ursprung zurückgeführten Räumen. Er nimmt zuversichtlich an, dass sein Werk eines Tages in den Reiseführern stehen wird. Hierher werden sie pilgern, *sight-seeing-tours* wird man anbieten auf einem der gängigen Urlaubstrips über Berlin, Weimar, Halle, oder … Trotz des äußeren Zwangs, seine Aufgabe mehr und mehr zu trivialisieren, denn seine theologischen Erwägungen haben mit Bauplänen, Terminvereinbarung, Materialbeschaffung herzlich wenig zu tun, bleibt er innerlich angegriffen, aufgewühlt, berührt in Mark und Bein, dass gerade ihm dieses Werk zugefallen, *nolens volens* übertragen worden ist. In gewisser Weise befindet sich Laurent in einer Art Aufstieg zum Dritten Grad.

Ganz aus sich heraus hat er zum Geist der Freien Maurerschaft gefunden, zu den Ideen der Bauleute, die im Menschenwerk vor Gott ihren Auftrag sahen. Wo die Leute früher mit gläubigem Schaffen ans Werk gingen, ist er sein eigener Bau-Herr geworden. Voraussetzungslos muss er gleichsam alles neu, alles nochmals erfinden. Eine Bruderschaft, eine *mansonery* wird er nicht mehr gewinnen. Inzwischen hat er ja den PC mit jeder Menge Software. Sobald er nur will, kann er sich mit einem Tastendruck die ganze Welt aufschließen. Trotzdem gilt sein eigenes Denken. Ohne jede Scheu, an den Himmel zu stoßen. Das Tor zu Mysterium und Offenbarung aufzusprengen. In freier Entschließung. Es ist, als durchlebte, durchlitte er eine *initiatio ex sua*, eine Erweckung aus sich heraus: als sei er berufen, über das allgemeine Humanum hinweg, über das Regellose, das verborgene Schöne zu maßvoller Bändigung des Chaos überzugehen; als hätte ihm die Bruderschaft der Langverschworenen, wie sich die freien Maurer nannten, so etwas wie eine Satzung auferlegt: Erstrebe dir nichts als das geordnete Gute. *Kalos kai agathos*. Das Schöne und das Gute. Griechisches Denken ist niemals wirklich ausgestorben. Es lebt. Es atmet durch Raum und Zeit wie die Steine.

„Gut, schön, mein Kind", echot manchmal in diesen Wanderstunden unter den Mauern aus weiter Entfernung eine Stimme in seinem Kopf: der verdoppelte Widerhall der gütigen Worte jenes Père Charles-Antoine seiner Jugend. Klein war er damals, der so Gelobte, ein Nichts, ein Scholar, ein dummer Junge in einer fremden Welt. Nun ist er nur mehr dem eigenen Wollen verpflichtet, allein einer Idee vertrauend. Allein auf dem Weg, der anderswo erst über Jüngerschaft und Probezeit zur Feuertaufe des Geistes geführt hätte.

Wie lauteten denn Aufgabe und Weg in diesen Geheimen Bruderschaften, die inzwischen auch entzaubert sind? Der Adept geht vom Richtblei zur Wasserwaage, vom Winkelmaß zum Zirkel – alles ist Werkzeug für seinen Aufstieg, für den Ausgang hin zum Sonnentor unsterblicher Menschenwürde. Diesen Weg der Erfahrung verfolgt er unausgesetzt bis in eine neue, alles überstrahlende Seinsweise: *Ich hab's getan!* Seinen ureigensten Beitrag zum Aufstieg des Menschengeschlechts geleistet. Das liegt gar nicht so fernab von den Entwürfen eines *Teilhard de Chardin*, das ist kaum unterscheidbar vom Sinnen der Dichterin:

Aber der dritte Tag hat es in sich. Der erste war Ankunft und Aufstieg, die Frage nach Wasser, der zweite Gewöhnung … Aber am d r i t t e n erwarte Entscheidung. Es gibt keine Vorsicht. Du kannst also stürzen, dich aufwecken lassen, das Gute zu tun im Flusse der Liebe … Der vierte, fünfte oder siebte Tag reicht bis zum Mittelpunkt des Seins.

Ihm, Laurent, ergibt sich vieles wie von selbst. Er ist unverbildet geblieben. Von einem wie ihm könnte Gotik, könnten alle Stile der Welt erfunden worden sein. Er ist offen. Traumhaft gelingt ihm vieles, als würden ihn Engel umstehen, zwei oder vier; aber eigentlich braucht er nur einen. So hat ihm Joana geschrieben.

Er hat gelernt, unter der Kraft der Symbole zu leben. Niemand, der sie ihm deuten, auslegen könnte. Er sieht das Bleilot sinken: Gottes Macht. Schwer legt sie sich auf die Erde als Herausforderung, als Aufgabe. Er sieht, wie die Waage den Wasserbalken in ruhiger Spiegelung hält: Was ist anderes gefordert als Aufrichtigkeit? Und das Winkelmaß entspricht den Ewigen Geboten, schärft den Blick für Querungen, wo sie sich ereignen. Ehrfurcht vor aller Gesetzlichkeit spricht es aus. Zuletzt der Zirkel: Aus seiner Mitte heraus erblühen Rosette und Weltenkreis – Zeichen der Liebe!

In dieses geistige Umfeld hat sich Laurent jetzt eingelebt. Manchmal nur scheint es, er geriete aus dem Gleichgewicht. Stress bleibt nicht aus, greift seine Nerven an. Seit einiger Zeit unklare Magenschmerzen, die er nicht wahrhaben will. Die er nicht untersuchen lässt. So geht es ihm gut und schlecht in einem. Leider hat er auch gelernt, sich etwas vorzumachen – Naturkind, ade! Denn es steht ihm überhaupt nicht. Er ist in eine unbekannt gewesene Welt geraten, aber ihm Ganzen noch nicht darin zu Hause.

Inzwischen ist das Jahr alt geworden. Nach einem schönen Spätherbst ist der Wald zwischen Z. und dem Schloss da und dort blutrot. Nebelfetzen winden sich wie magische Vorhänge um kahl werdende Stämme, die feuchte Luft schlägt sich auf Atmung und Haut. Die Bienen haben ihre kreisenden Flüge eingestellt, der Duft von Blumen, Moos und Pilzen ist verflogen. Tief im Unterholz wühlen die Nager, auf mancher verborgenen Lichtung röhrt der brunftige Hirsch. Jagd ist keine mehr ausgeschrieben.

Joana lässt das Reiten neuerdings immer öfter sein; sie wird häuslich. So kühn und forsch und hemmungslos wie sie sich gab, so in sich hinein horchend geht sie jetzt umher. Bleibt Laurent mehr als drei Tage aus, kommt die geliebte Samtstimme nicht durch das Telefon, verfällt sie in Schwermut, in die blindwütige Emsigkeit einer Penelope, die – alle anderen abweisend – jahrzehntelang auf ihren Odysseus gewartet hat. Oft fürchtet sie, diese Geduld ginge zur Neige; aber schließlich ist ihr seit jeher um die T r e u e zu tun – um die Treue der Ausschließlichkeit. Also sorgt sie für ihn, denkt für ihn, plant seine nächsten Schritte, nährt ihn –

aber sagt man nicht, Fürsorglichkeit sei im Grunde nichts als eine Form, Macht zu zeigen?

Im übrigen näht sie jetzt, und es ist ein mehr als seltsames Tun. Sie sitzt am Nähtisch wie ein Altmütterchen, wie eine, die vielleicht Enkel mit bunten Kleidern zu versorgen hilft. Eine reich geschnittene, lose fallende Kasel hat sie für Laurent entworfen. Seide und Samt fanden sich im alten Fundus auf dem Speicher. Weiß-Grün-Weiß-Rot-Weiß-Grün ordnet sie die Farben in feinen Längsstreifen an. Ein überweites Messgewand soll es werden, ein schwingender, im Schreiten rauschender Kreis, in dem er sich hoffentlich wohlfühlt. Es wird ein Fest geben, eine feierliche Liturgie, sobald das freigelegte Kunstwerk zu präsentieren ist. In diesem Ornat wird er noch bezaubernder aussehen. Strahlen wird er, da ist sie sich sicher. Als Laurent es zum ersten Mal anprobiert, bekommt er feuchte Augen, drückt die Fülle des feinen Stoffes an sich, verfällt in eine königliche Pose: „So was ganz Schönes hast du für mich ausgedacht? *Quelle idée!* Herrlich!“ Es folgen viele dankbare Küsse, aber ihr ist jeder Stich daran eine Erinnerung. Jede Naht ein mit ihm gelebter Tag. Sie arbeitet oft in die Nacht hinein. Hört erst auf, wenn der stechende Krampf in die Handflächen fährt: ihr nimmer zu verlierender *Windrosenschmerz.*

Ab und zu, wenn sie arbeitet, sitzt Laurent am Kamin. Liest. Den Stift in der Hand, eine Tasse Tee vor sich. Beschaulichkeit. Gutbürgerlich. Laurent liest mehr und mehr, zieht alles in sich hinein, was ihm unter die Finger kommt. Ab und zu kann er's nicht lassen, über s i e zu sprechen. Über Joana und ihr früheres Leben.

Eines Tages kommt er auf die Aufzeichnungen zurück, was sie schon nicht mehr erhoffte. Freimütig erklärt er ihr, was mit seinen Notizen gemeint war: „Geschrieben darauf hab ich's dir: *une belle histoire*. Ja, eine schöne Geschichte, *mais* … aber bitte, glaub mir, ich hab' das nicht ironisch meinen wollen. Keine Hintergedanken, *non, pas du tout*. Das war mir ganz ernst. Wie du es hast zusammenschreiben können, *rapporter* aus so *une distance énorme,* so langen Jahre Swischenzeit – es ist unglaublich! Ich habe das Ganze mitgelebt, *pardon*, man sagt: mit erleben, nicht? Und alles, wie du es schreibst, so groß gedacht, großzügig …“ Er sagt: *généreux*. „Und alles, alles, jedes Einzelheit, ich h a b verstanden!“ Er sagt:

facticités. „Wunderbar, du hast es aufbewahrt … Ich kann das nicht vergessen, diese große Zuneigung, dein, sein *respect personnel.*“ Laurent lacht ein wenig: „Darum, weißt du ja, bei mir noch immer ein bißchen *jalousie*, Eifersücht. Ja, wirklich, E h r e n - w o r t …!“ Wenn er das dunkle Lachen so glucksig verschluckt, wenn er ernst sein will, aber es nicht zustande bringt, ist Joana hingerissen. Sie hat ihn nicht überwunden. Nicht, wenn er kommt. Schon gar nicht, wenn er bleibt. „Slafen wir susaumen, bittä“, drängt er sie dann, und sie wird wie Wachs, sie brennt, sie verzehrt sich nach dieser infantilen Aufforderung, die niemals ihre Wirkung verfehlt: *Aber das weißt du doch.* So gehen sie immer wieder einmal gemeinsam durch irgendeine Nacht. Der zeitliche Abstand wird größer.

Laurent ist oft „su midde“. Das Wunder der ersten großen Begegnung nicht mehr wiederholbar, die Hochspannung gewichen, ausgeklungen in die Geschäftigkeit der Tage. Joana versucht, was und wie sie es hatten, zu konservieren. Sie merkt, dass er es im Grunde auch möchte, und sagt es ihm offenherzig: „Ich will nicht, dass unsere Liebe im Museum endet, Laurent.“ Worauf sich eine selten schöne Nacht einstellt. Laurent genießt, trotz aller Müdigkeit. Joana ist in Hochstimmung, hellwach, fieberwach. „Du bist wie neu“, sagt er ihr und pfeift durch die Zähne: „Hmm, *oui*, ja …“, als sie schon in den fraisefarbenen Morgenmantel schlüpft, im Begriff, die Treppe hinabzufegen. Das Haar locker aufgetürmt, barfuß, die silbern lackierten Nägel leuchten. Gold und Silber, Joana? Wo ist die Schlichtheit derer von L.? Du bist wie neu, hat er gesagt, aber sein Kuss war auch schon ein hingetupftes *Adieu.*

Hätte sie ihm sagen müssen, wie sehr sich die Bilder gleichen? Sie hat noch immer Marcos sonore Stimme im Ohr, leicht spöttisch vibrierend: „Gott, ist das möglich, wir haben die ganze Nacht wild rumgemacht – aber du? Steigst blassrosa, morgenfrisch aus dem Bett wie die jungfräuliche Göttin persönlich!“ Besser nichts davon zu Laurent! Das ginge dann wieder los: „Dieser Marco! Ewig dieser Marco … *et moi* … und i c h ?“ Einmal vergisst sich Joana, missachtet die Situation: „Du hättest ihn kennen müssen. Damals schon da sein. Vielleicht …“ Was soll das denn, erschrickt Laurent, eine *ménage à trois*? Joana, Santin und ich. Joana, ich und niemals ohne diesen Santin? Das würde sie mögen? Sich doppelt beglücken? Laurent weiß mit solchen Gedanken nichts anzufangen. Und sie kommt so oft darauf zurück! *Die Gesellschaft der Toten sei fast so süß wie Haschischtraum*, sagt sie. Ja, wo lebt sie denn? Obzwar, wenn es Laurent noch und noch bedenkt, war Santin sicherlich ein großartiger Mann, unheimlich flexibel auch. Vielleicht für Joana notwendigerweise eine Art Vaterfigur? Dieses *Credo!* Diese unendliche Reihe geistiger Experimente! Da kommen Laurent schon seltsame Dinge in den Sinn: Was, wenn er mein Vater gewesen wäre? Oder: Wenn mein Vater einer gewesen wäre wie Santin, oder … oder. Ja, dann aber Joana, die, meine *m'amie*? Fruchtlose Gedanken, die nichts als noch mehr ermüden.

Joana leidet körperlich mit an diesen Erschöpfungszuständen Laurents. Sie möchte ihn stark sehen, unverletzbar. Gleichzeitig kämpft sie sich wieder zu sich selbst durch. Aber nichts ist mehr wie am Anfang. Wie lang kann das weiterlaufen mit ihnen, wie lange gut gehen? Nur mehr flüchtige Umarmungen? Oder sich gegenseitig die Katastrophe antun, den Abbruch? Ihn fallenlassen, genau jetzt, wo er vor dem Durchbruch steht, wo es an die Vollendung der Aufgabe geht, die sein Leben verändern kann? Soll sie ihm in aller liebenden Offenheit ihrer beider Nicht-Zukunft auseinandersetzen?

So sehr Laurent vielleicht losgelassen, loser gehalten sein möchte, kann er Joana nicht aus dem Kopf kriegen, aus den Händen schon gar nicht. Er läuft weiter. Lange Leine. Er kann zu keiner anderen Frau ausweichen, nicht in diesem Stadium. Muss ihn Joana also von sich aus wegschicken, damit er seine Aufgabe nicht vergäße? Das wäre der billigste aller Vorwände!

Aus anerzogener Überlegenheit heraus hat Joana schon gewusst, wie Laurent reagieren würde: mit Klage, ja, mit Anklage und Verdacht! Nicht *expressis verbis,* sondern streng in sich gehalten, nach innen gekehrt, mit diesem bittersüßen Schmollmund des Unterlegenen, der zu Füßen des Turmes Frau in sich versinkt. Er weiß, dass ihm kaum eine Chance geblieben ist, und weil er diesen Mangel sofort wieder korrigieren, kompensieren muss mit einem gerüttelt Maß an Hochmut und Abgehobenheit, reagiert er mit dem, was sie am meisten schmerzt: stundenlangem Schweigen …

Rührt das daher, weil ihre Beziehung einen leicht inzestiösen Charakter angenommen hat? Immer öfter verhalten sie sich zueinander wie Geschwister; da schwingt noch immer jene erste Begegnung mit, als sie ihm anvertraute, wie gern sie den Bruder gehabt hätte. Die Art, wie sie miteinander umgehen, i s t geschwisterlich. Zwar wie Bruder und Schwester in großem Abstand geboren: zu anderer Zeit, von verschiedenen Müttern eben, aber immer ungemein innig, freimütig, rückhaltlos, vertraut. Joana in ihrer leidenschaftlichen Nur-auf-ihn-Bezogenheit denkt gerne immer auch dieses hinzu: *Ach, ich war vor abgelebten Zeiten deine Schwester oder deine Frau …* Aber darüber hinaus wacht sie wie eine Glucke über ihn, *dass ja kein stein an seinen fuss nicht stoße*, eine überbesorgte *maman*, die er nie hatte. Wieder lässt er sich einwiegen davon; das Kuscheln und Schnuddeln ist auch ihm wesentlich mehr als das Begehren.

Ein Verhältnis wie ihres leidet sich nicht immer im Bett. Nicht auf diesem fürstlichen Lager jedenfalls, das soviel Anhauch des Vergangenen verströmt. Ein so ausschließlicher Bezug aufeinander muss abebben, sich aus der Anspannung lösen. *La raison fait la distance, comprenez-vous*? Etwas von Auseinanderdriften wühlt in ihnen und trotzdem: *libido*, oft schon ungebetene Gästin, immer schwimmt sie mit. Hintergründig stürzen die Wellen von Gewöhnung und Selbstverbrennung wieder zusammen ins nämliche Bett, um verschämt und stolz in einem, noch ein wenig verwirrter und verschwisterter herauszufinden nach der Beseligung.

Aber sie tauschen sich aus. In allem. Das sei wahre Freundschaft, behauptet Laurent, der lebendige, bleibende Dialog. Joanas Fragen findet kein Ende, er geht auf sie ein. Darin ist er geduldig. Wie weit müsste sie denn gehen, um ihn loszueisen von hier, von ihr? Ihn aus sich auszustoßen, aus der Verankerung zu reißen? Die Intimität nicht nur abzubauen, sondern zu verunmöglichen? Ob da überhaupt W o r t e genügten? Da müsste schon der Tod dazwischenfahren, denkt Joana nicht zum ersten Mal. Sie kommt jetzt nur darauf zurück. So ein unbedachter plötzlicher Fenstersturz zum Beispiel. Nein, nicht wirklich ein Sprung, nein! Nur, wie es leider oft geschieht, wenn einer sich zu weit hinausgelehnt hat … Wieder und wieder kommt ihr die alte Geschichte der Verzweifelten in den

Sinn: … *Sie öffnete die Fenster … wie gezogen von einer göttlichen Fügung … sie stieg in den Wind hinein* … Ein verrückter, ein verführerischer Gedanke. Flucht in Verzicht und Vergessen? Dieses leidige Thema hat ihr manches Jahr vor Marco und sogar jene mit ihm zuweilen vergällt.

Ablenkungen und Umlenkungen und gedachte Aufschübe zu ersinnen wird Joana nicht müde. Eines Tages wirft sie wie nebenbei einen bizarren Gedanken ins Gespräch, als es um Baustile, Epochen und die Merkmale der Hochgotik kreist:

„Weißt du, Laurent, wir sollten reisen können. Bei deiner vergleichsweise großen Vorliebe für alles Gotische, meine ich … du solltest Meißen sehen, oder St. Marien in Krakau, diese lichtdurchfluteten, überhohen Gewölbe, Gewölke … meinetwegen auch Wells in Südengland, nicht weit von Bristol, eine Gotik reinsten Wassers, der sogenannte Dekorative Stil von der Mitte des 13. Jahrhunderts. Ich persönlich hab' ja das Gotische vergessen müssen, weil Marco mit seinem Faible für das starre trotzige Bauen der Römer … das er bis in Renaissance und Klassizismus hinein verfolgt hat, bis in die allerletzten Auswüchse in Konstruktivismus und Jugendstil …“ Versonnen nickt Laurent. Ja, wär' nett, äußert er, sehr nett. Es klingt, als hätte er „niedlich“ sagen wollen.

Laurent hat jedenfalls aufgehört, über sie und Marco, über das Frühere zu sprechen. Joana wünscht sehr, er würde es wenigstens im Sinn behalten. Ihnen eine geistige Brücke bauen, zurück, oder einfach hin und her, oder oder oder. Für sie ist das, was Laurent unbewusst als die *ménage à trois* befürchtet hat, diese Verbindung zwischen ihr und dem Toten und dem in ihre Einsamkeit herabgewehten neuen Gefährten, Realität. Das nichts-als-zu-liebende schwarze Kind, ihr wie aus alten Gedanken heraus geboren, ist einfach da! Und dass sie seine andere Hautfarbe längst nicht mehr wahrnimmt, weil das Herz in die afrikanischen Augen versunken ist: in die Strahlkraft dieser ebenmäßigen Schönheit aus der Mitte der Erde, dem Garten Eden, dem denkbaren Urparadies der Menschheit. Wäre ihr und Marcos Sohn eines Tages so schön … in dieser Weise Laurent ähnlich gewesen? Gedanken kommen und gehen, wenn sie ihn betrachtet, wie er zu entspannen versucht: den rechten Arm quer über die Brust gezogen, hinauf zur linken

Schulter, dort ruhend. Unglaublich, wie er Marco gleicht, genau in dieser Pose.

Eines Tages, es hat zum ersten Mal gründlich geschneit, kommt er ganz verfroren an. Er zieht sich immer viel zu dünn an. Die dunkelgraue flauschige Jacke, hüftlang, von Marco, die sie ihm wie selbstverständlich gab, mag er nicht; angeblich „krazzed es".

„Ich komme vom Friedhof, *une vieille femme*, eine alte Frau 'atte geordet, gewünscht … ein christliches Begräbnis, *un enterrement chrétien …*" Wie er sich so hinkauert und immer noch friert, nachdenklich und mit weitem Blick, der nicht Joana gilt, beginnt er plötzlich über den Tod zu reden. Er hat viel Tod gesehen, Hunger, Vergewaltigungen. Sah Kinder verdrecken, verrecken, Mütter mit ausgemergelten Babys im Arm in den Straßengräben liegen – nicht nur Ziegen und Hunde … Er sah die Massengräber, sah Skeletthaufen unter der afrikanischen Sonne bleichen. Und kam wunderbarerweise, selbst durch diesen Wahnsinn hindurch, mit dem bisschen Leben davon. Nicht verwunderlich, dass da einer völlig ruhig wird, stumpf, apathisch. Nicht verwunderlich, dass Laurent geneigt ist, andere Schlüsse zu ziehen als ihm von der *profession* her und auch sonst nach katholischer Auffassung zukäme.

„Tod, weißt du, das ist nichts als eine Zustandsänderung. Denk zum Beispiel an die Einschlüsse Millionen Jahre alter Farne in bleihaltigem Fels oder wer, wenn nicht du, kennt sich aus mit den Funden in Pompeji? Splitter von Fingernägeln und Gebeine eingepresst in staubigem Bims, aber schon nicht mehr von diesem zu unterscheiden. Eine Materie fällt in die andere, wird aufgenommen, verwandelt. Das sind Zeitabläufe ohne Verfallsdatum, sie gehen ineinander über. Und wir selbst sind eines Tages nur ein Haufen Dreck, giftig, ungenießbar, stinkend. Aber das Bakterium mästet sich an uns, der Pilz wird dick und mächtig. Das ist Unsterblichkeit, zurück in den Vorzustand … was bleibt? Gute Frage! Eine Paraphe, ein Stilelement, ein, zwei Bücher, wenn sie fest genug gebunden sind, ein Haus vielleicht, wie dieses hier … die Erinnerung eines Lächelns, eine letzte Rose, die der Sommer wegzubrennen übersehen hat." Der lebhafte Vortrag hat Laurent warm gemacht. Er springt auf, geht umher: „Versteh, Joana. Wir sind das, wir, die von Geburt an die Welt erhalten und neu machen

– durch unseren Tod hindurch. Das versuche ich zu zeigen. Und weil das so ist, weil wir fort müssen, um zu zerfallen und anders zu werden, haben wir den Auftrag, die Aufgabe für jetzt: Tu was, Kind Gottes, jetzt und gleich!“

Joana bewundert seine Fähigkeit, so eigenständig, so assoziativ zu denken, es auf Deutsch zu formulieren. Das ist *esprit.* Er scheint ziemlich gute Lehrer gehabt zu haben. Laurent klärt sie auf: „Einen alten Spiritual hatte ich einmal, weißt du, einen von den spanischen Dominikanern Entwichenen; sie ließen ihn bei uns sein. *Lluis Albalate.* Er war auch ein Dichter, auf seine Weise. Jedenfalls hochgeistig, ein Denker. Sein Grundwort war und blieb, da konnte sonst was kommen: *d e   n a d a   n a d a .* Von nichts kommt nichts. Nichts kommt von ungefähr. Du musst dich aufmachen, aufraffen, dich versenken oder dich verausgaben, und überdies: b e t e ! Kind, sprich es aus, das Wort – das ist der Geist, den wir bekommen haben.“

Laurent spirituel. So hat ihn Joana noch dreimal lieber! Hübsch und fast fehlerfrei zitiert er auf Spanisch, was Albalate ihnen damals sagte – vorbetete: *A ti clamo, Señor, en el ocaso de esto día normal … cuando silben los trenos hacia el último destino … Dame sed de tu mar … Dame ansias a ti … Dame el sed de tu mundo …* Zu Dir, Herr, rufe ich am Ende dieses ganz gewöhnlichen Tages … während die Züge der letzten Station entgegenpfeifen … Gib mir Durst nach Deinem Meer … Gib mir Sehnsucht nach Dir … gib mir Hunger nach Deiner Welt …

Schön, dass Laurent kein Trauern kennt, keine Todesangst. Noch nicht, oder n i e ? Er sieht vor allem die Aufgaben, die Wege durch die Zeit, die Führungen. So lang ihn niemand daran hindert, seine Träume zu haben, kann er nicht trauern, denn er l e b t … Erst jetzt, erst durch mich, will Joana doch hoffen. Sie stellt es sich jedenfalls so dar. Es bestärkt ihre Hinneigung.

Manchmal genügen Laurent die Küsse nicht mehr, die er zugeteilt bekommt, die sie auf ihm verteilt: in die Armbeuge, aufs Handgelenk, tief in die aschfarbenen Monde auf seiner Brust, über dem Nabel, unter dem Nabel. Manchmal empfindet er Joanas zärtliche Umklammerungen als eine goldene Kette. Findet er sich benützt? Ihr Spielzeug in den langwierigen Abendstunden? Hält sie ihn als einen ihrer Schätze wie die Statuetten und Bilder, die sie in letzter Zeit nach und nach aus der Vergangenheit geholt hat; die aus Kellern und verschlossenen Gängen im Untergrund plötzlich auferstehen, ans Licht geholt, entstaubt, aufpoliert werden von Joanas kundiger Hand? Eigentlich könnte ihr Laurent bei dieser schönen Tätigkeit helfen. Er will nicht. Sie ist ohnehin unermüdlich. Bienenfleißig im Garten, Heimchen am Herd. Ihre Ausdauer, sagenhaft! Soll sie. Laurent geht seinen Weg.

Er hat sich dazu entschlossen, seiner Natur zu leben, sie nicht zu umgehen, zu verleugnen. Er bleibt offen – für alles, für alle. Sie werden noch staunen, wie Laurent wirklich ist; jedenfalls keiner, der ihm Falle des Falles die Szene verlässt: vorbei das Theater, und Abgang, und tschüß … oder so in der Art. Der afrikanische Mensch ist, aufs Ganze der Menschheit besehen, der geduldigste und treueste. Er geht immer n a c h – den Menschen, den Dingen. Er geht seinen Weg, aber er geht nicht w e g .

Zur Freude mancher in Z. hat es sich herumgesprochen, dass Laurent in letzter Zeit Predigten im eigentlichen Sinne gar nicht mehr hält. Er veranstaltet Quiz-Viertelstündchen, Frage- und Antwortspiele. Er sagt den Leuten: „Sitzt nicht da und glotzt mich an – redet selber! Fragt was, bohrt nach, wo's kritisch und fragwürdig erscheint! Stellt einander Fragen, wie und was und wieso …! Oder betet etwas ganz spontan, wie es euch eben zumute ist, wie ihr es fühlt! Religion ist F ü h l e n , allererst dies, meine Herrschaften. Tobt euch ruhig aus!“ Er nennt es noch deutlicher: „In der Kirche muss keiner Ruhe bewahren, Stille halten. Die gehört in den Wald, in die Schlafkammer, an ein Krankenbett. Meinetwegen aufs WC …“ So und ähnlich sagt Laurent es ihnen.

Dieser Abend ist Joanas Abend. Joana. Er muss zum Ende kommen, sie lieben, noch einmal in die Arme nehmen. Aber er kann nicht umhin hinzuzufügen, dass er Joanas Leid und Schmerz um Verstorbene, um *tote Menschen*, wie er sagt, und um vergangenes Glück ein wenig krankhaft empfindet, „su europaisch …“, sagt er, aber da sitzt ihm schon wieder der Schalk hinter den Ohren.

Um sofort auch wieder ernst zu werden: „Es ist schon immer in dir, du liebe alte Heidin du“, er lächelt, „die es längst geahnt hat. Alle leben sie: meine Mutter, dein Mann, der gute Père Eustache,

Lluis Albalate … alle! Du hast dieses Leben doch selbst zelebriert, nicht? Hast Erinnerung und Memorial niemals unterlassen. Dieses Erinnern schließt die Erlösung, an die wir glauben, mit ein: *Komm, Herr, zieh uns an Dich.* Dann werden wir leben, und wir werden zusammen sein, in Dir …"

Natürlich ist Joana glücklich. Über jedes Wort von ihm ist sie glücklich, selbst wenn sie ihm gerne widerspräche. Was sie wünscht, ist nichts anderes als Harmonie. Diese vollendete Harmonie, die sich im Laufe der Zeit, in ihrem Umgang, den Gesprächen und Liebesnächten herausgebildet hat. In so und so vielen *liebevoll vollzogenen Akten die Öffnung … die Quelle der Metaphysik.*

Warum also beginnen sie beide jedes neue Zusammentreffen auch ein wenig zu fürchten? *Timor Dei*? Gottes Furcht? Zum Glück versteht sich Joana darauf, das Erotische ihrer Beziehung nicht zum Ritual verkommen zu lassen. Sie weiß, wie sie Laurent am besten heimholt aus der Selbstvergessenheit, Verranntheit in seine Ideen und Träume. Und wenn sie dann wieder Stunden um Stunden beisammen gewesen sind, intensiv oder locker, wie auch immer, wenn geschieden sein muss, wird ihnen die Trennung entsetzlich. In aller Regel ist Laurent vernünftiger. Was Wunder – es zieht ihn zu seiner Baustelle, zu seinem Werk, zu noch tieferer Kunstbetrachtung und hoffentlich weiteren Entdeckungen. Außerdem sind da zum Beispiel noch der nächste Jugendabend, die Schulfeier, das Jubiläum beim Soundso, das Training, ja, beim RSV … Susa meinte … Wer um Himmels willen ist Susa – egal!

„Ja, geh nur, geh nach Z. zu deinen Schafen, *tes moutons* … und dass du dich nie mehr hier blicken lässt, hörst du?" Da wird Laurent maliziös: „Aber was, wenn ich vorsiehe, *en cas que je préfère* … wolleweißsilbergrau Lämmchen ?" Das klingt verheißungsvoll. Und natürlich, er bleibt: „Machst du mir erst einen Tee? 'eute aber bitte nischt diese ewische Fenschel … *Earl Grey*?" Das klingt noch verheißungsvoller, schon weil er an ihr hinauf- und hinuntersieht, ihre Gestalt in den Blick nimmt, von den Brüsten zu den Beinen und umgekehrt. Wie er die Schultern hebt und dehnt! Er ist schlanker, sehniger geworden. Die Schlüsselbeine springen unter den Halsmuskeln hervor. Er trainiert, Squash, Fahrrad. Einmal lässt er sie wissen, er wird einen Radausflug mitmachen beim RSV.

Joana hasst Abkürzungen. Wieder so eine Vereinsmeierei! RSV hat noch einen zweiten Namen: Susa. Laurent erwähnt ihn häufig, wenn es um *sports* geht.

Elegant überhört Joana diesbezügliche Anmerkungen. Ihre Größe darin ärgert Laurent. Aber der Ärger verfliegt sofort, wenn er sie umarmt: „Sauberin", murmelt er dann, „*sortilège.*"

Das ist wahr. Sie hat alles mit ihm erreicht, ihn gleichzeitig ver- und entzaubert. Man kann auch sagen: e r l ö s t . Jede Frau kann einen Mann erlösen in seiner Not, leiblich und geistig. Diese Befreiung geschieht durch alles, was sie miteinander tun: Bitternis, Abklärung, höchstes Glück vertiefen ihnen die Zeit. Für wie lange? Zeit fließt. Glück fließt mit ihr hinab. Aber das Begehren, das Liebhabenmüssen? Begehren ist eine Droge. Ist es gestillt, ist auch die Wirkung der Droge vorbei. Mit einem Schlag kehrt alle Nüchternheit zurück, die Wirklichkeit hat die Erinnerung ausgelöscht; was fasziniert hat, ist unvorstellbar geworden. Das kann bis dahin führen, wo Leben *an sich* nur mehr sinn- und bedeutungslos empfunden wird.

Aber was ist mit Joana? Ist sie inzwischen „erlöster" von ihm, von der Droge Begehren? Sie überlegt, nochmals an Kristina zu schreiben. Sie verwirft den Gedanken, weiß selber, wie es sich verhält: Der Mann kann die Frau nicht in gleicher Weise erlösen; nur lösen vielleicht, ablösen von Zwängen, Krämpfen, Verklemmtheit, Verhinderung, natürlicher Scheu, aus Verhältnissen oder Unverhältnismäßigkeiten, aus Armut oder Luxus, je nachdem. Marco hat es vorgezeigt. Gelungenes Experiment? Erlösen muss jede Frau sich selbst, denn aus dem Zwang zur Liebe, einer solchen Liebe jedenfalls, gibt es kein Entrinnen. *Liebe tut, was sie will.* Aber sie kann wachsen, sich verzweigen, sich entwickeln … vielleicht sogar noch unter der Erde, so wie die Fingernägel der Verstorbenen weitersprießen, so lange die letzten Körpersäfte sie noch nähren.

Joana richtet sich mehr und mehr im Künftigen ein. Sie wird Laurents Körper entbehren können, nicht mehr so sensibel auf ihn reagieren. Oft ist sie ruhig, wie befreit, wenn er geht. Was sie unbedingt braucht, ist das Gespräch zwischen ihnen, das erfrischende, aufrichtige, lebendige Gespräch. So ruft sie ihn immer wieder zurück, nimmt ihn zu sich, es geht nicht anders.

„So schön wie heute war's noch nie", sagt sie manchmal, wie um sich selbst zu überzeugen. Sie sagt es eigentlich Santin nach, der gerne liebenswürdig klingende stereotype Sprüche führte. Bei Joana hört es sich jedesmal wie ein Abschluss an. Sie glaubt nicht mehr an ein Weiter-mit-Laurent. Vor allem dann nicht, wenn es ihn überkommt, bescheiden und leise, aber mit Bestimmtheit Anmerkungen wie „... so viel hab' ich von dir schon bekommen ... soviel ich vielleicht gar nicht verdiene ... Du sollst mich nicht so sehr verwöhnen, nicht so viel dich um mich sorgen ...!" von sich zu geben – meint er: nicht so bemuttern?

Agiert Laurent verstandesgemäß, sachlicher? Nein, aber er ist einfach schlafbedürftig, hält die Konzentration auf sie, ihre geistige Rastlosigkeit nicht mehr aus. Nichts sagt er mit soviel inniger Überzeugtheit, nichts anderes flüstert er heftiger vorm Weggang zu später Stunde als: „Und 'ab eine rescht rescht gute Nacht, Joana, und ...", seine Augen blitzen auf, „... feine Träume."

Ihm selbst ist nichts so wichtig, so wohlig wie ein gesunder, traumloser Schlaf. Nichts fürchtet er mehr als sinnlose endlos lange wache Nächte. Er beginnt Joanas Weiße Nächte abgrundtief zu verachten. Eine gesegnete, eine wie er sagt „heilige" Nacht, wie er die hochhält! Wer dürfte solche Schlaftrunkenen auch stören? Wer eine Nacht durchkreuzen, die die hektischen Tagesabläufe schützend egalisiert, die reinigend, kräftesparend sein wird? Vor allem dann, wenn die Stunden ihrer wachen Liebe abgelöst werden vom süßesten Schlaf? Da fließt Dankbarkeit über, dass es das a u c h gibt. Zuviel Beklemmung aus den lebensbedrohlichen Nächten seiner Jugend liegt noch auf dem Grund seiner Seele, zuviel einschnürende Angst seit Kinderzeit. Die bedrohlichen Ereignisse damals haben ihm Schlaf und Ruhe gar nicht erst aufkommen lassen, ihn dieses menschlichsten aller Bedürfnisse beraubt. Er hatte Glück, darüber nicht ganz abstumpfen zu müssen. Er ist sensibel geblieben. Was sollte ihm jetzt also wesentlicher sein als ein gepflegter gründlicher Schlaf, jene göttliche Ruhephase, deren der Mensch bedarf ...? Das alles ist Joana durchaus klar.

Mag ihr Laurent also wegbleiben, hingehen, wohin er möchte, wo er es „nett" findet. Sie kann verstehen, dass er nicht allein von ihr abhängig sein will, so oder so. Es scheint auch, dass ihn ihre

Arbeit, ihr Schreiben vor allem, nicht mehr so brennend interessiert. Ihre Gedichte, „schön und gescheit, in so 'errlischer Sprache, *merveilleux*“ hat er so oft gesagt, legt er wie achtlos zur Seite: „Später“, meint er. Er pflegt seinen Körper, schont seinen Körper, ist ein wenig eitel geworden. Gibt sich eigenwillig und stur, und trotz aller wiederholten Annäherung wird er ihr immer ein bisschen fremder. Er, vor kurzem noch so glücklich, so gelöst, so heiter, löst sich ab. Er beginnt von neuem, sich dezent zu verschweigen. Es gelingt ihm nicht, Joana schlicht und aufrichtig zu warnen: „Du, bitte, genug jetzt vom süßen Tändeln. Wir haben uns soviel geliebt. Genug vom Bett, und so … Ich muss wirklich zurück, zum Hause des Herrn, verstehst du, *Domus Domini, n'est-ce pas*?“ Was also ist geschehen?

Auf dem weiten Meer leidenschaftlicher Gottsuche u n d der Ausschau nach d e m Menschen hielten sie von den Enden des Horizonts her aufeinander zu, kreuzten auf, immer erhobenen Buges: Siehe, ich fahre auf dich zu … ich komme … Wirst du ausweichen? Muss ich abdrehen? Wer hält uns den Kurs? Dann das Treffen auf hoher See, das Entern, der warme Rauch der Kajüte. Aus dem Schiff ragt das stolze Segel: Tage um Tage, Nächte um Nächte nichts um sie außer dem Meer der Liebe. Und nun? Sie treiben, scheint es, mittlerweile, wenn auch schaukelnd und sanft, vielleicht weil gerade Flaute ist, unmerklich aber stet auseinander. *Das Ende der Liebe,* sagt man, *ist wesenlos wie ein Schatten, der schnell aufwächst und noch schneller verrinnt.* Noch segeln sie über besonnte Weiten, nur hat Laurent viel Ballast abgeworfen, ihn dort versenkt, wo es am tiefsten ist. Aber kann eine Lebensliebe erlöschen, wenn in die klare Eiseskälte des Meergrundes Fumarolen ewiger Spannung, ein Gemisch aus Feuer, Wasser und Erde eindringen, unablässig …? Joana nimmt sich dennoch gefesselt wahr. Seine Leinen reichen weit. Außerdem ist seine Takelage so vollkommen und auf das höchste gespannt, so dass er ohne Zweifel Fahrt gewinnen wird … ungewiss bleibt nur der Hafen! Der erste lag hier: Ihr Haus, die Stunden der Ruhe, die glückhafte Flaute! Schabbath. Auszeit. Zeitdehnung. Wer das nicht wünschte! Den Anhauch eines Für-immer-Frieden-Habens.

Ach, wäre dem so …

Nach dem Feuer kam ein sanftes, leises Säuseln ... Elija, das Gesicht verhüllt, vernahm die Stimme: Was willst du hier?

1 Kön 19, 12-13

Im Hauptschiff einer jeden Kathedrale ist auch Blut ... für die Gottlosen gibt es keine Ruhe.

R. Silvis, Unten am Fluß

PLUS ULTRA

In aller Regel brechen die Menschen aus plötzlicher Begeisterung oder nach inneren Erschütterungen zu weiteren Handlungen auf. Darf es verwundern, wenn deren Ergebnisse den Rest der Welt weder besonders interessieren noch auch irgend etwas an ihr verändern?

Trotzdem. Gerade durch sein individuelles Streben nach Werk und Entdeckung, das ihn beflügelt, hat sich Laurent in bemerkenswerter Weise eingelebt in den Idealismus des Alten Kontinents, sich eingegraben ins Europäische.

Die große Halle. Es ist völlig still. Die Handwerker sind fort. Laurent geht unter verwirrenden Gerüsten auf eine offen stehende Seitentür zu; was heißt Tür – einen der vielen jetzt noch zwecklos erscheinenden Mauerdurchbrüche. Balken und Steine liegen hochgestapelt im Kirchenschiff, das seltsam konturlos erscheint. Es bedarf einer gewissen Vorstellungskraft, sich den Bau, wie er sein soll, wieder sein wird, vor Augen zu führen. Noch liegen die alten Grabplatten mit Wappenbildern und Familiensymbolen tief unter Abraum vergraben, ein Wirrwarr von Schutthügeln ist entstanden. Die hier arbeiten, wissen hoffentlich, was tatsächlich wohin gehört. Die ursprünglich bunten Glasfenster sind während des Bildersturms im 16. Jahrhundert vernichtet worden. Ein Kunsthistoriker hat empfohlen, die neue Verglasung rautenförmig, also im flandrischen Stil aus weißem und grünlichem, rosa oder gelb gefärbeltem Alabaster zusammensetzen zu lassen, sobald es so weit ist. Laurent ist die Struktur der Fenster sehr wesentlich. Sie muss aus sich heraus Aussage sein. Sichtbarmachung, Rückverweisung auf das im Lichte Gottes erschienene, auf die Erde geworfene Wort.

Von Pfeilersockeln im Hintergrund grüßen ein paar verstaubte, an Haupt und Gliedern schon beträchtlich verletzte Heilige. Der Kreuzweg sollte längst abgenommen sein. Und weggeschmissen, denkt Laurent; diese neugotische Süßlichkeit findet er scheußlich. Alle Seitenkapellen sind leergefegt, damit die Gerüste Stand, sicheren Stand bekommen konnten. Zwei grauhölzerne Beichtstuhlkästen wird Laurent, das hat er fest vor, eigenhändig rauswerfen. Sie haben ausgedient, so oder so.

Laurent umrundet die Schuttablagerungen, damit er nicht darüberklettern muss. Viel Baumaterial wurde inzwischen angeliefert, provisorisch abgelagert. Links vom Platz des früheren Hauptaltars erhebt sich zwischen erhalten gebliebenen, weiterhin benötigten Grundpfeilern der alten Lateinschule ein hohes käfigartiges Gestell aus kompliziert zusammengeschraubten Steigleitern, strebt hoch hinauf bis an die sich neigenden Wölbungen. Die Verbindungswand zwischen ehemaliger Kirche und den angrenzenden mittelalterlichen Baulichkeiten ist auf ganze Breite und Höhe niedergerissen. Behelfsmäßig sind Stützpfeiler in Betonschalung errichtet, um die Gliederung und Neuordnung des ganzen Innenraums anzudeuten. Zwischen Stangen und Stützen hindurch reicht die über drei Stockwerke gähnende Öffnung, der freigelegte Aufriss des alten Gebäudes. Ganz oben über all dem Gestänge ist eine Art Plattform angebracht. Man kann gut erkennen, wie weit die Arbeiten schon fortgeschritten sind. Laurent hat seine Mittel mit Umsicht genützt. Aus seinen gut veranlagten Fonds lässt er alles, was neben dem großen Werk entbehrlich erscheint, unbedingt jenen Leuten zukommen, die trotz des inzwischen durchschnittlich vorhandenen Aus- und Einkommens bedürftig geblieben sind. Er gibt Geld für Schwangere, um Abbrüche vermeiden zu helfen; auf diese Weise kam er schon zu einer hübschen Reihe von Patenkindern, und freut sich darüber. Er gibt Geld an Arbeitslose, um sie nicht der Kriminalität auszuliefern. Zu verteilen ist immer. Keine müde Mark Laurents aber geht in die Dritte Welt, in die sogenannten Entwicklungsländer und Missionsgebiete. Warum denn auch, sagt er sich: Man soll statt Waffen lieber B r o t da hinschicken; soll in der überheißen Sonnenzone diesseits und jenseits des Äquators die in riesigen Mengen vorhandene Energie nutzbar machen; soll die unterirdischen Seen der Sahara ausbuddeln – kein unbilliges Verlangen in dieser Epoche des Machbaren. Alles übrige aber fließt zugunsten seiner Idee in die Rückgestaltung des Hochstifts. Das ist seine Art Vergangenheitsbewältigung. Ist, recht betrachtet, Inkulturation unter geändertem Vorzeichen.

An diesem Tag ist einer der Konservatoren zugegen, im Begriffe, Laurent seine Beurteilung der entdeckten Fresken, die möglicherweise auf einen ganzen Zyklus hinweisen, darzulegen. Der Mann steigt, obzwar geübt, umso vorsichtiger von der Plattform herab, und streckt Laurent herzlich die Hand entgegen, begierig, seine Expertise loszuwerden:

„Also, mein vorläufiger Befund wäre der folgende: Wir haben es hier mit Tempera auf Kalk zu tun, vielleicht Ende des 15. Jahrhunderts. Jedenfalls venezianisch-friaulische Einflüsse! Ein sehr früher Versuch von Manierismus, naiv, ich möchte sagen, unzureichend, unausgegoren gestaltet, ohne besondere Klarheit. Aber sehen Sie die Farben: Blaugrün, ziemlich ausgewaschen, Sepia, Terrakott. Es sind Umrisse von Körpern und Gesichtern da, eine eigentliche Szene kann ich nicht erkennen. Noch nicht. Ich vermute, es handelt sich um die Fortsetzung jener auch auf dem äußeren Mauerwerk erkennbaren *homunculi*. Sie wissen das vielleicht noch nicht: Das sind nur teilweise ausgeführte Kleinplastiken, die ihrerseits dann wiederum in Bemalung übergehen …"

Mit großem Interesse hört Laurent seinem Gegenüber zu. Der Fachmann führt weiter aus: „Es ist naheliegend, dass der ganze Zyklus in einer Hauptfigur oder einem Hauptmotiv – also der eigentlichen Aussage – gipfeln sollte. Wir sind noch nicht so weit. Ich könnte mir vorstellen, dass der Große Magister, der sogenannte *Donatus* der Lateinischen Grammatik dargestellt werden sollte, welcher die *discipuli* auf dem steilen Pfad der Tugend aufwärtsführt; das erklärte denn auch die Lage des Bildes, ganz zu oberst – gleichsam in der letzten Etage noch möglicher Betrachtung. Aber, ich habe an einer Stelle ein Merkmal entdeckt, das auch ins Konträre weisen könnte, nämlich auf die Personifizierung des Bösen schlechthin, der seine Brut um sich sammelt – also meinetwegen ein Luzifer als stürzend-gestürzter Engel in Drachengestalt.

An einer Stelle scheint es mir, als hätten wir es mit dem Relikt eines phallischen Organs zu tun, derart überdimensioniert, sodass man es auf den ersten Blick gar nicht erfasst: eine aufgereckte, ausgestreckte R u t e , auch als ein Zuchtmittel zu verstehen, schon in der semantischen Bedeutung des Wortes: siehe Zeugung, Züchtung, Züchtigung! Von da her bleibt unsicher, ob sich die Darstellung auf Mensch oder Tier oder Dämon bezieht. Eher vielleicht auf ein mythisches Mischwesen in Verbindung mit anderen Elementen. Ein ins Negative verkehrter Engel vielleicht. Ein Verführer statt einem Führer. Für Luzifer selbst kann ich keine besonderen Attribute erkennen, wenn Sie verstehen, was ich meine. Verzeihen Sie, Herr Pfarrer, aber als Kunsthistoriker bin ich es gewöhnt, die Dinge beim Namen zu nennen."

Das ist dann für heute wohl alles, fragt sich Laurent, und er spricht es auch aus: „Wann sehe ich Sie wieder? Wann werden Sie mehr sagen können?"

„Wir müssen die Reinigung vorantreiben. Wir müssen auf eine größere Fläche kommen, um die Ausmaße und Begrenzungen der Malerei bestimmen zu können. Das wird noch dauern. Die Verschmutzung und die Beschichtung mit Ablagerungen sind enorm. Im übrigen wird sich dann auch eine Betrachtung aus der Entfernung empfehlen, sobald die Beurteilung im Ganzen erfolgen kann. Es geht immer auch um den Z u g , der einem Kunstwerk innewohnt, verstehen Sie? Aus den Details allein werden wir nicht schlau. Der Rest ist dann ohnehin immer Interpretationssache. Wo nämlich die Ermittlung versagt, ist die Verifikation …"

Der Konservator verabschiedet sich. Ist das denkbar, sinniert Laurent, dass vor fast 500 Jahren einer es gewagt hat, mitten in den heiligen Raum hinein das B ö s e schlechthin an so exponierte Stelle zu setzen – gleichsam als einen Triumph aus der Hölle? Oder als Abschreckung zu deuten? Und wenn an eine Schar kleiner unwissender, zu belehrender *discipuli* gedacht worden ist, die in die Höhe der Gelehrsamkeit streben, wie dann das Zusammentreffen mit dem Widersacher erklären, dem Antichrist womöglich?

Als er nochmals hochsieht, glaubt Laurent, zwischen den helleren Bereichen der Wand Feuer und Rauch, Nebel und Blitze aus unbestimmten Dunstkreisen zu erkennen, die seit je gültigen Attribute des Bösen. Er vermeint Krümmungen auszumachen, Windungen, Drehungen in verschiedener Farbigkeit und Intensität. Seine Phantasie geht so weit, sich einen gefährlich aufgerollten, hin- und herwälzenden Schlangenleib, ein drachenartiges ungeheures Etwas vorzustellen – das Symbol der Finsternis und Vernichtung.

Laurent hat gute junge Augen und jede Menge Gespür. Kann er sich in diesem Geflatter und Ineinandergewebe, in diesen verwirrenden Aufwärtsspiralen verfangen? *Im Dunkel stürzen verfallene Stiegen, und es weht ein Wind durch alte Schächte, die verschüttet sind.* Immer wieder gerät einer auf solche *Wintergänge in Moll …*

Laurent sinnt den Erklärungen des Experten nach. Ein lieblichsüßes Madonnenbild an diesem Standort? Nein, urteilt er, was soll daran passend sein? Mit der ganzen Kühnheit der Jugend auf seiner Seite urteilt er. Eine entschiedene Andersartigkeit der Ausdrucksmittel, das ist es, was ich brauche, das dialektisch Andere, die Aufstörung der Sinne, die Unterbrechung des gewohnt Gewöhnlichen – um Spannung zu vermitteln bis hinauf in den Abglanz von Heil und Segen. *Der durch mich lebt.* Sind Unabwendbarkeit und Dauer damit gemeint? So beginnt ein auf den Satan, den *diabolus,* den Umwerfer gemünzter magischer Spruch. *Der durch mich lebt* gegenüber *durch Ihn und mit Ihm und in Ihm*, auf den Christus bezogen? Aber lebt nicht a l l e s gleichauf nebeneinander, unausrottbar, das Gute, das Böse? Beides aller Schöpfung grundgelegt, *wie im Himmel so auf Erden*? Laurent ist wieder beim Philosophieren angekommen.

Der einsame Kruzifixus an der gegenüberliegenden kahlen Kirchenwand, dort verblieben, verlassen, vergessen, starrt auf Laurent herab. Schüttelt er das geneigte Haupt? Hebt er einmal noch die brechenden Augen, in einer letzten Ermutigung: *Mein Kind, du wirst mit mir im Paradiese sein*?

Plötzlich fällt vieles ab. Das blinde Auf-ein-Ziel-Hintappen fällt ab von Laurent. Was Geheimnis war, und es in aller Realität bleiben wird, bleiben muss, liegt geöffnet vor dem, der sehen will. Das wiedergefundene selten erhabene Werk. Eine Schöpfung für sich. Kunst, inzwischen Natur geworden. Symphonie aus Raum und Farbe, die besticht, aber nicht betrügen kann. Laurents Geist weitet sich. Er tritt in das zur Unvergänglichkeit bewahrte Bildnis ein.

Mitleid mit allen, die ihm hierin gar nicht folgen könnten, erfasst ihn. Das wird seine nächste Aufgabe sein: Mit dem unter entstellendem Verputz entdeckten Fresko die leuchtende Wahrheit, Schönheit Gottes bloßzulegen. Bloßzulegen unter zähflüssig verfremdendem Anstrich auch buchstabentoten Dogmatismus und weltfremde Codices! Hinauf- und hinübergreifen sollen Menschenwelt und Natur in die Gottesferne. Sie einholen, hereinholen. Ja, herabzwingen das Verborgene, das Transzendente! Er ist Joana näher gekommen, als er je wissen wird. Ja, Herr, die letzten Schleier will ich wegreißen, die Verdunkelung der Jahrhunderte, die Verfremdung der Gottheit, damit wir wiederum im Paradiese sind ...

Joana. Wird sie bei mir sein, mit mir gehen? Wie hat sie das gesagt auf ihre klarsichtige Weise, aus ihrer wundersamen fraulichen Intuition heraus zu verstehen gegeben, dass es nichts brauche als eine synergetische Weltdeutung, die alle Kirchen in ihrer Dogmatik und Verfasstheit über die Jahrhunderte weggeschaltet hatten; die trennten, was ursprünglich und ursächlich zusammengehört: Himmel und Erde, Gott und Welt, das Sakrale und das Säkulare, Politik und Glaube, Fleisch und Geist, Tod und Auferlösung. Das alles, hat sie mir aufgetragen, binde zusammen und bau es weiter zu dem Einen Ganzen. Gottes Mund wirst du sein. Ein Prophet kannst du werden, ein Hervor-Sager, ein Visionär. Geh, hat sie gesagt, *träume* und verwirkliche *den Traum*.

Sie hat sich nach innen begeben, hat alles gesammelt in ihrem Herzen, was diesem Kind zu sagen ist. Eines hat Joana nicht bedacht: Noch mangelt es Laurent an jenem Quantum Wendigkeit, Verstellung, Schauspielkunst, ohne die weder Priester noch Propheten bestehen können. Er ist Afrikaner. Kind aus Gottes Natur. Rohdiamant! Kann ein Leguan irgendwann einmal Adler werden? Sich erheben in die dünne Luft der letzten Klarheit? Joana glaubt an ihn, erhofft es für ihn. Sie wird nicht ruhen, bis er es geschafft hat, bis sie beide je auf ihre Weise der Welt – und sei es auch nur diese kleine Welt hier um Z. – aus ihrer Liebe heraus eine sichtbare Prägung verliehen haben. Zeigen, vorzeigen können, was Liebe getan hat! Koste es Himmel und Hölle!

Noch ist Laurent nicht klargeworden, dass Joana ihn mit und nach seinem Werk loslassen wird. Allein lassen wird mit und in seiner Aufgabe. Weil sich ihr Leben erfüllt hat. Weil sie ihn nicht mehr braucht. Hat sie nicht den Verspruch bereits wahr gemacht? Ihm mit Hilfe eines ersten Schrittes seinen zweiten Gang in die Wirklichkeit gewiesen? Laurent ist sich nicht bewusst, dass der Beginn seiner Entdeckung das Ende ihrer Beziehung besiegelt. Und doch hält dieses Leben immer wunderbarere Antinomien bereit: *Wer los lässt, wird gehalten.* Laurent aber ist zu fiebrig, zu beansprucht, zu angespannt, um sich irgendein Ende, welches auch immer, auszudenken. Wie Irrlichtereien verlaufen die Konturen der Fresken. Genauso abirrend Laurents Vorstellungen: in Nebeln befangen, mit Phantasien behängt. Kühne Vorstellungen beherrschen ihn: von einer schönen, einer schöneren Welt, wo alles aufgehoben erscheint in dem Gott des Seins, im Sein selbst. Nach der alten hermetischen Weisheit: *Unten wie oben, oben wie unten.* Störungslos.

Irgendwie ist Laurent außer Sinnen geraten an diesem Tag. Das Bild der Frau. Er schüttelt es nicht ab. Sie hat ihn hergetrieben. In die Anschauung. In die Suche dessen, was war und wirklich und gültig ist. Diese Frau. Mein Schicksal. *Ma sort est ma sortilège*: Zauberin! Joana. Sie ist nicht sein. Stimmt. Aber sie ist vorhanden, zu Handen. Es ist mit ihr zu rechnen, immer, in jedem Augenblick. Kann es nicht so bleiben, können wir nicht … Aber mit dem dort, Marco, dem Abgeschiedenen, geschah ihm doch recht – o nein, Laurent, nicht zynisch werden, das steht dir schlecht an! – hatte sie alles, so lang und so viel. Albtraum, der ihn verfolgt. *Träume den Traum*? Das sagt sie mir? Heißt das vielleicht, übersetzt: *Ite, missa est*? Geh, du bist entlassen, nein, frömmer: g e s e n d e t ? Schwere Seufzer. Die Wut spricht anders als die Ruhe, die Angst ist lauter als das Glück. Blödsinn, sagt er sich, es ist nicht der Ort und nicht die Stunde. Bleib bei der Sache, Laurent, bleib bei deiner Gier nach noch mehr Anschauung. Mit dem naiven Blick eines Kindes will er an die Substanz der Dinge. Dieses Abbild, das er eigentlich nicht suchen müsste. Er trägt alles längst in sich. Im denkenden Menschen selbst bauen sich alle Himmel und Höllen aller Religionen zusammen. Sein Blick und sein Geist verbinden ihn mit den Mauern, die er interpretiert.

Von neuem konzentriert sich Laurent auf die freigelegten Stellen, die sichtbar gemachten Teile des Freskos. Die – hm –

Rute, ja, ich sehe sie. Eine Darstellung, der nur ich Bedeutung zumessen kann, ich, Laurent, und niemand anderer als ich. Laurent, der Entdecker. Dieses Detail. Wichtig? Unwesentlich? Es i s t zu hinterfragen. Es muss S i n n bekommen. Ich will das Rätsel aufbrechen. Muss ich Abscheulichkeit, Bosheit, Verführung ablesen, Obszönität? *Entschleiere dich ganz*, murmelt Laurent und hebt hochfahrend den Kopf. Da springt ihm aus der Wand so etwas wie ein Zeichen entgegen, ein geheimer Glanz bricht auf, das Gemalte scheint sich in einer einzigen Spiegelung aufzuwellen. Flirrendes Licht fällt von oben auf ihn. Schwärzliche Spuren auf blendendem Weiß treten flimmernd hervor. Bögen, Halbkreise, Punkte, Striche. Winzige Gekritzel hüpfen vor seinen Augen. *Mene tekel upharsin* … Aber wie soll Laurent für sich entschlüsseln, was der Prophet Daniel einstens dem überheblichen Chaldäerfürsten so furchtbringend entgegengeschleudert hat: Eine und noch eine Mine, die halbe Mine, die letzte Teilung … Bleibt dann nichts mehr ganz, nichts mehr erhalten in solchem Aufrechnen? *Gewogen, nochmals gewogen, und dennoch zu leicht befunden*, auch du, später Entdecker?

Laurent braucht jetzt allen Mut, ja Mutwillen, sich diesem Anschein, diesem Entwurf entgegenzustellen, ihn auszuhalten. Und selbst wenn aus der großen Anspannung, in die er geraten ist, nichts als Angst aufstände! Das ist nicht selten, dass einer Angst bekommt vor der eigenen Courage! Aber wo Angst ist, lebt auch die Hoffnung, nicht wahr?

In großen Momenten taucht der Mensch unwillkürlich in die ganz alten Weisheiten ein, *alles Lernen ist in Wahrheit ein Sicherinnern.* Genauso jetzt Laurent. Die Emanation des quellenreichen Wissens um Ordnung und Chaos umfließt ihn gewissermaßen. Zugleich mit der Warnung, dass dem, *der nicht würdig sei aufzusteigen, die Engel den Sinn verwirren.* Ein widersinniger, unmöglicher Gedanke, folgert Laurent, weil sprachlich durchaus die Umkehrbarkeit bestünde. Wenn ihm nämlich die Engel, und welche Mächte auch immer, den Sinn verwirrten – indem sie so ungreifbar und so unbegreifbar sind –, wie hätte er überhaupt noch aufzusteigen v e r l a n g t ? Aber es ist absolut sein Wille, sich freiwillig hineinzubegeben in die Spannung, das beziehungsvolle *Weben zwi-*

schen unten und oben zu durchstoßen, weil ja in diesem Lichtglanz, diesem Abglanz von irgendwoher ein funkelndes Juwel zu vermuten ist, der edelste der Edelsteine. Und bliebe alles vergeblich und Irrtum, der M u t zur Überwindung jedes noch so irrigen Weges geht Laurent nicht mehr ab. Sein Weg zur Wahrheit.

Wie hat dieser Bischof in K. damals gesagt ... Wie lang ist das her? Soviel Zeit vergangen seitdem ... Laurent erinnert sich an Worte wie: ... ein völlig weißer Fleck, bezogen auf unsere katholische Landkarte ... verwaist, verlassen, profaniert ... Aber genau das, das Unbekannte, Fremde, Geheimnisvolle zu ergründen - ist er nicht eigens dazu hergekommen? Gewissermaßen dazu verpflichtet? Hat sich inzwischen nicht ohnehin so vieles als *de nada nada* herausgestellt?

Er steigt hinauf. Drei in sich verschränkte Hauptleitern führen steil nach oben. Er empfindet die Zwischenbalken wie Kletterbrücken über einer Schlucht, schwingend, bebend im luftleeren Raum. Die Laufbretter ächzen unter seinem Tritt. „Aus der Entfernung zu betrachten, von unten also, ergibt eine größere Winkelweite ... lässt mehr frei ..." – ach was, diese Historiker! Ich will meine Hand dort hinlegen, auf diese weiße Stelle m e i n e r Landkarte.

Weiter steigt er hinauf. Stufe um Stufe. Über die Kehren links, rechts. So stieg der Helikopter, Wolke um Wolke überwindend, höher. Laurent schwindelt es leicht. Er atmet schwerer. Trotz eingestellter Arbeit schwirrt Staub in der Luft. Laurent ist es nicht gewohnt, sich emporzuwinden über Maurer- und Restauratorengerüste. Einmal schaut er kurz hinab. Von oben her erscheint das aufgeworfene Chaos aus Balken und Steinen und Relikten da unten in der weiten Halle noch bedrohlicher. Es herrscht vollkommene Stille. Keiner kann ihm jetzt irgendeine Weisung geben: Tritt da hin, nein, besser dort. Halt dich immer gut fest. Greif ein wenig hinter dich, da ist ein Seil festgezurrt, das dich hält. Keiner da, wirklich keiner, ihm den Weg zu weisen, ihm zu r a t e n ? Die Engel, wohin sind sie geflogen?

Laurent spricht sich selbst Mut zu: Ich werd' mich schon zurechtfinden, aber seine Hände schwitzen. Wie gut das jetzt täte, Joanas *Eau de toilette ...*

Erinnerung an sie duftet nach. Der übersüße Duft der doppelt, dreifach, aber noch immer nicht genügend befriedigten Geschlechtlichkeit … Wie schön alles ist an ihr! Ihr Körper, durch Jahre hindurch geformt, gestaltet, hat Charakter bekommen. Joana überlässt nichts dem Zufall Jugend. Sinnliche Gedanken überfallen Laurent, wo er doch Kurs nehmen will auf die letzte Erkenntnis der Dinge zwischen Himmel und Erde. Aber es ist nötig, dass er ein Wesentliches mit sich hinaufschleppt, die Kenntnis des menschlichen Leibs. Sie ist wie ein Gewand, das ihn umhüllt und mit dem er sich gewappnet weiß gegenüber allem, was noch geschehen mag. Denn der Mann, jeder Mann, wo immer er auf seiner Lebensleiter steht, wird, sobald er einmal erwacht ist aus dem ungewiss dumpfen Adamstraum, immer nur dies zu denken vermögen: die Frau, die eine Frau, meine Frau, die andere, seine Frau … eine Schwester vielleicht, eine, meine Mutter? Es kann ihn nicht mehr loslassen. *Innatum est.*

Laurent hält an. Plötzlich ergreift ihn wieder Entsetzen über sich selbst, schüttelt ihn. Ein Kälteschock. Die blanke Wut über Abirrung und Ausuferung. Selbstvorwürfe. Zum Heulen, wenn man so ein Versager ist, so ein Nichts, dass man Gefahr läuft, einfach fortgeschickt zu werden wie der letztbeste Knecht! Nur darum, weil er so entsetzlich frech und frivol gewesen ist mitten in ihrer Umarmung: „Und das sollst d u sein …?“ hatte er ihr hingehaucht, als sie in ihrer ganzen prachtvollen Nacktheit unter ihm lag, sich auslieferte dem intimsten Anblick, der nie mehr verlischt – selbst nicht hinter herabgelassenen Lidern. Und ihre Bäumung, ihr Sich-ihm-Entgegenheben wurden so groß, dass er, der Turm, einfach einbrach und versagte.

Das mühsame Aufwärtssteigen hat Laurent die gewaltige Szene aus dem Vergessenwollen ins Bewusstsein zurückgeholt. Nun ist es an ihm, sich aufzurichten, d e m entgegen, wofür er soviel eingesetzt hat, trotzig und oft sogar rücksichtslos, auch gegen sich selbst. A u f r e c h t will er da hinaufkommen, aller Fragwürdigkeit des Gelingens zum Trotz.

Laurent hat das dritte Oberwerk erreicht, wo sich früher einmal eine Orgelempore hinschwang in einem kühn angelegten Halbkreis. Keine Orgel mehr. Keiner, der die Töne anschlägt, Register zieht, hineintritt in das Instrument mit aller melodischen Kraft. Das wäre schön! Musik ertönen, brausen lassen, dich und mich und sie alle mit Klang begießen. *Veni creator spiritus musicae!* Der Gedanke, hier künftig auch Konzerte aufführen zu können, begeistert ihn, gibt ihm Auftrieb. Das wird Joana auch gefallen!

Laurent fühlt sich wie nach einem zu heißen Bad. Er dampft von innen, hat gleichzeitig ein Schaudern auf dem Rücken. Ein unbekannter, namenloser Wind scheint aufzukommen. Gewaltig bauscht sich feuchte Zugluft im hohen leeren Raum. Ziehend und quellend zugleich erfüllt dieser Windhauch das geweitete Hochgebäude. Es ist nicht auszumachen, was ihn verursacht, und in welche Richtung dieses Wehen, dieses geisterhafte Rauschen umschlagen will. Es zieht zu ihm herauf und dann wieder hinab bis in die Ausschachtungen der Unterkirche, bis in die seitlich herausgebrochenen Arkaden und Laufgänge hinein, und jede Nische, jeder noch so kleinste Bogen werden durchweht von diesem Sturm von o b e n – dieser sausenden, säuselnden Stimme einer *Ruach,* die greifbar nahe ist und doch unverständlich. Laurent wird davon angezogen, fühlt sich angesaugt, ja angesprochen. In einer großen Transparenz, in der die Augen fast schwimmen lernen, kommt ihm der Augenschein Dessen entgegen, was er schauen will. Freischwebend kommt er sich auf einmal vor, als wichen Wände und Bemalungen vor ihm zurück, als kämen sie ihm nach, als entfernten sie sich wieder – er kann das gar nicht unterscheiden. Die Perspektiven weichen sich auf, und was er fühlt, ist: *In einem Lichtbogenregen stehe ich, sehe nichts, greife nichts, begreife, natürlich, nichts – aber ich bin befallen, bis in die Netzhaut hinein bin ich erfüllt von diesem Auftrag: Geh weiter, steige, suche …!*

Suchen. Suchen nach der letztgültigen Erfahrung bleibender Schönheit. Der einzigen, die uns das Leben ermöglicht und erhält. Und noch immer Betrachtung. Mit verhangenen, wo nicht schon innig geschlossenen Augen. Um ja keines der Elementarteilchen, die vor ihm aufblitzen, als wollten sie eine Brücke bilden für den Weg in die Andere Welt, zu verlieren.

Laurent ekelt sich vor seinen feuchten Händen. Er versucht sie an seiner Kluft abzuwischen. Tut es. Sieht seine Hände an: Dunkel außen, innen heller. Da kommen ihm Joanas Hände in den Sinn.

Sie trägt noch immer diesen Ring, ja. Silberschwer, mit einer rätselhaften Gravur um den dunklen Stein. Sie hat ihn in einer Anwandlung von: *Da nimm, fort damit* … Laurent ein einziges Mal anprobiert. Er reichte gerade für seinen kleinen Finger. Aber sie trägt ihn immer noch. Wer so einen Ring immer noch trägt, *n'est-ce pas, Madame*, der hat doch wohl kein Recht auf eine neue Nacht …?

Laurent hat den obersten Laufgang über der Vierung endgültig erklommen. Er fühlt sich schlecht. Übelkeit steigt auf, die er nicht verhindern kann. Er hält sich fester an die Gerüststangen, um nicht zusammenzusinken, um nicht vornüber zu sinken vor Überwältigung und Erschöpfung. Er hat jetzt seine ganze Kraft im A u g e gesammelt, im Brennpunkt aller Betrachtung. Er hat sich eine einzige Richtung vorgegeben. Da kann es leicht geschehen, dass die Beine nachgeben, die Standfestigkeit verloren geht. Zwei Fenster, probeweise mit schimmernden Rauten verglast, hat er schräg unter sich. Sie tanzen vor seinen Augen, dehnen ihre zarte Farbigkeit aus zu einem Kaleidoskop wilder Bewegung. *Wirf deine Sorge auf den Herrn*, spricht die innere Stimme. Wohin aber werfe ich das Speiüble, fragt Laurent höhnisch zurück. Nur nicht zurücksehen, hämmert er sich ein. Tut es dann aber dennoch. Ein Schauer, etwas wie Blindheit kommen über ihn, der Schauer vor der Schönheit, dem Maß, der Großen Gestalt – die Blindheit und Ohnmacht menschlicher Unzulänglichkeit. Er beugt sich vor, ein dünner Strahl Wasser steigt aus seiner Kehle. Er graust sich vor sich selbst. Der Windhauch aus der Tiefe legt sich wie ein Lasso um seinen Hals, als ströme ein böser Fluch von unten nach hier oben. Wo sind die windstillen Sonnenaufgänge meiner Savanne, träumt Laurent. Er träumt es sehr bewusst. Wie um sich zu beruhigen. Nach Hause, irgendein Mal, in einer ferneren Zukunft, warum nicht? Aber warum hab' ich Idiot das nicht vor dem Aufbruch nach Z. getan? Wäre das nicht viel besser und mir entsprechender gewesen? Aber natürlich, ich hab' noch Zeit, kann mein Leben noch ändern. Wenn ich das hier hinter mir habe … findet sich immer ein Ort.

Laurent entspannt sich ein wenig. Die Verkrampfung löst sich auf im tieferen Atemholen. Für Minuten tut er nichts anderes. Seine Hände werden leichter, unbelasteter. Er gewöhnt allmählich die Stufen und Bretter und losen Übergänge, Überhänge. Aber sie bleiben schwankend, beben schon vor ihm her, als er die Höhentiefe weiter ausmisst mit Blick und Schritt. Endlich wendet er sich der bemalten, teils noch vom Alter versiegelten Wand zu, ihrer verlockend stummen, noch jede Aussage verweigernden Gewalttätigkeit. Jetzt ragt sie unmittelbar dicht vor ihm auf. Er forscht, er prüft. Ist das die große Stunde, alles zu sehen? *Man kann einen Feind nicht besiegen, so lange man nicht gesehen hat, wie gefährlich er ist.*

Laurent ist dem aufgemalten Bildwerk hautnahe. Jetzt die Einschau: Kunst und Alter würdigen, mit innerem Auge hineinstechen, es ausleuchten, ausloten, ganz. Auflösen, was sich in Ewigkeiten nicht auflösen lässt: Den Aufstrahl des Ewigen Wortes in der Ausstrahlung irdischer Worte und Werke. Noch kennt Laurent den Wortlaut der *Steinernen Hymne*, die Joana einmal geschrieben hat, nicht; Verse, die unmittelbar vor der Herrlichkeit des Grabmals in *Brou en Bresse* entstanden sind:

… liegt hier die Auflösung, unhaltbar, ganz?
Nicht kühlt die Stummheit des Raumes
den glühenden Schmerz … aber mischen, einmengen
den goldenen Fluss dieser Adern
ins Patinagrün der Basalte;
alles Blut dieser Welt allem Stein …
damit er b e s t e h e …

Das steingewordene Geheimnis der Schönheit ist eine Einladung: Komm her, berühre mich, damit ich eingehen kann in deinen Geist, durch deine Augen in dein Begreifen – ich, der B e g r i f f selbst. So wollte Joana ihre Auslegung verstanden wissen.

Genauso ergeht es jetzt Laurent. Er spürt, alles wird aufgehen, sich auftun, sich lösen, und dass es weiter und weiter wächst zu neuer Größe, je länger man es ansieht. *Damit ich lieben kann, wo ich nicht verstehe.* Damit er doppelt und dreifach sähe, was *religio* bedeutet: Die webenden Fäden, Bezüge zwischen hier und dort, makrokosmisch gesehen; mikrokosmisch betrachtet jene geheimnisvolle Wendung des Ich und dessen, worin es lebt, in den Innenraum des göttlichen Selbst – ja, des Göttlichen selbst. *Geh in dich*! Genau dieses bewegend Bewegte aber ist zu zelebrieren, Eros weiterzuleben *wie im Himmel so auf Erden*. Nichts anderes mehr ergreift dich als diese Dreifältigkeit: die Erinnerung des Wahren in Jesus Christ, die Mit-Teilung des Guten aus Jesus Christ, und die fortgesetzte Feier des an sich Schönen. Diese drei. Das größte aber geht aus ihnen hervor: die Anrührung des Du. Hier und jetzt.

Noch ein Stück weiter hinauf! Vielleicht mehr nach rechts, wo das Licht ein wenig anders einfällt als in dem direkten Anblick vis-à-vis. Jäh wechselt Licht mit Schattenspielen. Laurent sieht eine hohe schweifende Gestalt, Kinder sieht er über Felstrümmer klettern, sie steigen, manche stürzen. Plötzlich sieht er so gut wie nichts. Er reißt seine schwarzweißen Augen auf, aber die Sicht wird keinen Deut besser. Abgeschlappt, müde fühlt er sich und sehr klein vor diesem überdimensionierten Malwerk aus der Vorzeit. Dem bin ich nicht gewachsen, denkt er, was hat mich hier heraufgetrieben? Eitelkeit? Selbstsucht? Wolkenähnliche Gebilde glaubt er zu erkennen; dann nur mehr *Punkt und Kreis und Strich*. Es scheint, dass alles hinwegschwimmt, fortsegelt. Sind das verkümmerte Ansätze zu Banderolen, bemalt mit Bibelsprüchen, gewesen?

Neue Eindrücke aus dieser Perspektive. Ein völlig anderes Bild, als er zu entdecken suchte, zu entdecken hoffte. Hat er nicht von einem Engelsbild geträumt, vom *Engel des Niederganges,* der sowohl Offenbarung mit sich führt wie auch Verkündigung, von einem sprechenden Großen Engel, den er sich hätte herbeibeten sollen …? Was er erkennt, ist ein dunkler Meister, Anführer, ein Rattenfänger der Kinder – Symbol für Entführung, Verführung schlechthin, Ent-Setzung, wenn man so will. Wird hier angespielt auf das unausrottbare Päderastentum aller Zeiten? Sein Tuch und sein Mantel fliegen, klaffen weit auseinander, und bloß liegt sein Gerippe unter dem basaltgrünen Gespinst des schon verwesenden Leibes. Zähnefletschend tritt hier ein Gebiss hervor, dort aber triumphierendes Lächeln. Völlig auszudeuten ist nichts, doch herrscht über dem ganzen Bildwerk aufwühlende Bewegung. Rasante Züge zeigt das ins offene Rund geschleuderte Figurale. Keine Ordnung erkennbar in dem chaotischen All. Hoch oben, schon in die Spitzbögen verkeilt, die Andeutung einer planetenumringten Sonne: ein Himmelszelt, primitiv hingeworfen auf dreißig mal vierzig Fuß. Keine kompakten Körpermassen. Umherfliegende Gestalten, alle aufgelöst in schattierte Farbstufen. Die einen oder anderen scheinen stumpfnasig in nicht vorhandene Hintergründe zu starren, verlieren sich in den Mulden und Schrunden des gesamten Prospekts. Laurent ist ihnen gleichsam entgegengerannt. Das verwirrende Panorama reißt ihm den Kopf von einer Seite zur anderen. Er streckt sich diesen Gesichtern, vielmehr Gesichten entgegen, als lausche er unsichtbaren Chören, Auge in Auge mit dem Geheimnis … und gerät wieder in eine Art Selbstgespräch:

O Gott, in das Land gehen, jetzt, in den Himmel in mir, wie ich ihn eben ausdenken kann … Du bist erdwärts gefallen, aus einem Himmel, der einmal gewesen ist. Gefallen *à cette femme*, zu dieser unseligen Frau, in ein Land ohne Zeit, eine Welt ohne Zukunft. Kein Raum mehr d a z w i s c h e n . Ich kann das nicht, in die Vergangenheit zurück. Einen Urraum hab' ich suchen wollen, das, wo wir *le ciel* dazu sagen, was v o r und ü b e r allem ist und keine Vergangenheit mehr und keine Zukunft kennt. Hinausgehen, ausbrechen, dorthin gehen. Hat nicht Joana so gesagt? Sie sagt: *Anderland.* Wir beide, beide wir dort: *Anderland.* Was soll ich noch hier? Sie kann das alles, konnte immer schon alles, viel früher als ich. Sie hat es getan, nicht gefragt, doch oft gezweifelt. Aber ich, w e r bin ich noch? Kein Priester mehr. Oder nur halb. Das Andere liegt in der Krypta der Zeit. Und als Mensch? Schwankende Seele, die ich bin, ein Rohr im Wind, ein Grashalm …

Kann das sein, dass Laurent zum Kinderglauben, zum Köhlerglauben alter Zeiten zurück will, zurückkehrt? In der Furcht, doch nicht *in der Gnade* zu sein? In dieser Furcht, die er vorher niemals verbalisiert hat, sich jetzt aber eingesteht? Dieses *non sum dignus*, mit dem er sich den Schritt ins Heiligste versagen will, schien Laurent längst überwunden zu haben an der Hand Joanas, der starken, der wissenden Frau, der Alt-neu-Glaubenden! Hat er rein gar nichts begriffen, ist er kleinmütig geworden im Anblick der zutage getretenen Vision?

Der Wind weht immer stärker, immer wilder herauf. Es umbläst mich, denkt Laurent. *Non*, man sagt: *bläst mich um. Der Schwanz dieses Teufels, beginnt er nicht nach mir zu schlagen … Hat da einer g e l a c h t ? Unser Vater, wo denn … Mutter! Heilige Tochter! Du Christ, Gottes-Tochter-Sohn, wo bist du und was – zeige dich, Bild, zeige dich ganz …* Und Laurent streckt die Finger aus, hin nach der Wand und nach den verwirrenden Farbenräuschen, in das Blaugrüne, das Terrakott, das Siena der Malereien. Sie verschwimmen, verrauchen, entgleiten ihm wieder … Und der Schwanz des Unwesens ringelt sich, und es i s t der Drache, und es i s t der Teufel, und es i s t der fremde Ritter, der ihn schlägt, und es i s t der Große derart verkleidete Engel, den er sich jetzt erst vollends hergebetet hat. Tier, Mensch, Satan, Engel – ein mehrfältiges Wesen *oben wie unten, unten wie oben.* Verschmelzung in der Alchemie der Liebe? Hier hilft ihm die Unterscheidung des Geistes nicht mehr; Laurent reißt die jettschwarzen Augen weit auf und fühlt sich doch blind. Er keucht:

„Wer du auch seiest, teuflischer Engel, Gott, geheimer Ungott der Höhen und Tiefen, Verhüllter aus Jenseits – ich beschwöre dich: Ich bin heraufgekommen, weil ich dich s e h e n musste. Zeig dich! Will wissen, jetzt, alles … *je vous en prie …*"

Sed non loquuntur saxa. Die Steine reden natürlich nicht. *Taceunt sempiterne.* Das Schweigen der Dinge besteht. Alles andere ist Märchen. Kunstmärchen. Legendenhafte Schönung. Simple Ausmaltechnik, vor Jahrhunderten gang und gäbe. Vor allem gegen die Pestzeit hin notwendige jährliche Tünchung. Die Dächer waren schwach und schlecht. Der Regen viel und monatelang.

Wirbelnde Luft dreht Laurent um sich selbst. Er windet sich in sich, krümmt sich in einer Geste äußerster Demut. Mit beiden Händen greift er nach dem vermeintlichen *Satanas* und schreit heraus: „Dir widersage ich, du Dreck aus Hölle und Feuer, Fliegengeschmeiß du, du leeres Gemisch und Gewäsch, du Ununterscheidbarer aus Kleister und Farbe, aus tönendem Ton, und Asche …"

Tiefe Stille. Laurents hechelndes Atmen, seine überreizten Sinne, sein pochender Herzschlag. Er flüstert, ungebrochen, stolz:

„Ich spotte dir, ja, und ich spotte der Frau und dem Bett, dem unheimlichen Schloss, ah, Schoß … zum Teufel mit Joana! Sie braucht mich wirklich nicht. Sie hat ihre Bücher und Schriften. Sie lebt ihren Erinnerungen. Lebt ihre Existenz von jetzt ab zurück an den Anfang. Sie i s t der Anfang von allem … Ich aber will leben, mein Leben. Mein Leben ist meine Aufgabe …“

W e m widersagt er da eigentlich, w a s leugnet er ab?

Aber da ist tatsächlich eine Stimme. Laurent kann die Richtung nicht orten, aus der sie kommt. *Loquitur Dominus solus? Verbum Dei*? „Höre, schwarzer Knecht, wo du sonst stark gewesen bist“, sagt diese Stimme, „wer immer du warst oder sein wirst: Kind oder Vater, wie immer du wärest: fromm oder unfromm, du kannst nicht verworfen werden – etwas hält dich, denn die erfahrene, die geleistete Liebe ist das Größte. Siehe mein Kreuz, das Himmel und Erde verbindet! Mehr brauchst du nicht. Amen.“

Da ihn schwindelt, schwindelt er G o t t etwas vor in seiner ekstatischen Betrachtung dessen, der sich doch nicht zeigt? Laurents Hände schnellen vor. Sie reichen nicht bis zu der Gestalt an der Mauer. Mit keinem Finger gelingt es ihm, das bedrohliche Rätselbild zu berühren. Da will er die Hände schon falten. Ein Rückzug. Endlich einmal nach langer Zeit keine Zwiesprache mehr. Nur wortlose Gestik. Sieh mich an! Bitte! *Hier bin ich.*

Urvertrauen, das ist es. Zieh mich an dich, mein Gott, Du unendliches Licht! In Deinen Sternenhimmel hüll mich ein, *näher, mein Gott, zu Dir*. Nimm mich in Deine Arme. Da will ich geborgen sein. Hier bin ich, Dein abgearbeiteter, müder Knecht. Es ist doch alles getan, alles, was zu m a c h e n ging. Hier, nimm mich zurück. Nimm das Talent zurück, das du mir geliehen hattest – schau doch, die Sterne, die Strahlen, ich habe sie vertausendfacht … die Saat ist aufgegangen, der gute Boden … Joana … O Herr, ich bin angekommen … h i e r . Es ist genug.

So spricht sich Laurent selber Segen und Tröstung zu. Wirklich, alles gemacht, Kekumá, was dir aufgegeben war?

Dann weicht er wieder zurück, geht schon wieder auf Distanz, damit ihn das Geheimnis nicht verbrenne, nicht aufzehre. Er tut zwei Halbschritte zurück und gelangt ungewollt an das wenig stabile Quergestänge des Käfigs; prallt mit seinem breiten Rücken gegen die Abgrenzung des aufragenden leeren Raumes …

… da öffnet sich die Tiefe unter ihm, die Vertikale entlang der drei übereinander geschichteten Emporen. L a u r e n t s t ü r z t . In einem letzten Aufbäumen des Bewusstseins überfällt ihn der hymnische Widerhall apokalyptischer Worte: *Weil du in vielem treu gewesen bist … ich kenne deine Werke und deine Mühe und deine Geduld … weil du die Bösen nicht länger ertragen hast … meinem Namen zulieb warst du da … aber E i n e s habe ich gegen dich: Du hast deine erste Liebe ohne Erbarmen mit mir v e r r a t e n …*

Ton aus. Absturz. Sausender Fall. Vorbei an Arkaden und Halbsäulen, hinab in den Abgang der ausgehobenen, asymmetrisch aufbrechenden Grabanlage unter dem Chor.

In der wohl seltsamsten aller Proskynesen kommt Laurent zu liegen. Er liegt auf dem Gesicht, den Oberkörper lang und streng hingestreckt, genauso wie am Tage seiner rituellen Weihe im Dom von Abidjan. An jenem inzwischen längst aus dem Gedächtnis gefallenen Tag, als er sein junges Leben, er hatte sonst nichts als das bisschen Leben, dem Lieben Gott in die Hand warf: *sacerdos sum in aeternam.*

O ja, Priester, und das für immer. Aber nicht, weil ihm irgendwann irgendeiner die Hand aufs Haupt gedrückt, ihn gesalbt und gesegnet hat – das wäre niemals genug gewesen! Nein, Laurent hat sich selbst hineinbegeben in das fließende Licht der unbegrenzt wirkenden liebenden Gegenwart Gottes.

So liegt er jetzt da. Der schwarze Leib von innen her zerschmettert. Hunderte unsichtbare Wunden. In den letzten Zuckungen hat er den Kopf zur Seite gedreht. Was hat ihm in seinem Leben nicht alles den Kopf verdreht – und jetzt so! Verdreht liegt er da, die Beine gespreizt, über quer. Sandalenlos liegt er, die Hemdsärmel aufgefetzt, der Gürtel gesprengt. Ein gebrochener Leib. Hellrot fließt das Blut aus ihm. Aus diesem Geopferten, der zuviel gewollt hat, zuviel auf einmal: sehen und – erkannt werden.

Die Ernte eingebracht, Herr Tod?

Geheimnisse, nicht daran rühren. Geheimnisse sind das Höchste, was wir haben. Wissen können werden wir niemals, und wenn wir noch so viel anschauen und zu begreifen wünschen. Vielleicht hat Laurent wenigstens noch erfahren, *dass der Abgrund des Menschen in Wahrheit der Abgrund Gottes ist.* Vielleicht hat er noch das Große Licht hinter den Bildern, Mauern, Fenstern aufleuchten sehen.

Wer von einer Reise zurückkehrt, trägt die zurückgelegte Strecke noch mit sich … wie ausgebreitete Flügel.
Harry Mulisch, Die Entdeckung des Himmels

Jeder Abschluss ist ein Opfer.
Franz Richter, Geheimes wird Signal

DER ABSCHIED

„Fragen Sie mich nicht", sagt die Dame, und unter den Pastellfarben ihres schön geschminkten Gesichts leuchtet das schneeweiße Alter, „fragen Sie nicht, wann genau und wie sich das alles zugetragen hat. Die Jahre fließen einem mit der Zeit zu einem Meer von Vergangenheit zusammen, das ebenso verschlagen wie überwältigend ist. Ununterscheidbar werden die Dinge und Ereignisse – mögen sie je für sich noch so bedeutend gewesen sein. Einzelne Tage treten hervor wie Wasserschwall, Brandung, Wellenbrecher … aber im ganzen ist und bleibt es die graue undurchdringliche Masse Zeit. Die Flut gelebten Lebens, die einen unentrinnbar umschlingt, am Ende zu verschlingen droht … Was ich hervorheben, herausholen konnte, punktuell, aus dem Ablauf der Ereignisse, als Zwischenlandung auf dem und jenem Riff, ich habe es Ihnen gern gesagt! Viele kleine Elefanten gehen mir durch den Kopf, eine ganz zahme, sehr liebenswerte Karawane kleiner Elefanten. Meine Erinnerungen, die sich nicht verlieren wollen …"

Sie hält inne, atmet durch; räuspert sich ein wenig, fährt fort: „Ja, es ist wahr, und Laurent hatte so recht: Wir b e i d e wollten mehr, das *Plus ultra*, das Alles – wir waren ja vielleicht wirklich anders als die sogenannten durchschnittlichen Menschen. Auf unsere Weise. Ich hatte die Gabe – Gnade, wenn Sie so wollen – sublimieren zu können. Eine zu große Liebe zwingt einen dazu, den einen oder anderen Moment des Lebens aufzuopfern für ein Höheres. Für das Reine, das entstehen kann, und darin zu verharren. Natürlich, wir Frauen sublimieren anders. Frauen verdampfen oder verbrennen oder zerlösen nicht das materielle Problem, sondern sich selbst. *Der Weg zur Quelle des Seins führt nur über die Abstraktion.* Alte Alchemistenweisheit, nicht wahr? *Solve et coagula.* Wir ziehen hinweg über die Grenze des real Erreichbaren in die geistige Sphäre. Es ist eine leichte Übung, wissen Sie, ganz nach meinem alten Motto: *Oben ist alles offen.* Laurent aber, er wollte das Dasein pur, wollte die ganze Erde genießen, die ganze Schöne Welt. *Den Wein im goldenen Pokale*, und dieses *lass mich betrunken sein, was geht mich der Frühling an …* Sie hören heraus, dass ich vom *Lied von der Erde* spreche? Das andere, dieses *Dunkel ist das Leben, ist der Tod …* das hat er immer weit von sich gewiesen. Er war ein wenig verrückt, wissen Sie, mein guter Laurent. Er hat den Tod gekannt, viel zu gut! Aber er hat ihn nichts als verachtet. Eigentlich hat er auch das Alter verachtet; hat sich in dieser Hinsicht vermutlich nur im Blick, hm, Hinblick auf mich darin verschwiegen. Er sah mich an und sah gleichzeitig schon wieder weg, aber ich w u s s t e es. Und wie gerne wollte ich nicht alt sein, nur e w i g leben, für ihn da sein. Nein, d a s nicht, d a s meine ich nicht. Ich wollte nur, dass er mich niemals ankommen sehen würde am Ende der Reise, wissen Sie. Aber da hatte er längst angefangen, die Mauern und Türme zu erstürmen, anzugreifen, jede Möglichkeit zu ergreifen: jedes schöne Ding an sich, Buch um Buch hat er in sich hineingefressen, die Welt der Kunst – was für eine künstliche Welt im Grunde! *Erobern will isch … mein soll's sein, das göttlische Bild … schau doch, isch … isch 'ab's getan!* Steine bis an den Himmel zwingen wollte er! Und die Sterne herunterholen! Und eines Tages ist dieser eine mühsam geschulterte, hinaufgeschleppte Stein in die Tiefe gestürzt. Und kein Sisyphos mehr, das Werk von neuem zu beginnen, damals …"

Die Dame seufzt ein wenig, wischt sich die Mundecken und setzt fort: „Laurent war sehr anstrengend, können Sie sich das vorstellen? Er, ein Mann, den man kreatürlicher nicht denken kann, war und blieb ein Kunstwerk, das seine sieben Rätsel nicht preisgibt. Ich habe ihn die ganze Zeit hindurch nicht wirklich öffnen können, fürchte ich. Aber er war so jung! Und einmal im Leben tut man alles, was man tut, für einen anderen. *Man sieht für ihn die Sonne scheinen …* Sie verstehen, dass es mich irgendwann ein wenig überforderte … Man hat sehr viel um ihn geweint, das ja, aber nicht lang. Tod und Verklärung liegen eher selten beisammen. Laurent war so wesentlich, aber er bleibt eine Episode. Ans Ufer der Gegenwart gespült in denkbar verworrener Zeit. Ungekannt, ungebeten, unerwartet, um schließlich auszutrocknen und vielleicht darum in eine Welt zu fliehen, die niemals die seine sein konnte. In diesem Sinn vielleicht auch ein Opfer seiner Zeit? Laurent war ein Träumer. Aber die Träumer und die Propheten sind inzwischen hoffnungslos *passé*. Wer bräuchte sie noch? Eines ist gewiss, er hat seine Existenz aufs Spiel gesetzt. Das war *va banque* ... Ich bin traurig, aber ich kann nichts Größeres zu sagen finden. Immerhin waren Ideen und ein kleines Vermögen zu erben, von jenen, die gottlob erkannten, dass sich daraus etwas machen ließ."

Die Dame hält ein wenig inne, dann: „Ja, ich habe wohl eine Weile länger getrauert als viele. Vielleicht auch nur vordergründig, denn die Erfahrung weiß ja, eigentlich erschüttert uns der Tod nahestehender Menschen nur beim allerersten Mal. Alles Spätere sind müde Wiederholungen ..." In die Pause hinein denke ich: Seine Existenz riskiert? Tat s i e nicht tausendfach mehr? Sie opferte ihr Leben! Als hätte sie meine Gedanken gehört:

„Ich? Ich bin inzwischen wirklich eine alte Frau mit einem abgelebten Leben. Dass ich noch so viele Jahre durchgehalten habe, ist ein bisschen außer Programm. Aber wer die Wiederkehr des ewig Gleichen durchschaut, kann nur auf diese Weise mit der eigenen Unzulänglichkeit fertig werden." Sie lächelt, es steht ihr gut. Das schöne Gesicht strafft sich, Grübchen treten in ihre Wangen.

„Zurückgekehrt bin ich in die stillste Stille der Kammern, egal; für eine Zeitlang auch wieder in den Stall, in die Stellung der einfachen Dienstleut. Wenige Monate nach Laurent brach auch mein Blondel zusammen. Was war ich dann noch? Jedenfalls nimmer die Herrin. Und ihm hätte ich auch nicht wirklich dienen können, auf die Dauer ging das nicht, ohne Spott zu werden, viel schlimmer: *Nicht ohne Spott, freilich auch ohne Gott*. Ach, wenn Sie wüssten, w i e mühselig wir das untereinander ausgeredet, ausgefochten haben! Also musste ich wieder dort anfangen, wo Marco mich vor vielen Jahren hingeführt hatte in den Perioden seiner langen Abwesenheiten; wo er mich schon vorbereitet hatte auf die Zeit nach seinem Tod. Ich ging wieder zu meinen Büchern, den Bienen, den Blumen. Seither umhege ich diese oft über Tage ganz einsamen Höfe zwischen den gelben Fassaden, ordne die alten

Zimmer, bewahre das kostbare neben dem nichtigen Zeug der Jahrhunderte, je nach Wunsch der Besitzer oder den Erfordernissen des Tages. Es muss so sein, und es ist mir genug. Im übrigen sagt man ja, dass unsere Gefühle unser Mobiliar seien; also bin ich in dieser Hinsicht bestens ausgestattet. Ich lebe in eine völlig offene Zukunft hinein, wie Sie sehen, aber natürlich, die zupacken, beispringen, konkret etwas tun, da sind, warten können … auch die sterben aus. Da bin ich nicht ausgenommen. Ich gehe niemals fort von hier, auch nicht in Gesellschaften, auch nicht bei noch so hartnäckigen Einladungen. Nein, ich gehe nicht. Ich könnte doch …", sie zögert ein wenig weiterzusprechen, hebt die Schultern, seufzt, „könnte doch Laurent womöglich versäumen, wenn er heimkehrt, einkehrt hier ins Haus. Er braucht mich doch! Es ist nie anders gewesen. Eigentlich kommt er ja nur, wenn er mich braucht. Manchmal sitzt er schon am Tisch oder in der Bibliothek, wenn ich vom Rosenschneiden zurückkomme …" Mich schaudert ein wenig, aber ich lasse nichts davon merken. Sie fährt fort: „Ich tue alles, damit er – mir – bleibe, alles, was die Phantasie erfinden kann; alte, neue Beschwörungen. Er hört nicht mehr so gut, wissen Sie. Letzthin fing er ein wenig zu hinken an … gut, gut. Da wird er nicht so ohne weiteres weglaufen können, oder? Aber, natürlich, das Leben vollendet sich so und so, ob mit oder ohne ihn. Und das Licht, die Morgenröte, *Eos* … nein, *Ethos* wollte ich sagen: die Gesetzlichkeit, ist es das? Nein, nein, nein, nein: *Eros*. Eros findet immer eher *im Himmel als auf Erden* statt. Doch Schluss jetzt", sagt die Dame, „vor zwanzig Jahren hätten Sie uns sehen sollen, hier sein müssen. Sie hätten es wunderbar getroffen mit uns beiden … ach ja! Wovon hatte ich begonnen? Nicht so wichtig. Aber das eine sollten Sie sich merken, junge Frau: Elefanten werden sehr alt, und sie vergessen nie."

Lieber Himmel, denke ich, wie seltsam, dass diese eine große Liebe immer dort erwacht und aufsteht und sich auswächst, wo gleichzeitig die Unmöglichkeit und die Vergeblichkeit mit am Tische sitzen! Freilich, ohne Erinnerung kann man nicht leben. Die Frage ist: Hat diese Frau das Denken aufgegeben oder das Gefühl? O ja, die Sinne sterben ab, allmählich, aber doch; sie werden aufgezehrt von Verhärtungen, Krämpfen, Kränkungen, die das Leben zumutet. Bleiben dann die Gehirnwindungen eher intakt? Ich meine, diese Joana L. fühlt noch immer stark und groß. Wie eine dunkel getönte Abendglocke schwingt ihre Stimme nach, als liefen wir durch einen rotgoldenen Sommerabend. *Dem gehe nach*, heißt es doch, mit allen Sinnen, nicht wahr. Muss sie nachsinnen, etwas noch immer zu Ende denken? *Claudel* sagt das so schön: *Man kann nicht sterben, ohne an Überlebendiges zu rühren.*

Wir sind mittlerweile über offensichtlich neu angelegte Kieswege, vorbei an den Thujen und Rosenhecken, alle mit hübsch leuchtenden Glaskörpern umziert, an das Mauertürchen gekommen. Es führt in den Wald hinein, der an diesem verdämmernden Tag totenstill dasteht wie eine unnütze Wache. *Nicht ein Lüftchen regt sich leise*, summe ich dazu. Spätherbstliche Färbung, gebrochenes Licht. Nicht mehr die flirrenden Blätter des Hochsommers. Hier also geht es in den ungeheuren Wald, der sich über viele, viele Meilen in das Land erstreckt wie ehedem, bis an die Grenzen der blauen Berge … Eine Kuppel seltsamer Betrübnis wölbt sich grün-rosa-grau über dem leichten Anstieg. Wir wandern durch lastende Stille; es ist, als gingen wir Jahre zurück.

Am Ende des Waldganges stehen wir vor der Kapelle, dem alten, dumpf-feuchten Betgehäuse derer von L. in seiner falschen Gotik, wo an diesem Abend kaum ein schmaler Schein durch das westliche Rosettenfenster in das Innere dringen kann. Wir verhalten den Schritt unter dem Spitzbogen der Pforte. Die Dame schließt auf. Alles erscheint genauso, wie sie erzählte – nein: wie selbst erlebt! Im Hinuntersteigen spricht sie wie selbstvergessen vor sich hin: „Unser letztes Lieben ist vermutlich das interessanteste – ja, das glaube ich fest, weil wir schon ahnen, dass wir es mitnehmen werden in den Untergang … wenngleich – ich bin schon so weit, denke ich; bin bereit, dies oder jenes zu lassen. *Dies oder jenes zu lassen, schmerzt übermächtig*, sagt die Dichterin. Aber das stimmt nicht. *Alles zu lassen, ist leicht. Denn letztendlich sind die Mysterien unseres Lebens nichts als Miserien.*"

Ein schmales Lächeln. Sie wendet sich ab und deutet auf eine konkave Grabplatte aus Porphyr, die sich glattpoliert hinstreckt in einer schönen Wölbung; abgleitend an den Schmalseiten liegt sie da wie ein blutübergossener verheißungsvoll glänzender Steg zu einem anderen Ufer. Darauf eingemeißelt nur ein Name: LAURENT. Wie von ferne kommt die Stimme der Dame zurück:

„Wo andere Durchgang und Tunnel und Weg sagen, da redet er immer liebend gern von einer B r ü c k e . Er glaubt an das Licht vom Licht, an das jenseitige Ufer, das doch am immer gleichen Fluss des Lebens verläuft. An das unaufhörliche, unzerstörbare Leben und Lieben. *Ama, et fac quod vis.* Das höret nimmer auf, war eines seiner Lieblingsworte. Ja, so ist das gewesen."

Das Erbbegräbnis derer von L. zeigt sie mir nicht. Auch nicht die Stelle, wo Marco hätte begraben werden können. Aber vielleicht sind diese Plätze schon mit Vergessen überwachsen wie der Steinhaufen, den Joana und Laurent zwischen den Bäumen des Hochwalds über dem getöteten Verbrecher aufgeschichtet hatten.

Gemächlich wandern wir zum Haus zurück. Wir verabschieden uns mitten im Park. Die Hand, die sie mir reicht, fühlt sich trocken und knochig an. Nach einigen Schritten wende ich mich nochmals um. Sie schaut nicht zurück. Sie geht mit zierlichem Altfrauengehumpel auf den schmalen, im dunkelgrünen Laub schwer zu erkennenden Eingang des Labyrinths zu. Gebrechlich, aber nicht gebrochen. Ich sehe, wie sie die Schultern strafft, den Kopf hebt. Ihr silbernes Haar ist von einem feinen Glanz umflutet. Als breitete eine Taube die Flügel aus. Die Dame wirkt von ferne irgendwie größer; es scheint, als ginge sie einem unsichtbaren Ziel, einer letzten Umarmung entgegen – bis ich sie dann nicht mehr sehe.

Ich muss auch gar nichts mehr sehen. Und ich gestehe, dass mir der Abschied von Wald und Schloss um Z. mit seinen tatsächlich äußerst attraktiven mittelalterlichen Gebäuden und Kunstschätzen – vor allem der großartigen Restaurierung eines alten Freskenzyklus, bravo, Laurent – und die vollendete freischwebende Erschließung und Öffnung von Ober-, Haupt- und Unterkirche zu einem einzigen, einem einzigartigen Aufriss von rarer Schönheit unendlich leicht gefallen ist.

Als ich schon zu viele Kilometer weit entfernt bin, um guten Gewissens umzukehren, überfällt mich lebhaftes Bedauern; dass ich nämlich im Museum den wunderschönen Jugendlichen Kopf, signiert *C. Th. fec. 1910,* nicht noch einmal bei Tageslicht betrachtet habe; dieses anmutige Kunstwerk, das einem dort so seelenvoll entgegenleuchtet in seiner unverwechselbaren stillen Größe. Gleich am ersten Tag ist mir dieses von innen her strahlende Bild, einzigartig unter den übrigen Exponaten, ins Auge gefallen, ja, obwohl der ganze Raum schon im Schatten jener Melancholie lag, welche der Dämmerung vorausgeht. Wer war dieser Knabe? Wie stand die L. zu ihm …?

Auf der langen, nicht eben ereignisreichen Rückfahrt greife ich einmal mehr zu dem unerschöpflichen Geschichtenerzähler aus Alexandria, der mich in so vielen Situationen des Lebens unvermittelt angesprochen hat: *Durrell*; stehen doch seine Eingebungen zu meiner eigenen Bilderwelt in schönster Analogie. Seltsam, denke ich, wie viele bedeutende Frauen diese Bitternis unerlöster Liebe erfahren müssen … die mythische Sappho, die der Schönling Phaon verließ … der Zug fährt jetzt immer rascher, schwankende Bäume, sturmzerfetztes Zweigwerk rauschen vorbei, ein Ast schwingt neben einem Stamm schwer und steil herab wie ein Schafott … da fällt mir auch Marie Antoinette ein mit ihrem trügerischen Axel Fersen … und natürlich die Droste und ihre entbehrungsreiche, immer wieder herb enttäuschte Beziehung zu dem Spitzbuben Levin Schücking … bedeutende Frauen, vom Schicksal niedergehalten, ausgepresst … Joana L. nicht ausgenommen! Und ich lese weiter im *Durrell* und finde eine unverhoffte Bestätigung der Ereignisse von Z.:

„Wenn alle Spielarten der Liebe konsumiert sind, bleibt es für ewig beim Lieben seiner selbst – dem e i n z i g e n , das zählt – und das ist weder egoistisch noch reiner Narzissmus. *Ich also, mein wahrer Gott?* – Ja. Das Bewusst-Gemachte."

Bewusstmachung. Innewerden. Kenntnisnahme dessen, was der Geist vermag: *Wir haben den Geist empfangen, der uns zu Kindern Gottes macht.* Mehr noch: Wir sind auf dem Weg der Transformation, des *Aufstiegs zur Einheit.* Und in diesem Sinne, wenn wir nur Ja dazu sagen, ein jeder auch schon sein eigener Engel: Ich, der über mich wacht; ich, der mich schüttelt und schlägt; ich, der mich denkt und liebkost; mein Wille, mein Entschluss, meine Hingabe, mein Verzicht, mein unerschöpfliches Vertrauen. Wie, sagte die Dame von Z., hat Laurent gemeint? *„Du musst täglich immer mehr vertrauen lernen …"*

ANMERKUNGEN UND LITERATURHINWEISE

Die Autorin folgt nicht in allen Belangen den Regeln der Neuen Deutschen Rechtschreibung.
In Kursivschrift (*Italic*) stehen fremdsprachige Begriffe, Wörter und Wendungen innerhalb direkter Rede sowie Zitate aus Texten der Autorin selbst bzw. den Werken anderer Schriftsteller, deren Herkunft einzeln nachzuweisen den Umfang dieses Buches bei weitem sprengen würde; sie sind selbstverständlich belegbar. Für das unmittelbare Verständnis seien wenigstens die folgenden Stellen (Seitenzahl in Klammern) genannt:

(11) *... wie einer zutreffend schrieb:* H.C. Artmann in „Montagen und Sequenzen"
(16) *Gottesvergiftung*: ein Buch von Tilman Moser
(32) *Hier krönen noch:* Czeslaw Milosz in „Das Tal der Issa"
(37) *Etwas von einem Reiter:* R.M. Rilke „Die Weise von Liebe und Tod des Cornets Christoph Rilke"
(52) *... leise und harmonisch:* Georg Trakl „Elis"
(61) *Immer schon hatte ich:* Ingeborg Bachmann in „Malina"
(65) *Die Geographie einer Frau*: Antonio Tabucchi in „Es wird immer später"
(74) *Und halten sich schon ...*: wieder bei R.M. Rilke
(76) *Punkt Omega*: Teilhard de Chardin in „Aufstieg zur Einheit"
(80) *Nichts mehr so wie ...*: wieder bei Georg Trakl
(101) *Wenn man es zuläßt*: Barbara Frischmuth
(103) *Aber die Ekstase*: frei nach Dorothee Sölle
(104) *„Ungewissheit und Wagnis"*, eine fundamentale Untersuchung zu Möglichkeiten und Dimensionen christlichen Glaubens, Verfasser Peter Wust, Erstdruck 1937, vgl. (174)
(108) *Ma très chère Comtesse*: fingierter Brief mit Bezug auf „Rastenberg, Geschichte einer Liebe"; zugleich als Memorial für dessen Verfasserin Christiane Singer, Gräfin Thurn-Valsassina † 2007
(119) *Wer dem Gesetze seines Inneren*: Immanuel Kant, „Kritik der reinen Vernunft" u.a.

(126) *Und die Walddrossel …* Henry D. Thoreau in „Vom Spazieren“

(130) *… ein Brot und ein Kleid*: Georg Trakl

(131) *Was ist Freundschaft*: nach Dorothee Sölle

(133) *Jetzt steig ich einfach …*: vgl. (185)

(139) *… dieser wunderbaren Erzählung*: vgl. (11)

(141) *Eros gestikuliert …*: bei Sören Kierkegaard in „Entweder-Oder“

(146) *It's hard to see the goat*: John Updike in „Villages“

(146) *Jeder neue Stil*: bei Lawrence Durrell

(150) *… denn alle Lust will:* Friedrich Nietzsche

(159) *ein solcher poetischer Phantast*: J.R.R. Tolkien

(163) *Denn die Zeit, die ist …*: die Marschallin im „Rosenkavalier“

(165) *Elegische Hymnen*: R.M. Rilke „Duineser Elegien“

(168) *M'amie …* hier liegt ein Wortspiel vor; „m'amie“ ist im heutigen Französisch nicht korrekt, es war nur im Mittelalter gebräuchlich, müsste also richtig „mon amie“ heißen – auch in der weiblichen Form.

(168) *flexus … nexus*: Anspielungen auf Romantitel von Henry Miller

(170) *der Cusaner*: Nikolaus von Kues, 1401 – 1464, Kardinal und Philosoph; wegweisend sein Begriff der „coïncidentia oppositorum“

(170) *Man darf alles*: vgl. (174) *ama et fac quod vis*, Aurelius Augustinus zugeschrieben

(173) *Meine schöne Liebe*: nach Erich Fried

(184) *… war vor abgelebten Zeiten*: Goethe an Frau von Stein

(185) *Sie öffnete die Fenster*: bei Marieluise Fleißer in „Drei Pfund Orangen“

(192) *Das Ende der Liebe:* nach Marie Luise Kaschnitz

(215) *Dies oder jenes zu lassen*: bei Erika Mitterer

Der Text folgt über weite Strecken persönlichen Erfahrungen der Autorin in den angedeuteten Zeitabschnitten. Ein direkter Bezug auf konkrete Orte und bestimmte Persönlichkeiten muss – dem Usus entsprechend – ausdrücklich dementiert werden.
Die Zitate verschiedenster Provenienz sind darum gewählt worden, weil die Autorin die Lektüre auch dieser Schriften/Werke in Ergänzung des vorliegenden Buches wärmstens empfiehlt. Man vergleiche die Anmerkungen und Literaturhinweise!

Die Idee zu diesem Text, der ursprünglich nur für eine Novelle konzipiert war, geht auf die 1970er Jahre zurück. Anfangskapitel wurden entworfen; die Handlung sollte auf eine fernere, damals nur spekulativ vorstellbare Zukunft projiziert werden.
Dieser Plan wurde in der Folge verworfen und die Arbeit an diesem Projekt erst nach 2002 wieder aufgenommen. Die erste Niederschrift wurde schließlich am 13. April 2006, Gründonnerstag, vollendet; die erweiterte Neufassung für diese Buchausgabe am 29. April 2009 abgeschlossen. *Habent sua fata libelli.*

DANKSAGUNG

für die vielen Anregungen zu dieser Niederschrift, die mir aus der „Welt des Geistes“ zugekommen sind. Gerne nenne ich die Persönlichkeiten, von deren Weltsicht ich berührt und beeinflusst wurde, ob ich ihnen nun persönlich oder nur über ihre Werke begegnen durfte.

Alle Autoren der Heiligen Schriften des Alten und des Neuen Bundes * Isabel ALLENDE * H.C. ARTMANN * Margret ATWOOD * Alfons AUER * Aurelius AUGUSTINUS * Ingeborg BACHMANN * Gottfried BENN * Thomas BERNHARD * Rudolf G. BINDING * Jorge L. BORGES * Henri BOULAD * Jacob BURCKHARDT * Joseph CAMPBELL * Albert CAMUS * Truman CAPOTE * Jean COCTEAU * Alfred DELP * Eugen DREWERMANN * Lawrence DURRELL * Meister ECKEHART * Mircea ELIADE * Ralph W. EMERSON * ERASMUS von Rotterdam * Paul FECHTER * Marieluise FLEISSER * Alfred FOCKE * Erich FRIED * Barbara FRISCHMUTH * Erich FROMM * Diego Hanns GOETZ * Veronica GRADL * Helga HAASSE * Gerhart HAUPTMANN * Friedrich HEER * Rolf HOCHHUTH * Hugo von HOFMANNSTHAL * Adolf HOLL * Alfred K. JÄRGEN * Pierre JOUVE * Marie Luise KASCHNITZ * Navid KERMANI * Sören KIERKEGAARD * Hans KÜNG * Shulamit LAPIDE * Gertrud von LeFORT * Dennis McFARLAND * Czeslaw MILOCS * Harry MULISCH * Robert MUSIL * Friedrich NIETZSCHE * Robin NORWOOD * Blaise PASCAL * John A. PHILIPS * Richard PICKER * A.A. PLATTNER * S. von RADECKI * Karl RAHNER * Franz RICHTER * Luise RINSER * R.M. RILKE * Richard ROHR * Rüdiger SAFRANSKI * Antoine de SAINT-EXUPERY * Randall SILVIS * Claude SIMON * Christiane SINGER * Dorothee SÖLLE * Mario SOLDATI * Wieland SCHMIED * Reinhold SCHNEIDER * Raoul SCHROTT * Walter SCHUBARTH * David STEINDL-RAST * STENDHAL * Botho STRAUSS * Antonio TABUCCHI * Pierre TEILHARD DE CHARDIN * Hans-Joachim THILO * H.D. THOREAU * Georg TRAKL * Ernst WIECHERT * WOLFRAM von Eschenbach * Katja WOLF …

… denn schließlich ist „alles schon einmal gesagt worden“, und vor allem: viel eindrucksvoller. *Eva KITTELMANN*

KAPITELÜBERSICHT

ANHANG

ANKÜNDIGUNG DES VERLAGES

Josefa Mayer-Proidl

AMEISENZERSCHNEIDER
DER Roman zum Tabuthema
„Sex im Altersheim“

Und ewig lockt das Weib! Auch im Altersheim. Drei Männer, der blinde Rudolf, pensionierter Ministerialrat, Josef, Hilfsarbeiter und ehemaliger Polenflüchtling und Jahn, Maler mit Hang zum Aberglauben umschwirren Anna. Diese hieß früher Pedelaris und Rudolf war ihr Stammfreier. Die Schicksale der im „letzten Haus Angekommenen“ greifen ineinander und eskalieren unweigerlich zu einem Drama mit schockierendem Ausgang.

Die Autorin führt den Leser behutsam in die Gefühlswelt alter Menschen und zeigt auf, dass das Bedürfnis nach körperlicher Nähe, Halten, Streicheln, Küssen niemals aufhört. Im Gegenteil: Berührung wirkt lebensverlängernd, lebenserhaltend. Ein besonderes Buch über ein heikles Thema.

edition spruchreif

Roman aus der Reihe „Der reife Mann“
216 Seiten Hardcover gebunden
€ 19,00, Sfr. 35,00
ISBN 978-3-9502172-0-9

ANKÜNDIGUNG DES VERLAGES

Marlen-Christine Kühnel

Bis dass der nächste Mann erscheine

BeZIEHungsroman um Lust und Liebe

Nicht „Bis dass der Tod uns scheide“ sondern „Bis dass der nächste Mann erscheine“ müsste heute das Versprechen lauten, das Liebespaare einander geben. Und sollte dieses „Nie wieder verliebe ich mich!“ nicht besser heißen: „Bis dass der nächste Mann erscheint“?

Marlen-Christine Kühnel ist wieder ein mutiger Frauenroman gelungen. DIE VIELEN GESICHTER DER LIEBE, vom „ersten Mal“ zur großen Leidenschaft, von jugendlichem Leichtsinn bis zu sexueller Hörigkeit, von der Rolle der Geliebten bis zum Partnertausch, beschreibt Kühnel offen und einfühlsam, wobei sie mit den LeserInnen in Dialog tritt und damit die Spannung erhöht, die zu einem unerwarteten Ende führt ...

edition spruchreif

Roman aus der Reihe: „Die reife Frau“
288 Seiten Hardcover gebunden
€ 19,50, Sfr. 35,90
mit Beilagenbroschüre 40 Seiten geheftet
ISBN 978-39502172-5-4